AU CŒUR DU RANCH

LE RANCH DE SILVER STONE, TOME 1

VIVIAN AREND

A Rancher's Heart / Au cœur du ranch

ISBN : 9781989507490

Correction de la version originale par Anne Scott

Relecture de la version originale par Lynda Ryba, Angie Ramey

Traduit par Myriam Abbas pour Valentin Translation

Conception de la couverture © Damonza

1

Octobre, ranch Silver Stone

Caleb Stone courait comme un dératé.

Il n'avait pas coutume de se déplacer en fonçant, et il ne pensait vraiment pas qu'un homme viril faisait du jogging pour se divertir, mais à cet instant, courir était ni plus ni moins qu'une question de survie. Caleb rentra le menton, balança les bras et enfonça les pieds dans le sol, sprintant à fond vers la barrière la plus proche.

À soixante centimètres des grilles métalliques, il plongea, les mains en avant, se propulsant au travers.

Il tomba durement, son corps percutant la terre et la boue à l'extérieur de l'enclos.

Le taureau furieux sur ses talons s'arrêta brusquement à quelques centimètres de la barrière, soufflant un dernier avertissement. La bête lui lança un regard noir entre les barreaux comme s'il défiait Caleb de retourner sur *son* territoire.

Examine le nouveau taureau, veux-tu ? Caleb pouvait entendre la requête de son frère Luke. Bien. La bête avait été examinée, et il semblait qu'elle était furieusement colérique et pas vraiment ravie de ses nouveaux propriétaires.

— Impressionnant vol plané.

Caleb se retourna pour fixer le ciel, ignorant la douleur de son corps. S'il restait là assez longtemps, son agaçant petit frère pourrait peut-être trouver quelque chose de mieux à faire.

Malheureusement, le bon sens n'était pas la principale qualité de ses cinq frères et sœurs cadets. Ni le concept de pitié envers un homme à terre.

Des yeux marron foncé au sein d'une version familière quoique plus jeune de son propre visage lui rendaient son regard alors que Dustin se penchait en avant avec un sourire suffisant et amusé bien trop large pour lui, étant donné que le gamin n'avait que dix-neuf ans, seize bonnes années de moins que Caleb.

Caleb leva un sourcil, affichant délibérément aussi peu d'émotions que possible. Comme s'il était allongé sur le dos parce que c'était exactement ce qu'il voulait faire.

— Tu as besoin de quelque chose ?

Dustin secoua la tête avant de changer d'avis et de hocher la tête.

— Luke te cherche. Il est dans l'écurie principale.

Caleb se leva, serrant les dents pour s'empêcher de gémir lorsqu'une douleur aiguë lui traversa les côtes. Rien n'était cassé – *cette* sensation-là lui était également familière. Il s'était seulement cogné cette fois, mais il n'allait certainement pas donner à ces jeunes voyous avec lesquels il travaillait la satisfaction de savoir à quel point se casser la figure avait commencé à lui faire mal.

Il n'était pas vieux. Trente-cinq ans, ce n'était pas vieux, bon sang.

— J'arrive dans une minute, dit-il en regardant sa montre, puis Dustin. Comment se fait-il que tu ne travailles pas ?

Dustin lui adressa un grand sourire.

— Je travaille. Luke veut que je passe le reste de l'après-midi à vérifier la clôture. Tu étais plus ou moins sur mon chemin vers l'endroit où j'ai laissé le quad.

Son petit frère – le gamin était aussi grand que Caleb mais il avait encore besoin de quelques années pour s'étoffer – ajusta son chapeau puis s'éloigna d'un pas nonchalant en sifflotant. Avançant lentement, mais au moins dans la bonne direction.

Caleb récupéra son propre chapeau avant de prendre la direction opposée. Il saisit les rênes là où il avait attaché son cheval. Il se hissa dessus et se tourna vers l'écurie.

Dustin n'était pas un mauvais gamin. Malgré toutes les inquiétudes que Caleb avait éprouvées en devant élever ses frères et sœurs après que ses parents étaient morts soudainement dans un accident de voiture, ils avaient tous plutôt bien tourné. Un peu plus téméraires que Caleb ne l'aurait voulu. Comme Walker, le frère numéro trois, qui était actuellement dans les tournois à risquer son cou d'idiot.

Au fond, ils étaient tous idiots. L'élevage était un tir au jugé : le succès était soumis aux caprices de la météo et du prix toujours changeant du bétail. Il n'y avait aucune garantie, en fin de compte.

Les seules choses certaines étaient les corvées et les factures.

Luke le rejoignit alors qu'il entrait dans l'écurie, et son frère bien trop perspicace lui lança un coup d'œil minutieux avant de lui sourire.

— Qu'as-tu pensé du nouveau taureau ?

Caleb maîtrisa son expression.

— Il m'a semblé assez solide.

Luke hocha la tête.

— Je pensais qu'il se déplaçait un peu difficilement. Légèrement boiteux des pattes avant.

Caleb ne l'avait pas vraiment remarqué, mais bon, il était difficile de juger la démarche d'une bête quand on fuyait pour sauver sa vie, aiguillonné par une paire de cornes plutôt que de l'admirer à une distance sûre.

— Garde un œil dessus, ordonna Caleb. Qu'y a-t-il ?

Le sourire bon enfant de Luke disparut.

— J'étais en train de revérifier notre approvisionnement en nourriture, et selon la rigueur de l'hiver à venir, les choses pourraient être tendues. Nous avons plus de têtes cette année, et avec les inondations il y a deux ans au printemps, nous avons perdu beaucoup de terrain.

Caleb laissa son frère lui expliquer tout ce qu'ils avaient stocké, mais il ne se souvenait pas assez des détails de l'année précédente pour lui donner une réponse ferme de tête.

— Tous les dossiers sont dans le bureau. Je vais les vérifier, mais à ce stade il n'y a pas grand-chose que nous puissions faire d'autre que de croiser les doigts.

Luke hocha la tête.

— Je pensais juste que je devais t'en informer.

Tous deux arpentèrent l'écurie principale dans un silence agréable. Les poteaux et poutres familiers qui formaient leur terrain de jeu pendant l'enfance étaient maintenant devenus la base qui fournissait leurs revenus d'adultes.

— La nouvelle nounou arrive aujourd'hui, n'est-ce pas ?

Le sujet sur lequel Caleb avait vraiment essayé de ne pas se tracasser, c'était le bouleversement sur le point de survenir dans la famille. Même s'il était terriblement heureux qu'il y ait quelqu'un pour l'aider à s'occuper de Sasha et d'Emma, Caleb était sûr que c'était la pire idée géniale à laquelle il ait jamais donné son accord.

Ces petites filles étaient son soleil et sa lumière. Elles étaient maintenant âgées de neuf et sept ans, et cela faisait quatre ans que leur mère et lui avaient divorcé. Sasha avait accepté le changement avec une résignation stoïque, mais Emma était devenue plus silencieuse qu'avant. Elle n'avait jamais été une grande pipelette, mais désormais elle parlait rarement, et jamais à des étrangers.

Tout de même, elles savaient qu'il les aimait – il s'en assurait chaque jour. Engager une nounou à temps plein était censé combler ses lacunes et aider à ce que tout continue de bien tourner dans leurs vies.

Cela rendait la gêne à venir supportable, parce que Tamara...

Ouais, ça allait être gênant.

— Elle a dit qu'elle serait là d'ici ce soir.

Luke hocha la tête.

— Tu dois avoir hâte d'avoir de nouveau une femme à la maison.

Caleb retint sa langue alors qu'il se dirigeait vers le cheval le plus proche et se penchait pour vérifier ses sabots, afin de ne pas avoir à regarder son frère en face. Tamara Coleman, la nounou qui allait bientôt arriver, était absolument une femme qu'on attendait avec impatience. Audacieuse et pourtant féminine, tout comme il aimait. Des abords doux et une étincelle vive, pulpeuse et... et il changea de position d'un air gêné.

N'était-ce pas logique ? C'était la première femme à le tenter depuis que son épouse était partie, et il fallait qu'elle soit tout ce qu'il y avait de plus interdit aux alentours.

Il s'en tint aux faits.

— Ce sera bien de l'avoir ici. Les filles ont besoin d'un

doigté féminin dans leur vie. Dieu sait que je ne suis pas celui qui le leur donnera.

Luke pouffa d'un air moqueur, mais ne bougea pas, attendant jusqu'à ce que Caleb soit obligé de reposer le sabot ou d'avoir l'air d'un idiot.

À l'instant où leurs regards se croisèrent, Luke agita un doigt vers lui.

— Tu n'as peut-être pas un doigté féminin, quoi que ça veuille dire, mais tes filles t'adorent. Tu es un sacré bon père pour elles, alors ne te rabaisse pas. Ce n'est pas de ta faute si tu as dû être à la fois un papa et une maman.

— J'apprécie le compliment, mais la vérité est qu'un gars a ses limites pour élever deux petites filles. Et maintenant que Ginny et Dare sont parties...

Sa sœur et sa sœur « adoptive » en avaient fait plus qu'elles n'auraient jamais dû depuis que sa femme était partie, mais elles avaient toutes les deux déménagé plus tôt cet automne-là. L'une pour voyager, l'autre pour s'installer dans sa propre maison.

— Tu fais ce qu'il faut en prenant une nounou à temps plein, dit Luke une lueur d'amusement dansant dans les yeux. Je dis simplement que tes filles ne sont pas les seules qui apprécieraient un doigté féminin en ce moment.

Les commentaires de Luke le touchaient à vif. La première rencontre entre Caleb et Tamara avait été brève, mais mémorable. Essentiellement parce qu'il avait passé les nuits qui avaient suivi leur rencontre enchevêtré dans des rêves lascifs. De longs cheveux châtain foncé, des yeux étincelants, des courbes sans fin. Des courbes qui le faisaient rêver de la connaître si parfaitement qu'il pourrait se déplacer sur elle les yeux fermés.

Est-ce que Caleb apprécierait le doigté de cette femme en ce moment ?

Bon sang.

Caleb ignora la question à laquelle il n'avait pas l'intention de répondre.

— Il ne s'agit pas d'avoir une femme dans la maison pour autre chose qu'être une nounou. Rends ça clair auprès de quiconque dit le contraire.

Même s'il se racontait des salades en prétendant que la présence de Tamara ne suffirait pas à emballer sa libido.

— Je ne veux pas qu'elle fuie avant même que nous n'ayons essayé.

— Tu ne la feras pas fuir… tu es solide et prévisible, dit Luke en lui tapant sur l'épaule. Je m'assurerai de le rappeler aux ouvriers, et comme je suis pris, tu devras simplement avertir Walker quand il arrivera. Oh ! et Dusty.

— Elle a presque trente ans, dit Caleb d'une voix traînante. Tu penses vraiment qu'elle s'intéresserait à Dustin ?

— Il est peut-être jeune, mais c'est un Stone, répondit Luke en levant les sourcils. Les dames nous apprécient.

Caleb s'empêcha de rouler des yeux.

— Tu racontes des bêtises.

Luke n'en sourit que davantage.

Un examen rapide de sa montre poussa Caleb à l'action.

— Je dois me bouger pour finir avant que les filles ne rentrent de l'école.

Son frère réfléchit.

— Tu sais quoi ? Je vais prendre une pause et aller à la rencontre du bus. Je n'ai pas vu les filles depuis quelques jours, et je serai parti la semaine prochaine. Laisse-moi m'occuper d'elles. Une fois que tu auras fini de travailler, prends un peu de liberté avant de devoir former ta nouvelle employée.

Nouvelle employée. *Seigneur.*

Caleb ne savait pas si c'était une bénédiction ou une malédiction, mais il hocha la tête.

— La sauce spaghetti est dans le fait-tout, alors tu n'as besoin de rien...

Luke agita la main.

— Je peux me débrouiller, dit-il tranquillement. Ginny et Dare ne sont pas les seules à avoir passé du temps à s'occuper de tes gamines.

Une flèche de culpabilité traversa Caleb, les barbillons de la pointe le déchirant salement.

Luke avait dû le voir grimacer.

— Hé, je ne me plaignais pas. Je suis très content de passer du temps en tant que tonton Luke. Mais tu devrais y aller avant que je change d'avis et que je te fasse faire mes corvées en échange.

Caleb lui tapa sur l'épaule en remerciement.

Il termina quelques tâches dans l'écurie durant l'heure suivante avant d'utiliser ce temps libre. Il laissa sa jument l'emmener et vagabonder sans but, ses pensées dérivant jusqu'à ce qu'il se rende compte qu'ils se dirigeaient vers ce qui devait être son endroit préféré dans tout le ranch de Silver Stone.

À l'évidence, sa jument ressentait la même chose alors qu'elle s'approchait de la mare au pied des Heart Falls.

Le terrain de cette petite section était accessible par une route à partir de la nationale, et elle avait été donnée à la communauté. La famille avait placé un banc bien au-dessus de l'eau pour que les gens s'y assoient et profitent de la vue. Les nuits chaudes d'été, les adolescents avaient l'habitude d'utiliser le sentier pour aller jusqu'aux rochers et pouvoir sauter dans les fraîches profondeurs, et ils demandaient occasionnellement la permission de se laisser flotter le long de la rivière qui démarrait ici et passait à travers Silver Stone.

Caleb resta en selle sur le dos de Lacey pour fixer l'eau, regardant le soleil scintiller à la surface, comme un rayon de soleil sur la rosée du matin. Il prit une profonde bouffée d'air frais, et le son des chutes d'eau le traversa et apaisa la tension qui s'était installée.

En tant que responsable du ranch Silver Stone, il devait prendre les bonnes décisions. S'il foirait, ils risquaient de tout perdre, mais en cet instant, ici et maintenant, c'était comme si la terre elle-même disait : « Tout ira bien. »

Seigneur, il espérait que c'était vrai.

Il ferma les yeux et prit une autre inspiration profonde, s'en imprégnant. Il sentit le calme s'installer dans son âme, c'était agréable.

Jusqu'à ce que ça ne le soit plus.

Une sensation malvenue s'empara de lui. Il glissa de sa jument, lâcha les rênes pour la laisser paître alors qu'il luttait contre lui-même.

Comment Luke l'avait-il décrit ? Solide et prévisible ? *Pff.* Des mots de code pour « vieux et ennuyeux ». Comme si la seule raison pour laquelle une femme serait prête à venir et à rester dans sa maison était parce qu'il était *sûr*.

Ce qui n'était pas forcément une catastrophe. Bon sang, il ne voulait pas que Tamara, ni qui que ce soit d'autre, ait peur de lui, mais...

Il se retrouva à saisir le bas de sa chemise, à la passer par-dessus sa tête avant de retirer ses bottes et de finir de se déshabiller. Un large sourire s'étira sur ses joues. L'eau serait glacée. C'était probablement la dernière semaine de l'année avant que la neige ne tombe pour de bon, mais au diable la logique.

Pas connu pour ses décisions impulsives ? Que dites-vous de ça ?

Il s'avança vers le bord des rochers et fixa les grandes profondeurs bleues.

Je parie que Tamara serait assez audacieuse pour sauter.

La taquinerie mentale envoya une autre dose de désir à

travers lui ainsi que l'image de sa future nounou, qu'il ne fallait pas toucher, nue...

Bon sang, maintenant il avait besoin de l'eau glacée pour calmer le feu dans ses veines.

Bien que le voyeurisme ne soit pas un des fantasmes de Tamara, elle avait pourtant été confrontée à la nudité plus souvent que la plupart des femmes. Même maintenant, alors qu'elle était assise à s'occuper de ses affaires, elle devait admettre que le spectacle surprise s'avérait spectaculaire.

Les ombres projetées par les imposants pins à l'ouest jouaient à cache-cache avec son visage, et il était plus ou moins de profil, mais même si cet homme avait été au soleil, elle était trop loin pour pouvoir remarquer des détails comme les traits de son visage. Elle ignorait qui c'était, ce qui signifiait qu'elle ne savait pas si elle devait se sentir coupable de le reluquer.

Ce pourrait être un homme marié, ou le pasteur de l'église de la communauté de Heart Falls qui communiait avec la nature – quoique, si *ça* c'était l'homme d'église du coin, elle était sur le point d'avoir une expérience religieuse.

L'ignorance était un des avantages à être nouvelle en ville.

C'était également un inconvénient, car elle aurait toutes sortes de *nouveautés* à affronter au cours des prochains jours et semaines. Elle avait surtout hâte. Après vingt-neuf ans au même endroit, l'idée d'un nouveau départ lui plaisait. Sa famille allait lui manquer, la plupart d'entre eux, mais un changement avait été nécessaire.

Son mystérieux inconnu était maintenant torse nu, le visage caché par les ombres. Les muscles solides de ses biceps et de son torse se contractaient alors qu'il poussait son jean et le reste sur le sol. Elle aurait aimé que son lieu d'observation sur la piste soit un peu plus proche de l'étang, parce que bien que la vue soit charmante, elle était trop loin pour lui offrir des détails en dehors de la silhouette générale. Des hanches étroites, des cuisses puissantes. Pas un centimètre de graisse sur lui.

Elle remit ses lunettes en place et soupira joyeusement.

Oui, ce nouveau départ allait bien fonctionner si c'était comme ça qu'ils faisaient les choses à Heart Falls.

La star de son spectacle s'avança vers le bord des rochers et marqua une pause assez longue pour que Tamara prenne un dernier et délicieux cliché mental. Par appréciation du corps humain, comme n'importe qui dans la médecine l'aurait fait…

Alors que l'homme se jetait silencieusement dans l'eau, un goût amer lui remonta aux lèvres. Elle ne faisait plus partie du corps médical.

Virée. Au chômage, et ce qui était pire, sa licence d'infirmière avait été révoquée. Une décision bien intentionnée mais légèrement illégale qu'elle avait prise des années auparavant, et tout était terminé. Illégale, pas immorale, se rappela-t-elle. Même en connaissant les conséquences, elle le referait sans hésiter.

Elle regarda son amplificateur de bonne humeur actuel nager avec de puissants mouvements de bras à travers l'étang, se dirigeant vers la chute d'eau, alors qu'elle réfléchissait à ce qui l'avait vraiment mise dans ce pétrin. Sa nature impulsive, oui. Et son intérêt excessif pour les affaires des autres. Elle ne *pensait* pas être une fouineuse, et elle avait toujours de bonnes intentions.

Seulement, quand *avoir de bonnes intentions* tournait mal, tout le monde en subissait les conséquences. En bref, elle devait changer ses habitudes. Et c'était le bon moment, étant donné que Heart Falls offrait un nouveau départ.

Tamara s'appuya contre le rocher derrière elle, les mains posées sur les genoux. Elle avait connaissance du belvédère grâce à la fiancée de son cousin, Dare, qui habitait dans le coin avant. La même amie qui lui avait trouvé le boulot qu'elle était sur le point de commencer.

Voyager jusqu'à Heart Falls lui avait pris moins de temps que prévu, et il était trop tôt pour arriver au ranch. D'après ce que son amie lui avait dit du belvédère, ça lui avait paru l'endroit parfait où marquer une pause pour une dernière occasion de *se remettre les idées en place*.

Je vais changer, se jura-t-elle. Peu importait à quel point elle était tentée d'agir impulsivement à l'avenir, elle devait...

Dans l'étang, le nageur avait tenu plus longtemps que Tamara ne s'y attendait. On ne plaisantait pas avec l'hypothermie, et l'eau devait être glaciale.

Il se dirigeait vers les rochers, et elle poussa un soupir de soulagement lorsqu'il posa la main sur un affleurement et se hissa hors de l'eau.

Son soupir se transforma en cri étouffé, et elle bondit sur ses pieds lorsque l'homme tomba en arrière et disparut sous la surface. Elle hésita quelques secondes avant de se diriger plus bas sur le chemin, un œil sur ses appuis et l'autre à la surface de l'eau.

Il ne remontait pas.

Le temps qu'elle arrive en bas du sentier, Tamara sprintait carrément, courant sur le périmètre de l'étang vers les rochers d'où il avait sauté à l'origine. Elle regarda dans l'eau, mais ne vit rien.

Les jurons résonnaient dans sa tête alors que la panique menaçait de prendre le contrôle.

Là. Oh Seigneur, *là*... la forme floue d'une jambe.

Tamara cria à l'aide aussi fort qu'elle put alors qu'elle retirait ses baskets. Elle laissa tomber ses lunettes dessus puis prit une profonde inspiration en se déplaçant au bord des rochers.

Aucune hésitation. Elle se lança.

L'eau glaciale comprima sa poitrine comme dans un étau. Son visage s'engourdit, sa peau nue la picotait comme si des millions de minuscules poissons aux dents aiguisées comme des rasoirs la croquaient. La panique planait.

S'était-elle inquiétée de l'hypothermie ? Oubliez ça... quelqu'un allait extraire leurs corps de la glace dans des années comme des mammouths laineux préservés.

Elle regarda autour d'elle rapidement, soulagée d'avoir atterri assez près de sa cible pour la voir. Elle saisit le membre à proximité, enroulant ses doigts autour d'un mollet épais et solide, prête à le tirer pour mettre son propriétaire en sécurité.

Le pied échappa à sa prise et fila droit vers elle, entrant en collision avec son ventre et sa hanche suffisamment fort pour que tout l'air qu'elle retenait s'échappe en une brusque expiration. Un instant plus tard, des étoiles dansaient devant ses yeux.

Son seul but était de remonter à la surface aussi rapidement que possible, mais ses bras ne voulaient pas bouger. La seule chose qui l'empêchait de boire la tasse était qu'on lui avait coupé le souffle assez fort pour que *rien* ne semble fonctionner.

Les étoiles, de points blancs lumineux, devenaient des trous noirs avant qu'elle ne rassemble tout ce qui lui restait de force, agitant frénétiquement bras et jambes vers la surface miroitante de l'eau.

Elle sortit la tête de l'eau. Elle prit une brusque inspiration malgré la douleur. Des hoquets résonnaient dans ses oreilles alors même que d'autres bruits lui apparaissaient. Quelqu'un d'autre toussait et crachotait.

Tamara se tourna vers la droite pour découvrir que son homme à la mer était remonté à la surface. Dieu merci. Elle était soulagée *mais* prudente. Un étranger qui paniquait à proximité dans l'eau ? Ce n'était pas ce qu'elle voulait gérer quand elle pouvait à peine respirer elle-même.

Elle s'allongea et flotta, gardant un œil vigilant sur la forme floue aux cheveux bruns. Il était assez loin pour qu'elle puisse le repousser s'il se dirigeait vers elle et la faisait plonger en voulant s'accrocher à elle.

Reprendre assez son souffle pour parler lui faisait mal.

— Ça va ? se força-t-elle à dire d'une voix tremblante.

Une série de jurons grommelés mêlés à des postillons et des bafouillis flotta vers elle.

Bien, alors.

Peut-être qu'il se sentait gêné d'avoir dû être sauvé, mais il faisait trop froid pour rester dans l'étang et gérer cet idiot. Elle se dirigea vers la rive, là où il serait facile de marcher pour sortir de l'eau plutôt que de grimper. Impossible de tenter cette paroi rocheuse sans ses lunettes.

— Que faisiez-vous ?

La question vint de quelques pas derrière elle alors qu'elle se redressait maladroitement, de l'eau jusqu'à la taille.

Tamara se tourna vers l'homme, posant les mains sur ses hanches.

— Je sauvais vos fesses. Au fait, de rien.

— M'entraîner sous l'eau quand je ne m'y attends pas, c'est me sauver les fesses ?

Il s'approcha d'un pas, sa voix baissant encore d'un ton.

Ça commençait à bien faire. Tamara recula plus loin sur le rivage.

— Vous êtes suffisamment en hypothermie pour délirer. Vous êtes tombé et n'êtes pas remonté. Vous étiez coincé dans les rochers, et je vous ai sorti.

Elle ralentit son pas, plissant les yeux vers le sol pour suivre le chemin le plus régulier et éviter de trébucher. Bon sang, pourquoi ne portait-elle pas de lentilles au lieu de lunettes ?

L'enfoiré ronchon ne répondit pas, il passa simplement à côté d'elle. Ce n'était pas aussi amusant que ça aurait pu l'être, puisqu'elle était trop myope pour que, une fois qu'il fut à quelques pas à peine devant elle, son derrière nu ne soit rien de plus qu'un flou spectaculaire.

Le temps qu'elle arrive en haut du rocher, il avait mis son jean et fourrait ses pieds dans ses bottes. Ils n'avaient toujours pas échangé plus d'une douzaine de mots colériques.

Bien. Elle mettrait ses lunettes et regarderait bien le type pour savoir quel imbécile ingrat éviter à l'avenir.

— Vos chaussures sont là-bas, marmonna-t-il, s'avançant vers le bord des rochers.

— Faites attention. Mes...

Elle ne put pas rien voir arriver, mais ses oreilles fonctionnaient parfaitement. Le verre qui se cassait avait un son distinctif.

Il jura encore.

— Pourquoi avez-vous laissé vos lunettes sur le sol ?

Ce fut la dernière goutte. Tamara vit rouge.

Toutes ses résolutions de surveiller son tempérament et toutes ses belles intentions de garder vierge sa nouvelle page blanche ici à Heart Falls partirent en fumée sous le poids de *l'énervement instantané*.

— Ça vous arrive de dire merci pour quoi que ce soit ? Et est-ce que vous avez déjà envisagé que, lorsque les choses se passent mal, peut-être que ce *n'est pas* la faute de quelqu'un d'autre ?

Tout en parlant, elle s'avança vers lui, la colère repoussant le froid. Elle récupéra les restes entortillés de ses lunettes des mains de l'homme, et fit un dernier pas pour être assez près et le regarder en face alors qu'elle lançait sa réplique de fin.

— Mais peut-être la *vôtre*.

Ses yeux sombres brûlaient alors qu'il la regardait fixement, sa mâchoire carrée figée dans la pierre. Un filet d'eau ruisselait de ses cheveux sur sa joue, s'infiltrant dans le début de barbe rugueux de son menton. Un nez droit, des lèvres bien trop sensuelles pour un homme. C'était un visage familier, qu'elle ne pourrait pas éviter à l'avenir.

Parce que c'était lui. Caleb Stone, *lui*.

Alias son nouveau patron.

Vie de merde.

2

———

*I*l semblait que certaines choses, comme agir bien trop impulsivement et mettre les pieds dans le plat, ne changeraient jamais.

Malgré tout, elle ne pensait pas avoir tort, mais il était inutile de livrer une bataille qu'elle n'avait aucun moyen de gagner. Elle avait besoin de ce boulot, et si ça signifiait ramper, elle ravalerait sa fichue fierté et le ferait.

Tamara relâcha une bouffée d'air qui lui râpa la gorge et se prépara à ravaler sa bile.

— Je ne me noyais pas.

Ses mots étaient beaucoup plus doux qu'elle ne s'y attendait et avaient un sens totalement différent de la réplique « ne vous donnez pas la peine de déballer vos affaires parce que je ne vous ferais pas confiance pour vous occuper de mes enfants même si vous étiez la dernière femme sur terre » qu'elle aurait comprise.

Elle en resta muette de surprise.

— Il y a une grotte près de la base de ces rochers, dit-il, la voix toujours grondante mais plus aussi râpeuse que du gravier. Parfois une poche d'air se forme là-dedans, et je vérifiais. J'avais la tête au-dessus de l'eau et je respirais tout le temps. Désolé de vous avoir fait peur.

Hein ?!

— D'accord.

Elle enroula ses doigts autour du squelette de ses lunettes brisées et lutta pour empêcher un frisson de la terrasser. Le rappel physique lui donna le dérivatif nécessaire pour diriger la conversation vers des sujets solides et gérables.

— Vous devez vous habiller et vous réchauffer. Il fait bien trop froid pour être à moitié nu ici.

— Je suis d'accord. Nous ferions bien de rentrer aussi vite que possible, répondit-il en l'attrapant par le poignet et en lui retirant les lunettes cassées des doigts. Mais je ne pense pas que vous puissiez conduire sans ça. Si ?

Tamara secoua la tête.

— J'en ai une paire de rechange dans mes bagages, alors ne vous inquié...

— Vous n'allez pas remonter le sentier à l'aveugle.

Caleb croisa les bras sur son torse.

— Ça va aller, insista Tamara.

Il grogna, puis se retourna et s'éloigna si rapidement que Tamara fut de nouveau laissée dans un flou brumeux. Elle regarda autour d'elle jusqu'à trouver ses baskets, des jurons lui échappant tout bas alors que tantôt elle se cognait les orteils, tantôt elle marchait sur des cailloux aux bords aiguisés.

Une fois ses pieds protégés, Tamara baissa la tête pour choisir un chemin du mieux qu'elle pouvait, mais tous les trois pas une nouvelle pierre se dérobait sous son pas, menaçant de la laisser avec une cheville foulée, ou pire.

Soudain, il fut de retour, des jambes solides formant un mur devant elle.

— Peut-être y a-t-il quelque chose de vrai dans cette histoire d'hypothermie.

Il avait remis sa chemise.

— Heureusement, ma monture peut prendre un extra, et elle se moque que vous puissiez voir ou pas. Venez, je vais vous donner un coup de main.

Elle s'attendait à ce qu'il lui propose littéralement une main à laquelle s'accrocher alors qu'il traversait pour aller jusqu'à l'endroit où le cheval était attaché.

Caleb avait d'autres idées. Un hoquet lui échappa lorsqu'il la souleva d'une prise ferme.

— Je peux marcher, insista-t-elle alors même que ses bras s'enroulaient instinctivement autour du cou de Caleb.

— Trop lent. Il fait froid.

Ce qui la fit effectivement taire. Elle passa les minutes suivantes serrée contre un torse de plus en plus chaud, la température montant entre eux alors qu'elle essayait de trouver une position pour sa tête qui lui évite de regarder directement son visage.

Ce fut mieux d'une certaine manière quand il la souleva pour la mettre sur la selle et que, d'un mouvement fluide, il monta derrière elle, parce qu'elle ne pouvait pas le voir.

Mais elle pouvait le sentir. Ses cuisses solides comme de la pierre et tout le reste, avec son corps niché contre le sien. Impossible d'ignorer le contact qui s'établissait quand on chevauchait à deux.

Il enroula un bras autour de sa taille, tenant les rênes avec assurance dans son autre main. Le paysage défilait, ce n'était rien de plus que des masses vagues aux teintes de vert. Elle plissa les yeux pour essayer de distinguer des points de repère, mais il n'y avait rien d'autre qu'une collection d'images floues formant vaguement un ranch.

La main de Caleb était à plat sur le ventre de Tamara, son

corps remuant à un rythme tranquille alors que son cheval les emportait.

Sans rien voir, elle pouvait soit rester silencieuse, soit trouver un sujet de discussion. Pendant quelques instants, elle réussit à se taire. Seulement, le silence rendait impossible de ne pas se concentrer sur le frottement de leurs corps. Ils étaient tous les deux mouillés, et pourtant ils auraient pu sortir tout droit d'un sauna d'après la chaleur générée entre eux. L'allure du cheval la berçait langoureusement, ce qui lui faisait ressentir chaque instant de ses derniers mois de chasteté.

Tamara tenta de changer de position pour élargir l'espace entre eux, mais cela ne fit qu'accroître le frottement de ses hanches contre celle de Caleb, qui laissa échapper un grognement sourd.

Elle se figea.

Il semblait le faire souvent. Grogner. Elle ne voulait pas trop réfléchir à ce que cela faisait dans son ventre.

Elle avait ouvert la bouche pour poser une question stupide quand il la devança.

— Votre camionnette et votre van. Ils sont au belvédère ?

— La camionnette est en haut de la colline. Le van est à la station de pesage.

— Ma sœur vous a parlé des chutes d'eau, n'est-ce pas ?

Enfin, quelque chose de distrayant. Tamara entrelaça ses doigts sur le pommeau de la selle et s'agrippa de toutes ses forces, essayant encore une fois de s'écarter de lui un tout petit peu.

— Dare m'a dit que c'était joli, et je me suis dit que j'avais le temps d'y jeter un œil avant de vous rejoindre. Y a-t-il une raison pour laquelle ça s'appelle Heart Falls ? Ou ont-elles juste été baptisées ainsi en l'honneur de la ville ?

Caleb hésita avant de répondre.

— Si vous vous tenez sur les rochers à l'endroit où j'ai cassé vos lunettes, la chute d'eau est au centre et le lagon s'incurve de chaque côté en formant chacun la moitié d'un cœur.

Tamara résista à l'envie de faire un commentaire sur l'inexactitude anatomique de qualifier de « cœur » la forme de quoi que ce soit. Ce genre d'humour échappait habituellement au corps non médical.

— Ça paraît bien plus romantique que ce que la plupart des anciens auraient choisi comme nom pour un lieu de rassemblement.

Le cheval fit un pas de côté, et Caleb resserra sa prise, appuyant un tantinet trop fort à l'endroit où il lui avait donné un coup de pied.

Un cri de douleur échappa à Tamara avant qu'elle ne puisse l'empêcher.

— Qu'y a-t-il ? demanda-t-il.

— Juste un petit bleu.

Il ne demanda rien de plus sur le moment, ce qui lui convenait, et elle saisit l'occasion de changer de sujet.

— Puisque je suis arrivée en avance, ça ne me dérange pas de commencer tout de suite.

— Je ne pense pas que vous ferez grand-chose avant que nous ne vous trouvions des lunettes, signala-t-il. Nous allons chercher votre camionnette. Je pourrai ramener votre van à chevaux pendant que j'y suis, si vous voulez.

— Vraiment ? Je déteste laisser Stormy plus longtemps que nécessaire, dit Tamara, la culpabilité la frappant durement. Je ne voulais pas vous rajouter du travail.

— Ce n'est pas une affaire. C'est moi qui ai cassé vos lunettes.

Elle soupira.

— C'est moi qui ai essayé de vous sauver quand vous n'en aviez pas besoin. Il fallait s'y attendre, j'en ai peur.

Un petit rire inattendu échappa à Caleb.

— Oh ? Vous sautez dans des étangs tout le temps ?

— Je bondis plutôt sur des conclusions hâtives, mais ouais, je le fais souvent.

Elle ne mentionna pas qu'elle avait juré de changer, parce que sa nature était revenue au galop.

— Je suis désolée d'avoir gâché votre calme détente.

— Vous aviez de bonnes intentions, répondit-il simplement.

Ce qui rendait ça pire, puisque c'était *exactement* ce qu'elle devait changer.

Il continua à parler, sa voix la caressant alors qu'ils se balançaient ensemble de façon bien trop fluide.

— Nous allons vous ramener à la maison et je vous montrerai votre chambre. Il y a une douche, et vous pourrez vous réchauffer. Je serai revenu avec vos affaires avant que vous ayez terminé. Vous pourrez rencontrer les filles pendant le dîner, mais je ne m'attends pas à ce que vous commenciez officiellement avant demain. Nous prendrons les choses comme elles viendront.

Ils se rapprochaient de la civilisation, les larges formes de granges et de dépendances devenaient visibles même avec une mauvaise vue.

— Merci.

Il grommela un moment.

— Vous avez entendu dire qu'Emma n'aime pas parler, n'est-ce pas ? Elle n'est pas muette, juste discrète.

— Dare me l'a dit. Je peux gérer ça.

— Je ne veux pas qu'on la corrige, ou quoi que ce soit. Pour être clair...

Seigneur.

— Qui aviez-vous comme nounou avant ? demanda Tamara. Ou est-ce qu'un de ses professeurs a décrété une telle ânerie ?

Caleb sembla soulagé et agacé en même temps quand il répondit :

— Une des baby-sitters ne voulait pas la laisser manger avant qu'elle ait demandé chaque objet à voix haute. Sasha est venue me chercher dans l'écurie, hérissée comme un chat mouillé.

Tamara appréciait déjà Sasha.

— Tant mieux pour elle. *Corriger*, répéta-t-elle en transformant le mot en juron. Ne vous inquiétez pas pour moi. Je veux vous aider, et je ne donne pas dans la torture d'enfants.

Il émit un son plaisant qui ne disait pas grand-chose tout en en disant beaucoup.

— Je ne le pensais pas. Ma sœur vous tient en haute estime, et ça pèse lourd. Mais les filles ont traversé une tonne de changements au cours des deux derniers mois. Je ne m'attends pas à ce qu'elles soient ravies que vous soyez là au début. Donnons-nous du temps. Avec un peu de chance, ça fonctionnera.

Il recula légèrement. Le cheval répondit instantanément et s'arrêta.

Tamara passa la jambe par-dessus le dos de la bête et se prépara à sauter.

Curieusement, Caleb mit pied à terre le premier, et ses mains fortes entourèrent la taille de Tamara alors qu'il la soulevait de la selle et la posait sur le sol comme si elle était une enfant.

Elle n'était pas sûre de la raison pour laquelle son contact décontracté était si décevant. Qu'il ignore la gêne entre eux était ce dont elle avait besoin. C'était un nouveau travail, et la dernière chose qu'elle voulait était qu'il la traite comme une potentielle petite amie.

Il la prit par la main pour la guider.

— Trois marches vers le palier, puis la porte.

— Je ne suis pas aveugle à ce point, dit-elle.

Mais elle ne retira pas sa main parce qu'elle ne voyait pas *si* bien que ça, et elle aimait autant éviter de tomber à plat sur le visage avant même d'avoir passé la porte.

Tamara ne dit pas un mot du fait qu'ils soient encore tous les deux trempés... c'était sa maison et si ça ne le dérangeait pas que ça ruisselle sur le sol, ça lui convenait.

Elle nettoierait quand elle trouverait où était la serpillière.

Caleb la mena dans un couloir – des murs jaunes reflétaient la lumière vive qui se déversait par les fenêtres – et ouvrit la dernière porte.

— C'est votre chambre. La porte sur la droite, c'est la salle de bains, et vous avez une tonne d'espace de rangement. Les filles sont dans les deux chambres sur notre gauche. Je vous montrerai le reste de la maison plus tard, dit-il en reculant, ses yeux sombres sortant de son champ de vision. Je vais vous laisser vous débrouiller à partir de là.

Il s'en alla avant qu'elle ne puisse dire un autre mot, la laissant trouver son chemin à travers des formes floues de murs et de meubles vers la salle de bains spacieuse.

La douche était fantastique. Tamara se tenait directement sous le pommeau pression, dont l'eau coulait aussi chaude que possible pendant aussi longtemps qu'elle pourrait le supporter.

Ça s'était bien passé...

Non.

Au temps pour ses bonnes intentions. Mais peut-être que ce n'était pas plus mal... si l'opinion de Caleb était extrêmement basse, elle ne pourrait que remonter.

Cela prit du temps, mais une fois qu'elle eut terminé et se fut enroulée dans une énorme serviette, elle se sentait presque humaine. Elle se pencha près du miroir, essuyant la buée pour regarder son visage et passer les doigts dans ses cheveux. Jusqu'à ce que ses affaires arrivent, elle ne pouvait pas faire grand-chose de plus.

Elle ouvrit la porte et jeta un coup d'œil à son nouveau foyer.

Une petite fille brune était assise sur son lit.

Tamara s'avança, essayant de ne pas avoir l'air trop flippante alors qu'elle se rapprochait assez pour examiner le visage de l'enfant.

— Bonjour.

Pas de réponse.

D'accord. Elle ne parlait pas, ce qui d'après les sources de Tamara signifiait que ce devait être Emma. La deuxième fillette.

— Sais-tu si ton père a ramené ma camionnette à la maison ?

Sa queue-de-cheval se balança alors qu'elle secouait la tête. Puis elle fixa Tamara attentivement, les lèvres pincées, une expression bouleversée dans les yeux.

Tamara prit la chaise en face d'Emma.

— Est-ce que ta sœur est dans le coin aussi ?

La bouche de la petite fille s'ouvrit une seconde avant qu'elle ne hoche la tête.

— Bon, c'est bien. Ton père m'a dit que je ne commencerai pas à travailler comme nounou avant demain, mais je voulais te rencontrer, et te voilà, dit-elle en tendant la main à Emma. Je suis Tamara. Je suis très contente de faire ta connaissance.

Emma regarda ses doigts avec méfiance avant de les prendre et de les serrer rapidement.

— Ta tante Dare m'a dit que tu n'aimais pas parler, surtout à des inconnus. C'est ton choix, mais puisque je suis nouvelle ici, je vais probablement devoir poser un tas de questions.

J'espère que même si tu n'as pas envie de répondre avec tes mots, tu pourras m'aider autrement.

La bouche de la petite fille s'ouvrit de surprise avant qu'elle ne la referme brusquement.

Tamara marqua une pause.

Hummm. Quelque chose clochait. Ça ne semblait pas être une petite fille qui ne communiquait pas verbalement, pour une raison ou une autre. Plutôt une petite fille qui essayait de *faire semblant* de ne pas parler.

Tamara dissimula un sourire.

— Hé, je pense entendre du bruit dehors, dit-elle en se levant pour regarder par la fenêtre. Regardez-moi ça ! On a rapporté ma camionnette et il y a mon cheval. Puis-je te demander un service, *Sasha* ? J'apprécierais que tu prennes les sacs que j'ai laissés sur le siège passager.

Sasha resta assise immobile pendant un instant avant de demander :

— Comment saviez-vous que je ne suis pas Emma ?

— Je pense que la question la plus importante, c'est : pourquoi faisais-tu semblant d'être elle ?

Les yeux marron se plissèrent méchamment avant que Sasha ne devienne toute gentillesse et lumière, accordant un sourire effrayant à Tamara.

— C'est ma sœur, et je n'aime pas que les gens soient méchants avec elle.

— Donc tu vérifiais que la nouvelle nounou ne soit pas méchante ?

Sasha hocha la tête.

Tamara inclina la tête en signe d'approbation.

— Bravo.

Sasha lui lança un regard indéchiffrable.

— Nous pourrons en rediscuter plus tard, mais j'ai besoin que tu me récupères ces sacs. Je ne peux pas sortir sans rien d'autre qu'une serviette. Un de ces trucs de filles, n'est-ce pas ? Tu connais ça.

Les pieds de Sasha heurtèrent le sol. Elle s'avança, ouvrit la porte sans un mot et se glissa dehors, tout en gardant un regard intense sur Tamara.

Oh ouais, ça allait être intéressant.

3
_____

Le temps que Caleb revienne après être allé chercher la camionnette de Tamara, il était gelé jusqu'aux os.

Étrangement, ça ne le dérangeait pas. Le jean mouillé lui collant aux cuisses avait suffi à neutraliser les images qu'il devait garder sous contrôle. La chevauchée pour retourner au ranch avec Tamara nichée dans ses bras avait été une forme de torture raffinée. Pourquoi avait-il écouté sa sœur Dare et engagé cette dangereuse créature ?

Ah oui. Parce que les filles avaient besoin de la présence d'une femme.

Pour une raison quelconque, Dustin traînait dans la cour au lieu d'être du côté du dortoir où il avait emménagé après la remise des diplômes, au mois de juin précédent. Caleb attira son attention, lui lançant les clés de la camionnette de Tamara.

— Gare la remorque près de l'écurie puis occupe-toi de son cheval, veux-tu ?

Dustin examina les vêtements mouillés de Caleb avec amusement, mais pour une fois, prit la bonne décision et ne posa pas de questions.

Caleb attrapa les deux sacs sur le siège passager de Tamara et les porta dans la maison, tombant sur Sasha dans le couloir.

— Je peux les apporter à la nounou, papa, proposa-t-elle gentiment.

— Merci, ma puce.

Elle plissa le nez quand il s'arrêta pour l'embrasser, puis il s'échappa dans sa salle de bains.

Il ouvrit les robinets, et de l'eau chaude jaillit immédiatement. Tamara devait avoir terminé de prendre sa douche…

Et bon sang, ces images interdites resurgirent brusquement. Il avait été déjà assez pénible qu'elle se frotte contre lui pendant toute la chevauchée du retour. Il n'avait pas besoin d'y ajouter la pensée d'une peau nue sous l'eau chaude au milieu de nuages de vapeur. Mais il était difficile de la bloquer, tout bien considéré.

Après le départ de sa femme, Caleb avait plus ou moins abandonné l'amour. Il n'avait pas besoin d'une femme dans sa vie pour des raisons sentimentales. Luke pouvait être le rêveur, et Dustin pouvait baratiner et faire la cour à toutes les jeunes femmes en ville et dans les trois autres comtés s'il voulait. Walker pouvait utiliser son charme de cow-boy quand il participait à des rodéos.

Mais au fond, ce que Caleb voulait le plus, c'était avoir quelqu'un dans son lit la nuit. Direct, mais vrai. Au diable les fadaises romantiques, il aimerait avoir du sexe. C'était la seule chose dont il n'avait pas profité depuis longtemps, et ça lui manquait vraiment.

Mais ce n'était pas un chemin sans risque sur lequel s'aventurer quand la femme qui entrait dans son foyer était tellement intouchable qu'il devait la considérer comme sa kryptonite personnelle.

Quelques instants plus tard, habillé, il se pressa de rejoindre sa famille.

Il fit deux pas dans la pièce puis s'arrêta.

Luke et Emma étaient assis l'un à côté de l'autre devant l'îlot de la cuisine. Comme d'habitude, voir sa fille la plus jeune heurta Caleb comme s'il avait reçu un coup de pied dans le ventre. Une brève apparition miniature de son ex-femme, sauf qu'Emma était la douceur et la joie. Mais elle était actuellement frustrée – ses boucles blondes remuaient tandis qu'elle se tortillait sur place, son livre de devoirs ouvert devant elle alors que Luke pointait quelque chose du doigt sur la page.

Emma leva le regard. Ses yeux bleus brillèrent et son visage s'illumina d'un sourire comme elle seule pouvait le faire, et l'amour fit fondre le cœur de Caleb.

— Hé, mon petit bouchon.

Emma abandonna sa tâche avec impatience, glissa de son tabouret et se dépêcha de l'envelopper d'une étreinte.

Caleb prit un instant pour apprécier d'être écrasé par des bras minuscules avant de déposer un baiser sur le front de sa fille. Il se leva pour gérer l'autre personne inattendue dans la pièce.

— Joli tour, Walker. Aux dernières nouvelles tu étais à des kilomètres. Des ailes t'ont poussé du jour au lendemain ?

Walker s'avança depuis le comptoir latéral où il préparait une salade, la main tendue pour saisir celle de Caleb.

— Je suis monté dans ma voiture aussitôt que la dernière compétition a été terminée, et les roues m'ont simplement transporté jusqu'à la maison.

Il serra la main de Caleb, le sourire sur son visage à la mâchoire carrée tout à fait aussi large que celui de Luke. Une ombre s'attardait dans ses yeux sombres, que Caleb ne se souvenait pas d'y avoir déjà vue, mais avant qu'il ne puisse poser plus de questions, Walker retourna à sa tâche, ajoutant par-dessus son épaule :

— Luke a dit que ça ne le dérangeait pas que je tire au flanc pendant les deux prochains mois, alors je me suis dit que c'était un bon endroit pour accrocher mon chapeau.

— Ça me va. Tu peux tirer au flanc autant que Luke te laissera faire, répondit Caleb d'un ton égal.

Ils savaient tous les deux que ça voulait dire jamais. Luke était peut-être le frère marrant, mais il exigeait toujours que les gens fassent le boulot.

Caleb jeta un coup d'œil à la table puis revint vers sa fille, qui faisait des grimaces à ses devoirs.

— Emma, j'allais te dire de mettre une assiette supplémentaire pour la nouvelle nounou... elle se joindra à nous pour le dîner, mais on dirait que tu as déjà mis la table pour une personne de plus que nous n'en avons besoin.

Elle repoussa ses devoirs, levant ses doigts et comptant sans dire les noms à voix haute. Il était clair qu'elle énumérait les gens, et Caleb se joignit silencieusement à elle.

Emma, Sasha, Luke, Walker, Tamara, lui... et un de plus.

Aah.

— Dustin sera là ce soir, c'est ça ?

Emma hocha la tête avec exagération, elle souleva le menton de haut en bas, et le plaisir ramena un sourire sur son expression.

Bien sûr que Dustin allait se joindre à eux, parce que s'il y avait une chose que les plus jeunes Stone aimaient encore plus que tourmenter leur frère aîné, c'était satisfaire leur curiosité.

Pas étonnant que le gamin ait traîné à proximité de la maison.

— Je vais lui envoyer une facture s'il continue comme ça.

Luke ébouriffa les boucles d'Emma en se levant, se

dirigeant vers le plan de travail pour égoutter l'énorme casserole de pâtes qui avait cuit sur la cuisinière.

— C'est génial qu'il aime toujours faire des choses avec nous. On doit apprécier ça... Certains gamins de son âge ont hâte de s'éloigner de chez eux autant que possible. Qu'il ait seulement emménagé dans le dortoir parce qu'il voulait se sentir plus adulte est une bonne chose.

— Il a le gîte et le couvert avec le dortoir. Vivre complètement seul requerrait qu'il cuisine pour lui-même au moins de temps en temps.

Malgré tout, Caleb souriait alors qu'il les rejoignait devant l'îlot, glissant un bras autour des épaules d'Emma.

— Tu aimes gâter ton tonton Dustin, n'est-ce pas, petite fille ?

Emma s'appuya contre Caleb, ses cheveux lui chatouillant le nez alors qu'elle soulevait deux doigts, son expression devenant triste.

Il la serra contre lui, sachant qu'il lui était impossible de parler dans la pièce bondée. Heureusement, il avait pu comprendre ce à quoi elle faisait référence.

— Je sais que nous sommes deux de moins qu'avant. Les filles me manquent aussi. Mais tata Dare viendra nous rendre visite quand elle pourra, et elle ramènera votre nouveau cousin Joey avec elle. Et nous sommes censés parler par Skype à tata Ginny le week-end prochain. Ça sera amusant, n'est-ce pas ?

Emma hocha la tête avant de soupirer lourdement et d'ajouter un autre mot à sa page de devoirs.

Ce n'était pas les maths qui rendaient sa petite fille chèvre, c'était la langue. Ils devaient l'encourager pour lui faire sortir les mots, que ce soit pour parler avec ses doigts ou sa bouche.

Sa fille aînée se précipita dans la pièce comme une tornade. Ignorant tout le monde, Sasha grimpa sur le tabouret d'Emma et colla ses lèvres à l'oreille de sa sœur lui parlant rapidement mais suffisamment bas pour que personne d'autre ne puisse entendre.

— Bonsoir à toi aussi, Sasha, dit Walker avec un petit rire.

Elle agita la main vers lui sans interrompre le partage de ses secrets. Plus elle murmurait longtemps, plus les yeux d'Emma s'écarquillaient.

Des bruits de pas résonnèrent de nouveau, et Caleb se prépara avant de se retourner, mais découvrit Dustin qui entrait dans la pièce.

— Ça a été rapide.

Dustin lança un jeu de clés dans les airs et les rattrapa d'une main, souriant largement alors qu'il jetait un coup d'œil dans la pièce et vers ses frères.

— Elle a une chouette carrosserie.

C'est ce qu'ils disent tous.

Caleb se botta mentalement les fesses de transformer chaque commentaire sur Tamara en quelque chose de sexuel.

— Tu t'es déjà occupé de son cheval ?

— Ouais.

Mais dans la seconde suivante, Dustin dansait d'un pied sur l'autre d'un air gêné, l'air aussi mal à l'aise que les filles quand Caleb les surprenait à mentir.

— D'accord, avoua-t-il, *je* ne m'en suis pas occupé. Ashton était là, et il a dit que ça ne le dérangeait pas, alors j'ai garé la remorque et j'ai ramené la camionnette à la maison. Je ne voulais pas être en retard pour le dîner.

Luke passa à côté de Caleb pour poser une énorme casserole de spaghetti sur la table, parlant doucement en avançant.

— Parce qu'il veut mater la nounou. Je te l'avais dit.

Dieu tout-puissant, qu'est-ce que Caleb pouvait demander de plus ?

Il choisit de se concentrer sur le fait que Dustin avait été *quelque peu* utile.

— Ne te décharge pas de tes corvées sur notre contremaître, mais merci d'avoir garé la remorque.

— Pas de problèmes.

Dustin poussa gentiment Walker de l'épaule en guise de salutation avant de se laisser tomber sur une chaise et de se pencher en arrière, en équilibre sur deux pieds, alors qu'il regardait tout le monde travailler dans la cuisine.

Walker se pencha derrière lui, posa une corbeille de pain à l'ail sur la table, et Dustin en attrapa un morceau au passage.

Les filles quittèrent l'îlot et se dirigèrent vers leurs sièges. Dustin se mit à les taquiner, son discours était un peu brouillé puisqu'il parlait en même temps qu'il avalait son pain à toute vitesse.

— Je suis curieux aussi, admit Walker, parlant à l'oreille de Caleb suffisamment bas pour que les filles ne l'entendent pas. À propos de la nounou. Je suis stupéfait que tu accueilles une femme dans cette maison.

Son expression était difficile à interpréter, quelque part entre l'inquiétude et la taquinerie.

— Tiens-toi bien, l'avertit Caleb.

La dernière chose dont il avait besoin, c'était que les filles pensent que cette histoire de nounou cachait autre chose que quelqu'un qui venait l'aider pour une raison purement professionnelle.

Un cri perçant échappa à Emma alors que Dustin la chatouillait du doigt. Sasha riposta, et même s'ils jouaient, le volume s'éleva plus qu'il n'était censé être admis dans la maison.

— Les filles. Dustin... dois-je vous rappeler de baisser la voix à l'intérieur ?

Dustin fourra un énorme morceau de pain dans sa bouche

avant de répondre, à l'évidence amusé alors que ses mots sortaient étouffés.

— Nous avons des manières.

— De mauvaises manières.

Sa famille. Remuante et à la limite de la folie, mais il l'adorait... quand il ne voulait pas la tuer.

Tamara arriva au moment où Dustin faisait une grimace malpolie, les joues gonflées comme un écureuil stockant des noisettes pour l'hiver.

C'était puéril, mais Caleb ne put s'empêcher d'avoir l'impression, pour la première fois ce jour-là, que quelque chose roulait.

ÇA N'AVAIT PAS ÉTÉ difficile de trouver la cuisine. Tamara avait laissé ses oreilles la mener vers le bruit alors même qu'elle redressait les épaules et se préparait mentalement.

Ça n'avait pas d'importance qu'elle ait passé des années à gérer des situations de vie ou de mort, et qu'elle ait fait des comptes rendus devant de larges groupes sur divers sujets durant sa carrière d'infirmière. C'était différent. Elle allait rencontrer les gens avec lesquels elle vivrait vingt-quatre heures sur vingt-quatre, sept jours sur sept, et *ils* étaient une famille. Elle était la nouvelle venue. Elle devait s'intégrer, ce qui signifiait adopter un comportement exemplaire.

Si elle savait comment y parvenir.

Après avoir fait deux pas dans la pièce, elle marqua une pause. Cette section de la maison possédait un design dégagé, avec la salle à manger sur la droite et la cuisine aménagée sur la gauche en forme de L le long des deux murs. Un large îlot se trouvait de façon opportune devant l'espace de travail pour la cuisine, avec une rangée de hauts tabourets nichés sous l'avancée.

Elle remarqua tout ça en un instant, en quelque sorte comme une toile de fond pour l'événement principal : les visages qui se tournaient vers elle. Elle ignora la gent masculine et se concentra sur les deux petites filles assises l'une à côté de l'autre à table, immobiles alors qu'elles la regardaient.

L'expression de Sasha était circonspecte tandis qu'elle se penchait d'un air protecteur vers un ange aux cheveux blonds et bouclés, qui devait être sa petite sœur. Emma avait l'air confuse et inquiète, ses dents s'enfonçaient dans sa lèvre inférieure qu'elle mordillait, et ses yeux bleu clair examinaient attentivement Tamara.

Quelque chose en Tamara s'agença avec un déclic abrupt. C'était pour *ça* qu'elle était là : pour ces fillettes. Et peu importait qu'elle n'admette jamais à quel point elle avait peur d'avoir laissé sa zone de confort derrière elle et d'être un peu comme un poisson hors de l'eau, mettre son travail en perspective rendait cela beaucoup plus simple.

Prendre soin des personnes qui ne pouvaient pas se défendre était pile dans les cordes de Tamara. S'assurer que ces enfants étaient en sécurité et heureuses, elle pouvait le faire.

Ce qui fut la raison pour laquelle, après leur avoir lancé un sourire, elle jeta un coup d'œil vers les quatre hommes dans la pièce avec plus d'assurance.

— J'espère que cette odeur délicieuse signifie que je vais pouvoir convaincre quelqu'un de me nourrir.

L'adolescent assis à côté des filles redressa sa chaise tellement vite qu'il faillit tomber. Reflet plus jeune de Caleb, il mâchait un énorme morceau de nourriture, les joues rougissant alors qu'il levait la main pour se cacher la bouche.

Tamara prit pitié de lui et regarda de l'autre côté.

Elle croisa le regard de Caleb juste à temps pour le voir

effacer un petit sourire suffisant. Son expression équilibrée et stoïque revint, et son amusement disparut comme s'il n'avait jamais existé.

Il inclina poliment la tête.

Avant qu'il ne puisse parler, un autre homme grand avec des cheveux indisciplinés teintés de roux s'avança, la main tendue en signe de salutation.

— De la nourriture *et* de l'eau, si vous y croyez. Bonsoir, je suis Luke. Ravi de vous rencontrer.

Son sourire était pleinement accueillant, un pétillement d'espièglerie dans ses yeux marrons alors qu'elle lui serrait fermement la main.

— Ravie de vous rencontrer aussi. Tamara Coleman.

Luke fit un geste brusque du pouce par-dessus son épaule vers le plus grand du groupe, qui était appuyé contre le plan de travail, les bras croisés sur le torse.

— Ça, c'est Walker. Il revient tout juste d'une saison de tournois, alors je ne sais pas à quel point il est civilisé en ce moment.

— Je ne sais pas pourquoi tu penses être drôle, marmonna Walker. Vraiment pas.

Ses cheveux et ses sourcils noirs avec son expression nettement moins amicale se combinaient pour lui donner l'air beaucoup plus dangereux que l'exubérant Luke.

Des papillons voletèrent un instant dans le ventre de Tamara avant qu'elle ne s'avance et tende la main, malgré le langage corporel peu accueillant de Walker.

Il la lui serra brièvement avant de se diriger vers l'évier pour remplir un broc d'eau.

— Vous connaissez Caleb, continua Luke dans son rôle autoproclamé de maître de cérémonie. Et lui, là-bas, c'est Dusty. Ne vous inquiétez pas, contrairement aux apparences, il n'a pas besoin de nounou.

Le visage du pauvre Dusty était cramoisi, et même si Tamara comprenait que faire partie d'une fratrie impliquait de se faire taquiner, elle avait de la peine pour le gamin.

Elle s'approcha et lui tendit la main, comme elle l'avait fait avec Walker.

— Même si je n'ai pas de frère aîné, j'ai un tas de cousins plus âgés, alors faites-moi confiance. Je comprends à quel point ils peuvent être enquiquineurs parfois.

Les lèvres de Dustin tiquèrent et une partie de la tension le quitta.

— *Trois* frères aînés et *deux* sœurs aînées... les enquiquinements et moi, on se connaît bien. Et c'est Dustin, si ça ne vous dérange pas.

— Dustin alors.

Tamara se tourna pour saluer le dernier membre de la famille, se mettant à genoux pour avoir la tête au niveau de celle d'Emma.

— J'ai rencontré ta sœur, ce qui signifie que tu es Emma. J'ai hâte d'apprendre à mieux te connaître.

Tamara attendit de voir quel genre de réponse elle obtiendrait. Elle n'allait mettre la petite fille dans l'embarras en lui proposant de lui serrer la main et que ce soit éventuellement ignoré.

Emma pencha la tête et examina Tamara, un petit froncement de sourcils lui plissant le front avant qu'elle lève la main et passe un doigt le long du bord des lunettes de Tamara.

— Elles te plaisent ? Quand je travaillais à l'hôpital, je devais porter certains vêtements à cause d'un code vestimentaire, et parfois ça me semblait un peu banal. J'ai commencé à collectionner toutes sortes de lunettes qui n'étaient *pas* banales. C'est une de mes paires préférées. Les porter me donne l'impression de profiter d'une journée d'été, même en plein hiver.

C'était un plaisir simple. Une rangée d'oiseaux bleus miniatures étaient perchés sur le dessus des branches d'un jaune vif.

Emma recula la main mais souriait un peu.

— Vous avez plus d'une paire de lunettes ? demanda Sasha, apparemment impressionnée. Tata Ginny porte des lunettes, mais elle n'en a qu'une paire. Oh, et parfois elle a des lunettes de soleil, et parfois elle ne les porte pas du tout.

— Je dois porter mes lunettes, leur dit Tamara sérieusement. Autrement tout est trop flou.

— Emma et moi, on n'a pas besoin de porter de lunettes...

— Pourquoi tout le monde ne s'installerait pas ? interrompit Caleb. Comme ça, nous pourrons avoir plus rapidement de quoi manger dans nos assiettes.

Au lieu de la table typique, rectangulaire, au style fermier, la salle à manger de l'espace ouvert possédait une table ronde énorme où étaient posés des couverts et des verres. Assez de sièges pour une douzaine de personnes étaient disposés autour, des chaises en bois dépareillées mais robustes, et le résultat était étonnamment douillet.

Après quelques remaniements, Tamara se retrouva assise sur la chaise que Dustin avait abandonnée, la moitié seulement de la grande table étant utilisée. Caleb s'assit à trois places d'Emma, et Tamara regarda avec intérêt alors qu'il se mettait à servir les pâtes, la sauce et la salade sur les assiettes empilées devant lui.

Alors qu'il terminait la première assiette, il la tendit à Emma, qui la passa prudemment à Sasha.

Quand Sasha posa l'assiette devant elle et prit sa fourchette, Caleb toussa sévèrement.

— Tu as quelqu'un assis à côté de toi ce soir, lui rappela-t-il.

Tamara aurait voulu intervenir pour dire que ça ne la dérangeait pas d'attendre, mais c'était la maison de Caleb et elle voulait savoir dans quoi elle mettait les pieds. La manière dont ils faisaient les choses dans la famille Stone, et si elle allait s'y intégrer...

Non. Si elle était honnête, *ce* n'était pas la question. La question était... approuverait-elle ?

Elle accepta l'assiette de Sasha.

— Merci. Ça a l'air bon.

— C'est la chaise de tata Ginny.

Une pique maussade et puérile.

— Sasha, dit Caleb, sur un ton d'avertissement. Tata Ginny est en France. Je ne pense pas que nous ayons besoin de laisser la chaise vide pour elle. Sois gentille.

Sasha regarda son assiette, mais elle ne resta silencieuse que quelques secondes avant de se tourner de nouveau vers Tamara, parlant poliment, mais avec affectation.

— Ça sera un bon dîner parce que tonton Luke fait le *meilleur* pain à l'ail. Papa fait la *meilleure* sauce spaghetti. Tonton Walker fait la *meilleure* salade. Tonton Dusty...

Elle jeta un coup d'œil de l'autre côté de la table, où Dustin attendait patiemment que son assiette arrive.

— Tonton Dusty...

— Tonton Dusty est le meilleur dîneur du monde, dit Luke d'un ton traînant, attrapant au vol le coude de Dustin.

Ce dernier sourit à sa nièce.

— Et pourquoi on ne dirait pas que tonton Dustin sert les meilleurs bols de glace pour le dessert ?

Sasha leva les yeux vers Tamara avec un peu d'insolence.

— Savez-*vous* cuisiner ?

— Je sais faire du pain grillé, dit Tamara.

Les yeux de la petite fille s'écarquillèrent.

— C'est tout ?

— Peut-être quelques autres choses. Mais le toast est ma spécialité.

Sasha retourna à son assiette. Si discrètement qu'il était impossible que Caleb l'entende, elle marmonna :

— On va mourir de faim.

Tamara lutta pour s'empêcher de rire.

Caleb était efficace pour servir le dîner, et toutes leurs assiettes furent rapidement remplies. Mais personne ne toucha son repas, jusqu'à ce que Caleb pose la louche, la dernière assiette posée devant lui.

Tamara attendit au cas où les Stone auraient une autre tradition familiale. Mais à l'instant où Caleb prit sa fourchette, il fut évident que c'était le signal du départ.

Tamara n'avait aucune objection. Entre le trajet et le plongeon inattendu dans l'eau froide, elle avait assez faim pour rendre justice au repas fumant.

— Tu sais combien de temps tu vas rester ? demanda Dustin à Walker.

— Jusqu'au Nouvel An. J'ai besoin d'une petite pause, alors je pourrais aussi bien passer du temps avec vous.

Caleb regarda son frère.

— Est-ce que tu dois récupérer d'une chute dont tu ne nous as pas parlé ?

Walker marqua une pause, la fourchette à mi-chemin de sa bouche.

— Est-ce que j'ai l'air de m'être fait tabasser ? Ne t'inquiète pas pour moi. C'est toi que j'ai vu boiter quand tu marchais dans la pièce.

Haussant légèrement les épaules, Caleb se concentra sur son assiette.

— Ce ne serait pas la première fois que tu serais couvert de bleus et que tu ne dirais rien.

— Dans un registre différent, est-ce que vous avez trouvé ce que vous allez mettre pour Halloween, les filles ? demanda Luke. Il ne reste qu'un peu plus d'une semaine.

— Je veux être une astronaute, et Emma veut être une acrobate. Nous pourrons porter nos costumes toute la journée à l'école, et mon institutrice, Mme Miller, dit qu'elle va s'habiller comme Mme McGonagall. Je pense que *tous* les instituteurs devraient se costumer, mais Kelli dit que certains se prennent bien trop au sérieux pour se laisser aller et s'amuser.

— Kelli a dit ça ? demanda Luke, un sourire suffisant incurvant ses lèvres alors qu'il jetait un coup d'œil à Tamara pour lui expliquer. Kelli travaille au ranch.

Sasha continua.

— Kelli a dit qu'elle allait s'habiller en *cow-girl*, mais je ne pense pas que c'est un très bon costume parce que c'est comme ça qu'elle s'habille tout le temps.

— Aah. Une *cow-girl*. Voilà qui tombe sous le sens, dit Tamara, établissant un contact visuel avec Emma. Tu sais, c'était globalement le déguisement ma sœur pour chaque Halloween depuis aussi longtemps que je me souvienne.

Emma se pencha sur son assiette, les yeux émerveillés alors qu'elle examinait Tamara de plus près. Elle donna un coup d'épaule à Sasha.

— Emma veut savoir si tu as un costume d'Halloween, affirma Sasha avant de regarder d'un air suppliant de l'autre côté de la table vers Caleb. Tu pourras nous emmener faire le tour des maisons cette année, papa ? Tu pourras, s'il te plaît ?

Durant la fraction de seconde avant que l'attention de tout le monde ne se tourne vers Caleb, Tamara aurait juré avoir vu de la frustration sur le visage d'Emma. Elle se demanda à quelle fréquence Sasha parlait pour sa petite sœur et se trompait.

Caleb leva un sourcil.

— Est-ce que je ne vous emmène pas toujours ?

— Oui, mais j'ai pensé que peut-être...

Sasha jeta un coup d'œil suspicieux vers Tamara.

— Aah.

Caleb remplit son verre d'eau d'un air pensif avant de répondre à la question muette de Sasha.

— Certaines des choses que tu faisais avec moi, Ginny ou Dare, tu pourras les faire avec Tamara. C'est pour ça qu'elle est là… pour que vous ne passiez pas à côté des choses amusantes si je suis trop occupé. Mais je serai toujours là pour les événements les plus importants.

La conversation se tourna vers de nouveaux sujets après ça, comme Dustin demandant des conseils à Walker pour sa voiture, et Sasha racontant à son tonton Luke une longue histoire sur un des chiens du ranch qui était connu sous le nom de bon augure de Démon.

Tamara se joignait à eux par moments, mais elle écoutait et regardait surtout, essayant d'intégrer le rythme de cette nouvelle famille. On sentait l'affinité et l'amour profond entre eux, mais également une pièce manquante.

Pendant qu'elle grandissait dans le ranch de Whiskey Creek, il n'y avait eu qu'elle, ses deux sœurs et leur père pendant d'aussi longtemps qu'elle pouvait s'en souvenir. Elle adorait ses sœurs, et elle et son père se toléraient, mais cette même impression de manque avait conduit Tamara à quitter le travail de la terre pour obtenir son diplôme d'infirmière. Travailler avec ses mains pour aider à guérir les gens avait été un moyen d'être acceptée et appréciée pour ses compétences, et plus elle restait longtemps à table, plus elle était certaine qu'*ici* était l'endroit où elle devait être.

S'installer au ranch de Silver Stone n'allait pas être parfaitement aisé. Elle était presque sûre qu'elle et Caleb allaient avoir des prises de bec plus d'une fois, mais il y avait quelque chose qui lui paraissait approprié dans le fait d'être là.

Une fois que le repas fut terminé et qu'ils eurent débarrassé la table, Tamara ne lutta pas quand Caleb la congédia pratiquement.

— Les filles et Dustin peuvent s'occuper de la vaisselle ce soir, insista-t-il, ignorant leurs grognements.

Il regarda Dustin dans les yeux.

— C'est ça, faire partie d'une famille... cuisiner ou faire la vaisselle, non ?

Son plus jeune frère soupira lourdement, mais il tira un tabouret pour le placer devant l'évier et posa Emma dessus avec l'aisance d'une routine bien connue.

— Allons, petite. Tu laves, j'essuie, et Sasha pourra ranger. Puis tu pourras me montrer ce que tu as prévu pour ton costume.

Quelques instants plus tard, Tamara jeta un deuxième coup d'œil autour d'elle dans la pièce et découvrit qu'elle était seule. Caleb, Walker et Luke avaient tous disparu.

Elle retourna errer dans la maison, examinant les touches accueillantes ici et là, certaines plus anciennes que d'autres. Des rideaux vichy encadraient les hautes fenêtres de la salle de séjour qui faisaient face à l'est, et le même tissu à volants couvrait le vitrage d'une porte d'entrée sur le côté de la cuisine, mais décoloré par le soleil. En revanche, il y avait de tout nouveaux coussins sur les canapés et les fauteuils.

Les photos sur les murs étaient pareilles, certaines anciennes, d'autres récentes, de même que les bibelots présentés sur les étagères et les bibliothèques. Chaque cliché, chaque objet était un morceau de souvenir affiché, signalant tous des événements et des détails dont elle ne connaissait rien.

C'était étrange d'être aussi... ignorante. Mal informée. Tamara n'était pas sûre d'aimer ne pas savoir.

Elle passa un doigt sur le bord d'un cadre doré. Deux familles étaient l'une à côté de l'autre, une famille de quatre et une famille de sept. Elles se tenaient sous un arbre, avec un lac scintillant à l'arrière. Caleb était clairement reconnaissable même s'il était plus jeune de plusieurs années. Le sourire sur son visage était bien plus innocent et léger que ce qu'elle avait vu jusque-là.

Tout autour de Tamara contenait des secrets, des indices sur cette famille dans laquelle elle était tombée. Il y avait tant de choses qu'elle ignorait ! Pas seulement sur eux, mais sur elle-même. Est-ce que Heart Falls serait un long arrêt dans le nouveau voyage qu'elle avait entrepris, ou court ?

Tout ce qu'elle savait avec certitude, c'était qu'elle ne pouvait pas reculer, ce qui signifiait que le futur était immense et très, très incertain.

4

———————

Caleb entra à grands pas dans la cuisine après avoir accompli les tâches matinales et s'arrêta net. Étant donné qu'il était à peine six heures du matin, la dernière chose à laquelle il s'attendait, c'était à être accueilli par l'odeur de biscuits fraîchement préparés et de café chaud.

Habituellement, il ne commençait pas à préparer le petit déjeuner pour les filles avant sept heures passées, et la pause d'une heure qu'il prenait entre ses corvées et le moment où les filles sortaient du lit était consacrée à rattraper autant que possible son retard sur la paperasse jusqu'à ne plus pouvoir le supporter.

Maintenant, non seulement la cuisine sentait un peu le paradis, mais la vue était bien agréable aussi. Son regard fila comme une balise de détresse pour atterrir sur le postérieur de Tamara.

Pour sa défense, elle *était penchée* en avant, sortant un plat du four, mais son incapacité manifeste à détourner les yeux était déplacée. De douces courbes s'agitaient vers lui d'un air tentateur, et il s'avança derrière l'îlot pour placer quelque chose de solide entre elle et son érection naissante.

Elle se redressa et se tourna, posant la plaque du four sur deux dessous-de-plat qu'elle avait préparés avant de sourire avec enthousiasme.

— Bonjour. J'ai préparé du café. Vous devez me dire comment vous le prenez.

Il était presque sûr qu'il aimerait *tout* ce qu'elle était prête à lui donner. Au-delà de l'évidence.

Bon sang, les rêveries perverses signifiaient que Caleb avait des difficultés à se souvenir de comment parler.

— Qu'est-ce que vous faites ? demanda Caleb.

À part chauffer très fort chaque hormone de son corps. Une femme sexy et à moitié nue dans sa cuisine, préparant le petit déjeuner et du café ? C'était bien trop tentant pour laisser son imagination se déchaîner.

Tamara fronça les sourcils.

— Quelque chose ne va pas ?

Il devait y avoir un problème. Autrement, il aurait simplement pris un mug de café et continué sa journée, non ? Parce qu'à l'instant où sa verge lâcha suffisamment prise pour laisser son cerveau fonctionner un tout petit peu, il se rendit compte que Tamara faisait ce pour quoi il l'avait engagée.

Les nounous cuisinaient et préparaient le petit déjeuner, et c'était tout ce qu'elle avait fait.

— Caleb ?

Il était resté là bien trop longtemps sans répondre, ce qui ne faisait qu'aggraver le problème.

— Vous devez vous habiller.

Les mots étaient sortis précipitamment. À l'instant où ils lui échappèrent, il souhaita pouvoir les reprendre parce que, primo, la manière dont elle était habillée ne le dérangeait absolument pas. Par-dessus sa longue silhouette, une robe de chambre parfaitement correcte lui descendait jusqu'aux genoux.

Et secundo, ce qui avait été une expression joyeuse sur son visage disparut au profit d'un air bien plus circonspect.

Il attendit qu'elle le mette face à sa balourdise.

Mais elle ne lutta pas. Elle leva le menton, mais sa réponse fut douce et humble.

— D'accord.

Et rien de plus, tandis qu'elle se tournait vers le four et l'éteignait.

Ce n'était pas ce à quoi Caleb s'était attendu. Il était à deux doigts de s'excuser quand il remarqua qu'au lieu de prendre le trajet le plus court possible hors de la cuisine, elle s'était avancée dans le sens inverse des aiguilles d'une montre. Un mouvement qui la ferait passer sans raison près de lui.

Il s'appuya contre l'îlot, posant les mains sur la surface alors qu'il attendait de voir ce qui se passerait.

Il aurait dû être beaucoup plus inquiet que curieux, parce que, contrairement à la plupart des femmes qui tourneraient le dos en passant à côté d'un homme, Tamara lui fit face. Au cours de la brève seconde où elle passa dans l'étroit espace entre l'îlot et les chaises de cuisine, ses seins doux effleurèrent son torse. Sa hanche frôla son aine, et toute cette manœuvre lança sa verge en état d'alerte maximale.

Tamara se dirigea vers le couloir, le renflement de ses fesses agitant le tissu soyeux de sa robe de chambre verte, et il était fasciné. Incapable de détourner les yeux.

Un demi-pas avant qu'elle ne disparaisse dans le couloir, la robe de chambre glissa de ses épaules, donnant à Caleb un aperçu tentateur, une fraction de seconde, sur un dos nu et une nuisette bleu pâle minimaliste.

Caleb se déplaça lentement par égard pour son érection incontrôlable, s'avançant vers le réfrigérateur. Il ouvrit brusquement la porte et, se tenant là dans l'air froid qui se répandait, il pria pour trouver de la force.

Abruti.

Il referma la porte et alla prendre du café, faisant les cent pas dans la pièce, mal à l'aise. Allait-elle revenir, ou l'avait-il déjà fait fuir ?

Mais même pas cinq minutes plus tard, alors qu'il venait à peine de s'installer sur le tabouret près de l'îlot, elle passa vivement à côté de lui, le dos rigide tourné vers lui alors qu'elle se versait un mug de café. Un tee-shirt bleu clair glissé dans un jean couvrait ses courbes, et quand elle se tourna vers lui, il releva brusquement les yeux, s'assurant de la regarder dans les yeux et pas ailleurs.

S'excuser était la chose à faire, mais Seigneur, c'était gênant.

— Je suis désolé. Mon commentaire de tout à l'heure était inadmissible.

Elle laissa tomber une cuillère de sucre dans son mug, puis remua vigoureusement, fixant la surface.

— Je suis désolée d'avoir réagi de manière excessive, répondit-elle en levant les yeux vers les siens. Ça n'en a probablement pas l'air étant donné que je ne cesse de faire des choses stupides, mais je veux vraiment que ce travail se passe bien.

Lui aussi.

Cela le frappa soudain.

— Qu'est-il arrivé à l'hôpital ? Vous étiez infirmière. Pourquoi avez-vous voulu devenir nounou ?

Elle se mordit la lèvre inférieure pendant une seconde, et il fut presque choqué. Elle n'était pas du genre à hésiter.

Quand elle reprit la parole, ce n'était pas avec son élégance habituelle.

— Dare ne vous l'a jamais dit ?

Caleb secoua la tête.

— C'est ma sœur. Je lui fais confiance. Elle a dit que vous étiez faite pour ce travail, et je l'ai crue, Dieu me vienne en aide.

L'amusement éclaira son expression alors qu'un ricanement lui échappait.

— Merci pour cette marque de confiance. Vous pensez vraiment que vous avez besoin d'une intervention divine, avec moi travaillant pour vous ?

Il en avait besoin pour ne pas se laisser aller à des rêveries décidément diaboliques. Comme ses lèvres, douces et délicieuses. Et ces fichues lunettes qu'elle portait – il ne s'était jamais rendu compte qu'il avait un truc pour les lunettes, mais à l'évidence, tel était le cas. Celles qu'elle portait ce jour-là avaient une monture noire avec des bords extérieurs relevés. La manière dont elle le regardait au travers faisait s'élever des pensées perverses, mais aussi sa verge.

Ce qui n'était pas complètement surprenant, parce que ça faisait un bail que l'organe en question n'avait pas reçu d'autre attention que de la part de sa main...

... mais c'était une direction qu'il devait éviter à l'avenir.

Tamara parla précipitamment, prenant probablement son silence pour un jugement.

— Je n'ai rien fait d'horrible, mais j'espérais empêcher les commérages de petite ville de se répandre alors que ça ne fait pas vingt-quatre heures que je suis ici.

Si elle avait été envoyée par qui que ce soit d'autre que sa sœur, ça aurait été loin de suffire.

— Dare ne vous laisserait pas approcher à dix centimètres de mes petites filles si elle ne savait pas tout, et elle vous fait toujours confiance. Je ne pense pas avoir besoin des détails.

Elle se détendit visiblement.

— Dare est bien au courant ? demanda-t-il, juste pour en être sûr.

Tamara hocha la tête.

— Nous avons eu une discussion approfondie avant que je ne vienne. J'espère que ça ne vous dérange pas, mais elle m'a également donné tous les détails sur votre famille. Je veux dire, la partie sur le fait que vos parents et les siens étaient meilleurs amis, et qu'après l'accident vous vous êtes assuré que Dare pourrait rester à Silver Stone, en l'accueillant comme une sœur.

Ce stupide accident tragique qui avait pris ses parents, ceux de Dare et la petite sœur de celle-ci en un instant. Caleb inspira profondément, la douleur toujours vive après toutes ces années.

— Elle avait assez perdu comme ça. Je me suis dit qu'elle n'avait pas besoin de nous perdre aussi.

— Tout de même, elle a une haute opinion de vous, qui l'avez accueillie alors que vous deviez déjà vous occuper de Ginny et Dustin. Et vous êtes assuré que vous pourriez tous rester ensemble comme une famille.

— C'était ce qu'il fallait faire, dit Caleb en croisant le regard de Tamara. Dare était une chouette gamine de seize ans qui n'a pas eu de bol. Je suis content que ça lui ait réussi de vivre avec nous. Et j'ai eu de l'aide. Luke avait vingt ans, et Walker presque dix-huit.

Tamara parla doucement.

— C'était gentil, c'est tout ce que je dis. Je suis sûre qu'être dans un environnement familier l'a beaucoup aidée.

— Je pense que la routine et le côté familier étaient bons pour nous tous à cette époque-là.

Il lui était arrivé de s'interroger sur les gens qui passaient d'un endroit à l'autre toute leur vie.

— Il y a quelque chose de spécial à vivre au même endroit toute sa vie, mais c'est également un étrange fardeau, ajouta-t-il.

Elle hocha lentement la tête, ses doigts frôlant l'anse de son mug de café en lents mouvements circulaires.

— Je suis partie pour aller faire des études, mais en dehors de ça, j'ai toujours vécu à Rocky Mountain House. C'est étrange de se rendre compte que, la prochaine fois que j'irai en ville, je ne verrai pas de visages familiers à l'épicerie, dit-elle, ses lèvres tiquant. Cela signifie aussi que je ne me ferai pas draguer par Samuel Tate. Je ne peux pas dire que ça, ça va me manquer.

Caleb hésita alors qu'il allait voler un gâteau plus si chaud que ça sur la grille de refroidissement.

— C'est un de vos vieux soupirants ?

— C'est un vieux quelque chose, mais normalement les mots de chaque côté de « vieux » seraient « sale » et « dégueulasse ». Il est plus ou moins inoffensif, mais c'est un risque local que je ne regrette pas de laisser derrière moi.

— Je suis sûr que quelqu'un à Heart Falls sera tout aussi agaçant.

Son demi-sourire s'épanouit complètement.

— Bon, vous avez bien le sens de l'humour.

— Pourquoi ne serait-ce pas le cas ? Je ne ressens simplement pas le besoin de titiller autant que Luke.

Après un ferme hochement de tête, Tamara rapprocha un carnet qu'elle avait préparé sur l'îlot.

— J'ai examiné l'e-mail que vous avez envoyé, mais votre liste de ce que vous voulez que je fasse au quotidien est un peu rudimentaire. J'ai pensé que je devais revérifier sur quoi vous voulez que je me concentre pendant un moment, dit-elle en jetant un coup d'œil autour d'elle. Vous avez mentionné un calendrier hier soir, mais je n'en vois pas.

— Il est dans le bureau.

Elle prit quelques notes sur son papier.

— Si ça ne vous dérange pas, je vais en accrocher un ici

pour que nous puissions tous le voir. Ça rendra ça plus facile pour moi pendant que j'intègre la routine. Et ce sera probablement plus facile pour les filles également.

Caleb nettoya les miettes qu'il avait sur les doigts, se demandant s'il pouvait prendre un autre gâteau ou si ce serait exagéré.

— Bonne idée. Allez-y, procurez-vous ce dont vous avez besoin. Vous pourrez le faire mettre sur notre compte chez Independent Grocers. Dites-leur simplement de me téléphoner pour que je leur donne mon accord la première fois.

Les yeux de Tamara s'écarquillèrent une seconde avant qu'elle ne se reprenne.

— Ça, c'est quelque chose que je n'ai pas entendu depuis longtemps. Ils vous permettent d'avoir une ardoise à l'épicerie ?

— Je sais que Rocky Mountain House n'est pas grand, mais j'ai l'impression que Heart Falls est encore plus petit. Nous réglons encore certaines choses d'un hochement de tête et d'une poignée de main.

— Je m'en suis doutée quand mon entretien d'embauche et ma lettre d'approbation se sont résumés en tout et pour tout à quelque chose qui disait grosso modo : *Bien, pointez-vous mardi.*

Caleb haussa les épaules.

— Je n'ai pas vu le besoin d'en discuter. Vous vouliez venir ici, et les filles ont besoin d'une nounou.

— Pouvez-vous me donner la liste de tâches ? lui rappela-t-elle.

Il traça du doigt un cercle en l'air.

— Empêcher cet endroit d'être réduit en cendres ou d'être ruiné. C'est tout. Votre liste de choses à faire est tout ce qui sera nécessaire. Quand vous cuisinez, faites-en assez pour six, et s'il y a des restes, nous les mangerons pour le déjeuner le lendemain si mes frères ne se pointent pas à minuit pour les engloutir. Ils ne sont habituellement pas là. Walker et Luke ont tous deux leur espace dans le dortoir, et Dustin y a emménagé à la minute où il a terminé le lycée. Ils mangent avec les ouvriers la plupart du temps, et oui, nous avons un cuisinier, mais il ne s'appelle pas Cookie[1].

— Espèce de fou, vous brisez les traditions. Comment s'appelle-t-il ?

— Jalaj Patel, mais il a demandé à l'équipe de l'appeler JP. Il est indien. Nous sommes le seul ranch du coin qui serve du dahl[2] aussi souvent que des haricots.

Tamara lui adressa un grand sourire avant de regarder sa montre.

— Vous êtes prêt pour le petit déjeuner ? Ou est-ce que vous voulez attendre et manger avec les filles ?

Il se leva en même temps qu'elle, un peu mal à l'aise alors qu'elle allait vers le frigo et sortait une boîte d'œufs.

— Vous n'avez pas à faire ça.

Elle s'arrêta, posa la nourriture sur le plan de travail et plaça les poings sur ses hanches.

— Caleb Stone, vous m'avez engagée pour faire un boulot, alors laissez-moi le faire. Vous voulez manger maintenant ou plus tard ?

Il ignora le tressaillement de plaisir qui le frappa en la voyant tenir ses positions.

— Je vais attendre.

— À quelle heure les filles sont-elles prêtes pour le petit déjeuner d'habitude ?

— Sept heures quinze. Le bus les prend à sept heures quarante-cinq et les redépose à quinze heures trente.

Elle hocha la tête d'un geste résolu puis chassa Caleb ni plus ni moins de la cuisine.

— Allez faire je ne sais quoi. Le petit déjeuner sera prêt à l'heure habituelle. Si vous pouvez être là aujourd'hui, ça nous aidera à mettre en place la routine.

Il prit son mug et alla à la cafetière pour le remplir.

— J'ai l'habitude de manger avec les filles. Que vous soyez là n'y change rien.

Il ajouta un trait de crème dans son café avant de lever son mug en l'air en guise de salut. Pas d'autre choix que d'aller faire face à son bureau et à la paperasse qu'il détestait.

— Caleb, interrompit-elle avant qu'il ne quitte la pièce. Vous aimez ça ?

Seule la volonté l'empêcha de trébucher.

— Excusez-moi ?

Tamara fit un geste vers sa main.

— Le café. Est-ce qu'il est à votre goût ?

Oh. Le café, pas le sexe.

— Je l'aime plus fort.

Elle hocha la tête.

— Plus de coup de pied aux fesses. Compris, patron.

Puis elle se retourna vers le frigo et commença à fouiller à l'intérieur, continuant sa journée.

Caleb se força à continuer la sienne, avançant dans le couloir vers son bureau en proie à l'étrange impression que ce qui était entré dans la maison était plus qu'une personne de plus.

C'était une force de la nature.

Tamara mit à profit les quarante-cinq minutes suivantes pour finir d'explorer la cuisine, faire l'inventaire des provisions et commencer une liste de courses. Cuisiner pour la famille ne suffisait pas à lui faire peur. Elle avait passé assez de temps pendant sa période universitaire à prendre son tour de cette corvée avec ses colocataires, et plus tard à préparer de grosses fournées à partager avec ses amis. Sans parler de cuisiner pour la vaste horde de sa famille quand ils se rassemblaient.

Elle savait préparer davantage que des toasts, même si le menu deviendrait un peu répétitif après un moment, mais ce n'était pas son plus gros défi.

Elle avait une demi-heure chaque matin pour en apprendre plus sur les petites filles, puis une journée entière pour s'occuper avant qu'elles ne rentrent. Des heures creuses se profilaient.

Heureusement, elle avait encore ce matin-là pour se distraire. Elle commença par le plus simple. Il y avait une pléthore de céréales dans le placard, plein de pain et d'œufs. Elle en choisit quelques-uns et mit la table, avec du jus de fruits, des fruits coupés en morceaux et les gâteaux refroidissant sur le plan de travail en plus.

Puis elle s'assit avec un nouveau mug de café frais – Caleb avait raison, elle avait préparé une première cafetière bien trop légère – et planifia sa journée, prétendant qu'avoir des plages libres était un vrai plaisir.

Dix minutes plus tard, elle baissa les yeux sur sa liste de corvées et se mit à rire. Quel tas de balivernes... elle pouvait entendre ses cousines maudire sa sale attitude.

Alors *quoi* si elle restait à la maison toute la journée au lieu de se pointer à un service à l'hôpital ? Elle avait une tonne de travail pour faire en sorte que la maison tourne efficacement, et ignorer cela était insultant pour tous ceux qui travaillaient à domicile.

Elle ferma son carnet d'un bruit sec au moment où Caleb revint dans la pièce.

Il jeta un coup d'œil à la table, hésitant avant de se racler la gorge.

— Ça a l'air bien, mais habituellement nous prenons le petit déjeuner sur l'îlot. Ça serait peut-être mieux...

Tamara leva la main.

— Vous avez raison. Je ne cherche pas à bouleverser leur routine. Que je sois là, c'est assez de changement.

— J'aurais dû vous prévenir.

Ses épaules se détendirent de soulagement et il l'aida à attraper les assiettes et à les placer sur l'îlot.

— Si nous avons plus de quatre personnes pour le petit déjeuner, nous mangeons bien à table, continua-t-il. C'est juste qu'habituellement il n'y a que les filles et moi, et quand Ginny est là, elle se joint à nous sur le côté.

— Quel côté ? demanda Tamara en repensant au faux pas de la veille, quand elle s'était assise à la place de Ginny.

Les pensées de Caleb avaient dû rejoindre les siennes. Il pointa du doigt l'autre extrémité de l'îlot.

— Là.

Tamara posa son assiette de l'autre côté du plan de travail, se déplaçant pour ajuster les tabourets.

— Alors je m'assoirai par ici. C'est un changement assez réduit.

Caleb prit son mug et alla de nouveau le remplir, humant avec reconnaissance le nouveau café qu'elle avait préparé, avant de s'installer sur le tabouret à côté de celui où elle avait l'intention de s'asseoir.

Elle n'eut pas le temps de se sentir gênée, parce qu'un instant plus tard Sasha et Emma se précipitèrent dans la pièce. Elles jetèrent leurs sacs à dos sur la table de la salle à manger avant de se tourner et de s'arrêter net, examinant Tamara.

La méfiance, toujours présente, se lisait clairement dans les yeux de Sasha, comme si Tamara allait se voir pousser des cornes et risquait de saisir une fourche à tout instant.

Caleb semblait ne pas en être conscient. Il glissa de son tabouret et ouvrit les bras.

— Je pensais que vous hiberniez pour l'hiver.

Elles s'avancèrent pour recevoir une étreinte avant de grimper sur ce qui devait être leurs tabourets habituels.

— Quelqu'un veut un œuf, et si oui, comment voulez-vous qu'il soit cuit ? demanda Tamara en pointant Caleb du doigt. Et à moins que vous ne changiez d'avis tout le temps, je devrais pouvoir m'en souvenir après que vous me l'aurez dit une fois.

Caleb tendit la main vers un gâteau et la confiture.

— Sur le plat, si vous pouvez.

— Emma et moi voulons les nôtres complètement cuits, pas dégoûtants comme papa.

Tamara jeta un coup d'œil à Emma, mais elle tendait la main vers un bol et les céréales, alors elle fit avec.

— Un œuf sur le plat, et deux pas dégoûtants, aussi appelés bien cuits des deux côtés. Compris.

Elle prépara les assiettes, dont une pour elle, puis se joignit à eux. Elle vit Emma lorgner d'un air envieux l'assiette de Caleb et la sienne, mais le reste du petit déjeuner se passa sans accroc.

C'était le calme avant la tempête, suivi par la course folle pour se brosser les dents, rassembler les fournitures scolaires et les devoirs oubliés, puis Tamara et Caleb accompagnèrent les filles jusqu'à la route juste à temps pour que le bus jaune apparaisse sur la grande route.

— Tu vas devoir bientôt monter l'abri, papa. Il va commencer à neiger, et nous avons besoin de notre château pour nous cacher, l'informa Sasha.

— Je vais le mettre sur la liste des choses à faire, répondit-il en ébouriffant les boucles d'Emma et en tirant sur la queue-de-cheval de Sasha avant de les embrasser et de les laisser monter dans le bus.

Le chauffeur de bus regarda Tamara avec curiosité avant de jeter un coup d'œil à Caleb.

— Nous aurons de la neige avant la fin de la semaine, l'avertit-il, en écho aux paroles de Sasha. Il vaudra mieux s'assurer que les filles sont bien emmitouflées.

Caleb répondit d'un grognement. Il fit un geste vers Tamara.

— Dan, voici Tamara, la nounou des filles. Ce sera elle qui viendra les chercher au bus, le plus souvent. C'est entendu.

— À cet après-midi.

Dan jeta un coup d'œil dans le bus avant de fermer les portes et de partir vers la ville.

Un instant plus tard, Caleb prit également congé.

— Si vous avez besoin de moi, mon numéro de portable est sur le frigo. Vous n'avez pas à vous inquiéter du déjeuner. Je le prendrai avec l'équipe puisque c'est le premier jour du retour de Walker.

Il inclina son chapeau, puis traversa l'herbe à grands pas vers les granges sans un mot de plus.

Tamara le regarda partir, cédant à l'envie d'admirer la vue.

C'était une vérité qu'il fallait admettre : cet homme était agréable à regarder, de face comme de dos.

5

Tamara retourna dans la maison et fit la vaisselle du petit déjeuner avant d'explorer la demeure plus minutieusement.

La deuxième porte en partant de la cuisine menait dans une buanderie idéalement placée, où deux paniers remplis de linge sale attendaient. Elle mit une machine en route, puis examina l'espace de jeu en bas avant de repasser tranquillement par la salle de séjour. Toutes les photos qu'elle avait admirées le soir précédent étaient légèrement familières désormais, ce qui signifiait qu'elle pouvait les regarder de plus près. Certaines étaient de Caleb et de ses frères et sœurs alors qu'ils grandissaient. Quelques-unes avec un couple qui devait être leurs parents.

Et beaucoup d'autres avec Sasha et Emma quand elles étaient petites.

La maison était chaleureuse, et bien vivante, mais assurément pas propre et nette.

Mais elle était ordonnée et confortable, et Tamara ne voyait pas de quoi se plaindre. Elle ajouta une ou deux choses à son tableau des tâches ménagères, ainsi que quelques questions pour Caleb.

Elle passa la tête dans les chambres des filles, juste pour connaître un peu le terrain. La chambre de Sasha ressemblait assez à une fosse aux ours, avec des vêtements éparpillés partout... on aurait dit qu'elle avait essayé trois ou quatre tenues avant de s'habiller, comme une diva de la mode miniature.

La chambre d'Emma était minuscule, avec un lit et une commode plus petite que la normale. Son placard était ouvert, et les jouets étaient disposés et bien rangés sur les étagères, aussi loin de la pagaille de la chambre de sa sœur qu'on pouvait l'imaginer.

La salle de bains du couloir, que les filles partageaient, oscillait quelque part entre désordonnée et soignée, et Tamara sourit alors que leurs personnalités propres commençaient à se distinguer.

C'était tout ce qu'il y avait de ce côté-là de la maison, et elle traversa l'espace de vie vers l'aile qui s'étendait à l'ouest. Une autre salle de bains : celle-ci était remplie de l'odeur du savon de Caleb, boisée et forte, qui s'imposa à ses narines.

La porte suivante s'ouvrait sur un bureau. Elle supposa qu'un bureau se cachait quelque part sous tous les papiers et les détritus. Un meuble de rangement dans un coin avait deux portes qui ne fermaient pas à cause de la paperasse qui dépassait dedans. Il y avait peut-être une crédence, et un certain nombre de chaises, mais surtout des piles de papiers et une stupéfiante collection de mugs de café sales.

À l'évidence, Caleb passait du temps ici. Mais quant à savoir comment il trouvait quoi que ce soit, elle n'en avait aucune idée.

Elle récupéra les mugs sans rien déranger, fermant la porte avec difficulté. Puis elle hésita.

— Aah, et puis zut !

Elle céda au diable de la curiosité, ouvrit la dernière porte et jeta un coup d'œil à l'intérieur.

Contrairement à la pièce précédente, celle-ci était propre comme un sou neuf. Le lit était fait aussi impeccablement que si Caleb avait été dans l'armée, la pièce entière était spartiate. Une commode aussi petite que celle d'Emma était décorée d'une photo des filles, les bras de chacune enroulés autour de l'autre, leurs visages rayonnants, avec un champ de fleurs sauvages derrière elles.

C'était l'unique décoration de la pièce.

La seule autre chose dans la pièce était ce lit, plus grand qu'un une-place, mais loin d'être assez grand pour un homme de la taille de Caleb.

Elle referma la porte et recula sans regarder davantage, se sentant quelque peu coupable que, pour une raison quelconque, il lui ait donné la plus grande chambre, y compris son lit *king size*.

Encore un sujet à inclure sur la liste de ceux à discuter.

Tamara travailla jusqu'au déjeuner, puis décida qu'il était temps d'explorer le reste de son environnement. Elle pourrait tout aussi bien aller voir comment son cheval avait été installé. Elle enfila une paire de bottes et un manteau chaud, mettant un bonnet sur sa tête.

Elle jeta un coup d'œil dans le miroir près de la porte de derrière et faillit se figer.

Une semaine auparavant, elle était vêtue de la tête aux pieds en tenue d'infirmière. Ce jour-là, elle ressemblait plus à sa sœur aînée que jamais, avec la tenue de cow-girl qui faisait autant partie de Karen que le fait de respirer.

C'était... étrange. Tamara ne s'était pas habillée souvent comme ça depuis plus de dix ans. Elle consacrait quand même du temps au ranch de Whiskey Creek et y donnait un coup de main quand c'était nécessaire, mais les affaires du ranch n'avaient pas été sa vie. Et pourtant désormais, ça l'était, d'une certaine manière.

Ça lui avait manqué. Plus qu'elle ne voulait l'admettre.

Elle se promena dehors, disant bonjour aux deux chiens qui se précipitèrent à sa rencontre avant de la guider vers l'écurie principale. Il y avait au moins une douzaine de véhicules garés près d'un long bâtiment bas du côté sud qu'elle soupçonnait d'être le dortoir.

Du côté nord se trouvait un lac, et elle se sentit intriguée. Voilà qui était différent de la région où elle avait grandi. Tamara s'arrêta et pivota lentement sur elle-même, observant le terrain. Les montagnes étaient bien plus proches ici, énormes et dangereuses, les pics escarpés étaient déjà teintés de blanc, et le vent froid qui soufflait vers elle l'avertissait que la prédiction de Dan était exacte.

Halloween approchait. Elle pouvait compter sur les doigts d'une main le nombre de fois où il n'y avait pas eu de neige à cette période de l'année depuis qu'elle était née.

Au-delà de la maison se trouvait un petit cottage qu'elle présumait être à Dare, et elle se demanda si un des garçons y emménagerait. Tout comme ses cousins l'avaient fait chez eux, changeant constamment de maison pour que tout le monde soit aussi à l'aise que possible.

Son regard dériva vers d'autres dépendances, puis revint vers le lac, la surface brillante tentant Tamara. Non qu'elle ait besoin d'un autre plongeon dans de l'eau glacée, mais c'était joli, et elle se promit de prendre un moment pour venir marcher le long de la berge, peut-être avec les filles, en soirée.

Elle se dirigea vers l'écurie, avançant prudemment alors qu'elle entrait, pour s'assurer qu'elle ne dérangeait pas.

La douce odeur du foin la frappa comme un souvenir. Elle ferma les yeux et s'appuya contre le mur le plus proche, utilisant ses autres sens pour vivre cet instant. Les animaux remuaient calmement, les planches craquaient. Quelque part, quelqu'un ratissait, avec un grattement bien plus apaisant que des ongles sur un tableau, mais tout aussi caractéristique.

Ouais, ça lui avait sérieusement manqué.

— Je n'ai pas entendu dire que les Stone aient engagé une autre ouvrière, alors tu dois être la nounou.

Tamara ouvrit brusquement les yeux pour se retrouver face à face avec un visage très jeune où brillaient des yeux marron foncé. Cette femme portait ses cheveux bruns en deux tresses serrées et ses joues étaient brunies par le soleil. Elle était petite, au bas mot quinze centimètres de moins que Tamara, qui était assez grande pour une femme avec son mètre soixante-douze.

— C'est moi. Tamara Coleman.

La femme lui tendit la main et serra celle de Tamara avec une prise digne d'un homme de deux fois sa taille.

— Kelli James, répondit-elle en regardant Tamara de haut en bas avant de plisser le nez. Ces vêtements ont l'air tout neufs. Quand Ashton a dit que tu avais amené un cheval, j'espérais que tu saurais de quel côté on utilise une selle.

Tamara laissa échapper un ricanement amusé.

— Les vêtements sont neufs, mais crois-moi, je reconnais la bouse quand je la vois. Je peux la nettoyer ou la balancer comme les meilleurs.

L'irritation sur le visage de Kelli disparut en un instant.

— Bien. Je ne pourrais pas supporter une autre princesse guindée ici, se pavanant comme une pouliche nerveuse. Tu veux que je te montre où nous avons planqué ton cheval ? Ashton lui a trouvé un emplacement où tu pourras y avoir accès sans déranger les opérations du ranch.

— Ce serait génial.

Tamara regarda cette femme, puis fit appel à son propre jugement. Kelli semblait être du genre à apprécier le franc-parler :

— Tu n'as pas l'air en âge de travailler ici pendant la journée. Tu sèches les cours ?

Kelli lui lança un regard mauvais.

— J'ai vingt-six ans, merci bien.

— Tu rigoles ! Dustin a l'air plus vieux que toi.

— Ha. Ce gamin a eu dix-neuf ans il y a quelques semaines et s'est dit que ça voulait dire qu'il était assez vieux pour me demander de sortir avec lui, dit-elle en jetant un coup d'œil à Tamara. Il te le demandera probablement aussi.

— Bien que je sois plus vieille ? la taquina Tamara.

— Maintenant qui est-ce qui rigole ?

Elles s'arrêtèrent près d'une stalle, et Stormy s'approcha, passant les naseaux par-dessus le portail pour toucher Tamara affectueusement alors que Kelli faisait le tour.

— C'est une jolie créature.

— Stormy est un trésor et exactement ce dont j'ai besoin quand je monte, dit Tamara en passant les mains sur son jean. Tu as raison. Tout mon équipement *est* neuf. Je travaillais hors du ranch depuis assez longtemps pour qu'il soit important d'avoir une monture digne de confiance les rares journées où je montais. Ma sœur Karen connaît les chevaux, et elle a choisi Stormy pour moi il y a un certain nombre d'années.

— Elle a bien choisi.

Kelli passa une main sur les naseaux de Stormy, le caressant affectueusement avant de sortir furtivement une carotte de sa poche et de la lui donner. Elle se retourna vers Tamara :

— Je vais te montrer où mettre ta selle et le reste de ton équipement, puis si tu veux, je peux t'emmener faire une petite visite.

— Je ne veux pas t'empêcher de travailler, protesta Tamara, se demandant à quelle vitesse elle pourrait avoir plus de problèmes avec Caleb, si elle volait ses ouvriers.

Kelli rejeta sa protestation.

— Je ne travaille pas en ce moment. J'aime juste traîner dans le coin. Faire le guide touristique me donnera une excuse.

En quelques minutes, il fut clair que Kelli n'exagérait pas : elle adorait Silver Stone, et elle connaissait toute son histoire, tous ceux qui y avaient travaillé, et tous les animaux.

— Celle-là, c'est Cherry Blossom. Ashton pense que ses derniers propriétaires étaient soit gros et feignants, soit méchants et feignants, parce que cette jument devient bien nerveuse quand on essaie de lui mettre plus qu'une couverture sur le dos, expliqua Kelli en croisant les bras sur le poteau en forme de croix à l'extérieur du manège, où un homme plus âgé aux cheveux grisonnants faisait marcher un cheval. Elle sera une super monture. J'ai hâte de la monter.

Kelli jeta un coup d'œil à Tamara avant de faire un geste vers elle-même.

— Avec mon aspect massif, ça marche bien comme kit de démarrage pour les chevaux nerveux.

— Tu n'as pas peur ?

Tamara connaissait la réponse, mais la manière dont Kelli lui répondrait l'intéressait, cette femme s'avérait être une grande marrante.

Effectivement, Kelli émit un bruit grossier avant d'adresser à Tamara un large sourire rayonnant.

— Bon sang, c'est amusant de chevaucher des grands trucs qui ruent.

Elle lui lança un clin d'œil et Tamara se mit carrément à rire.

— Nous allons bien nous entendre, toi et moi.

Kelli lui donna un coup de poing bon enfant dans le bras, puis fit un geste vers le portail.

— Tu veux faire connaissance avec Ashton ?

Tamara jeta un coup d'œil à sa montre.

— Je ferais mieux de garder ça pour la prochaine fois. J'ai plusieurs trucs à faire avant que le bus n'arrive, et je dois déballer encore quelques affaires.

— Demain, alors, proposa Kelli. Si tu penses pouvoir t'échapper deux heures, je m'assurerai de me libérer pour t'emmener faire une visite plus longue. Nous pourrons chevaucher... je t'emmènerai à Heart Falls.

Inutile de mentionner qu'elle les avait déjà vues, de très près.

— Ça me plairait.

Kelli l'accompagna vers le parking.

— Tu emménages dans le cottage, ou dans la chambre de Ginny ?

Oh. Ça expliquait pourquoi Caleb n'était pas dans la chambre principale.

— Pas dans le cottage... j'ai besoin d'être dans la maison pour aider les filles. Je suis juste à côté d'elles.

Elle s'arrêta et attendit parce que Kelli n'était plus à côté d'elle, mais s'était figée quelques pas derrière, bouche bée.

— La chambre de Ginny est au sous-sol. Sérieusement ? Tu es dans la chambre *principale* ?

Merde, ça signifiait qu'elle avait bien mis Caleb à la porte de sa chambre.

— Je suppose que Caleb a dû me la laisser pour que je puisse avoir une salle de bains privée.

Adoptant un comportement qui n'était étrangement pas son style, Kelli regarda dans tous les coins sauf vers Tamara comme si elle réfléchissait intensément avant de parler, son visage crispé de douleur avant que sa tentative évidente de garder son sang-froid n'échoue.

— Caleb dort à côté de son bureau. Et Ginny refusait d'emménager dans la chambre principale parce qu'elle disait que l'odeur persistante de soufre l'empêchait de dormir.

D'accoooord. Il semblait que cette famille traînait bien plus de casseroles que Tamara ne s'y attendait.

— Je ne suis pas sûre de vouloir connaître tes explications à ce sujet.

— Ce qui est un code pour dire que tu es curieuse comme tout, mais que tu vas être polie et que tu ne poseras pas de questions sur tous les ragots lors de ton premier jour de boulot ?

— En gros, admit Tamara.

— Tu as raison. Nous allons bien nous entendre, approuva Kelli avec un grand sourire, tapotant Tamara sur l'épaule alors qu'elle la laissait au bord du parking. Ces gamines méritent sérieusement mieux que ce qu'elles ont eu en fait de mère, mais Caleb est un papa formidable. Ce sont tous les commérages que tu entendras de ma part pour l'instant.

Ce qui était plus que suffisant.

— Je te verrai après le déjeuner demain ?

— Si personne ne mange à la maison, viens me rejoindre et je te présenterai à JP. Puis nous pourrons faire une petite balade à cheval.

Tamara passa l'heure et demie suivante à tout préparer pour la soirée. Elle n'était pas une cuisinière hors pair, mais elle savait comment cuisiner des repas plutôt savoureux, qui tenaient au corps et qui devraient quand même plaire aux filles.

En parlant de ça – elle avait préparé des cookies. Il n'y avait pas de raison de ne pas leur graisser la patte au début de la phase *apprendre à se connaître.* Surtout qu'elle avait l'intention de faire des vagues bien plus tôt qu'elles ne s'y attendaient probablement.

Dan adressa un grand sourire à Tamara en ouvrant la porte du bus, les chiens qui avaient suivi Tamara et s'étaient assis à côté d'elle aboyant avec enthousiasme alors qu'ils attendaient que Sasha et Emma descendent.

— Bonjour, nouvelle nounou Tamara. Bienvenue à Heart Falls. Vous passez une bonne journée ?

— Oui, merci, répondit-elle simplement. Passez un bon après-midi.

Sasha passa à côté d'elle en trombe alors qu'Emma descendait les marches plus prudemment.

Tamara tourna son attention sur Emma.

— Ton sac à dos a l'air très rempli. Voudrais-tu que je t'aide à le porter ?

Emma retirait les sangles quand Sasha revint comme un bolide.

— *Viens,* Em. Il faut que je te montre quelque chose.

Elle attrapa sa sœur par la main et l'entraîna.

Emma jeta un coup d'œil par-dessus son épaule vers Tamara, mais ne demanda pas à Sasha de s'arrêter.

Tamara marchait derrière les filles quand elles s'arrêtèrent de courir à moins de dix pas d'elle, Sasha parlant de nouveau à toute vitesse. Tout dans cette situation faisait tiquer Tamara, et elle se demanda si sa réaction instinctive allait lui attirer des problèmes.

Probablement, mais qui croyait-elle tromper ? Elle pouvait se fixer tous les objectifs de développement personnel qu'elle voulait, mais ici et maintenant, elle devait s'en tenir à ses premières impressions. Elle n'allait laisser *personne* bousculer les enfants qui étaient sous sa responsabilité.

Pas même l'une bousculer l'autre.

Les filles disparurent dans leurs chambres, leurs sacs à dos abandonnés dans le couloir. Tamara ramassa les sacs et les porta dans la cuisine, les déposant sur l'îlot. Puis elle s'appuya contre le plan de travail et attendit.

Effectivement, ce ne fut pas long avant qu'elles n'entrent toutes les deux en trombe dans la pièce, de la même manière qu'elle et ses deux sœurs, Karen et Lisa, le faisaient après être descendues du bus scolaire, affamées.

— O.K., les filles, commença Tamara en se frottant les mains comme si elle se préparait pour l'action. Nous n'avons pas encore de vrai calendrier, alors j'ai mis un morceau de papier sur le frigo. S'il y a quelque chose d'écrit dans votre cahier de correspondance dont nous devons nous soucier, nous pourrons le noter dessus. Si vous voulez vider vos sacs à dos, nous pourrons vérifier s'il y a quelque chose à ajouter...

— Papa a un calendrier, l'interrompit Sasha.

— En effet, acquiesça Tamara. Et il y note tout ce dont il a besoin pour toutes les affaires de Silver Stone, et je suis sûre qu'il y a tout un tas de choses en rapport avec votre école jusqu'à maintenant, mais c'est un de mes boulots. Comme votre papa l'a dit, je suis là pour m'assurer que vous ne ratiez rien d'amusant parce que ce n'est *pas* sur son calendrier.

Au lieu d'attraper son sac à dos, Sasha croisa les bras sur sa poitrine.

Bon. Le combat était engagé.

Tamara se tourna vers Emma.

— Si tu vides ton...

— Emma ne veut pas vider son sac non plus.

Tamara haussa un sourcil.

— Je ne t'ai pas posé la question.

La voix de Sasha monta en volume.

— Emma ne parle pas. Je parle pour elle, et elle ne veut pas vider son sac à dos. Et elle ne veut pas que vous écriviez quoi que ce soit sur le calendrier, et elle *ne veut pas* d'une nounou. Aucune de nous n'en veut.

— Bien. Merci beaucoup d'avoir fait part de ton opinion. Maintenant, tu dois attendre ton tour parce que je parle à Emma.

Tamara tourna le dos à Sasha et se concentra sur la petite

chérie blonde qui se mordillait follement la lèvre inférieure. Alors que Sasha avait crié, Tamara parla d'une voix grave et autoritaire.

— Tu es une petite fille très intelligente, et si tu ne veux pas parler à voix haute, je pense que ça te regarde. Mais ça signifie que, lorsque quelqu'un te pose une question, ou que tu veux dire quelque chose à une autre personne, tu dois utiliser l'intelligence que tu as là-haut, dit Tamara en se tapotant le front, et faire comprendre ce que tu aimerais. Tu peux écrire un mot. Tu peux faire un dessin. Tu peux le mimer, mais je t'avertis que je n'ai jamais été douée pour les jeux de mimes, alors ça pourrait prendre du temps.

Emma croisa les bras sur sa poitrine. Sa lèvre inférieure formait une moue de frustration, et pendant une fraction de seconde, elle et Sasha eurent l'air de statues se reflétant dans un miroir. Des statues têtues, pas très contentes.

— Emma n'aime pas qu'on lui donne des ordres...

Tamara leva brusquement la main vers Sasha.

— S'il te plaît, ne nous interromps pas. Ta sœur et moi avons une conversation.

Sasha en resta bouche bée, donnant juste assez de temps à Tamara pour reprendre là où elle s'était arrêtée, regardant Emma dans les yeux.

— Ta sœur est charmante, mais elle n'est pas toi. Si tu *veux* qu'elle réponde pour toi, dis-le-lui. Touche-la du doigt, lance-lui quelque chose, utilise la langue des signes. Peu m'importe, mais quand je suis là, elle n'est pas autorisée à parler *pour* toi à moins que tu lui dises qu'elle peut.

Sasha se hérissa.

— Je sais ce qu'elle veut.

— Tu viens encore de nous interrompre, lui signala Tamara. Mais d'accord. Parlons de ça. Je suis sûre que tu sais ce qu'Emma veut... parfois. Peut-être même la plupart du temps.

Tamara regarda Emma et croisa les doigts, espérant que tout se passe au mieux.

— Tout le temps ? Est-ce que Sasha a raison *tout* le temps ? Est-ce qu'elle sait *toujours* ce que tu demanderais ? Ce que tu aimerais manger, ou ce que tu voudrais être pour Halloween ?

Une lente secousse réticente de boucles blondes suivit.

Dieu soit loué de l'existence de petites filles honnêtes.

Tamara leva un sourcil vers Sasha, parlant encore plus doucement.

— Tu dois être plus attentive avec ta sœur, et ne pas croire que tu sais tout. Je sais que tu l'aimes, et je *sais* que tu essaies simplement de l'aider. Je n'ai aucun problème avec le fait que tu transmettes le message *si* Emma te le demande, et peu m'importe si elle utilise la télépathie pour te le demander.

Le visage de Sasha se plissa de confusion, mais elle refusa de demander ce que ça voulait dire.

D'accord... Tamara n'avait jamais cru aux caprices.

— Ça commence comme *téléphone*, puis la syllabe *pa*, et ça finit par *t-h-i-e*. Fais des recherches.

Tamara les ignora un instant et se tourna vers le plan de travail, approchant les verres de lait et les cookies qu'elle avait préparés un peu plus tôt.

— Vous avez faim ? Vous voulez un en-cas avant de vider vos sacs à dos puis de commencer vos devoirs ?

C'était l'instant où tout pouvait aller de travers. Emma tendit une main vers un cookie et l'autre vers un verre de lait.

Sasha...

Sa lèvre inférieure trembla une seconde avant que tout son visage ne se crispe. Elle croisa les bras sur le plan de travail, plongea son visage dans le creux d'un coude et commença à pleurer à pleins poumons.

C'était plutôt impressionnant.

Seulement, ce n'était pas le premier caprice que Tamara

avait vu – elle avait passé beaucoup de temps dans l'aile des enfants à l'hôpital et avait vu des pleurs et des larmes de contrariété pour de bien meilleures raisons que les règles à fixer.

Aussi lui fut-il plutôt facile d'ignorer l'agitation et de tendre la main vers un cookie. Elle profita du petit plaisir sucré alors qu'Emma jetait un coup d'œil entre elles, ses yeux s'écarquillant de plus en plus en voyant que Tamara ne faisait rien pour essayer de calmer Sasha qui poussait des cris perçants.

Tamara s'essuya délicatement la bouche avant de parler à Emma.

— Elle va bien. Elle se sent seulement un peu chamboulée. Veux-tu que je t'aide avec ton sac à dos ?

Emma mordilla encore son cookie alors que Sasha hurlait de plus belle. Finalement, avec une force d'âme incroyable, elle tapota le dos de sa sœur, puis poussa ses devoirs vers Tamara, libérant ses deux mains pour son verre de lait.

Qu'il en soit ainsi. Elles deviendraient peut-être sourdes, mais Tamara pensait que c'était un premier pas acceptable dans le processus de la nounou. Elle enfourna le reste de son cookie dans sa bouche et s'occupa de la tâche suivante.

6
_____

Caleb avait eu l'intention de se trouver à la maison quand les filles descendraient du bus, mais il était arrivé avec quelques minutes de retard, ce qui signifiait qu'il était entré dans la maison juste à temps pour entendre Sasha éclater en sanglots.

Il connaissait suffisamment bien sa fille pour reconnaître des larmes de crocodile et rien de plus sérieux, mais il y avait toujours cette sensation initiale d'échec total.

Ce n'était pas ce qu'il voulait pour elles. Avec tous les changements des deux derniers mois – et, bon sang, des années précédentes –, leur petit monde était hors de contrôle. Devoir gérer l'inconnu était dur à son âge, encore plus aux leurs.

Il s'arrêta dans le couloir, jetant un coup d'œil dans la cuisine sans se montrer. Pendant les deux premières secondes, il remarqua les émotions qui passaient sur le visage de Tamara. La tristesse, la confusion... il comprenait. Sasha n'était pas facile à gérer. La seule chose qu'il ne vit pas fut la frustration, alors il resta en retrait et attendit un instant supplémentaire.

Tamara posa les deux mains sur l'îlot, prenant une

profonde inspiration alors qu'elle observait Sasha avec cette touche de tristesse dans les yeux. Jetant un coup d'œil à Emma, elle secoua la tête d'un air compatissant, mais elle n'essaya pas de s'approcher de Sasha pour l'étreindre ou quoi que ce soit.

Puis elle ignora Sasha et s'approcha d'Emma.

— Un message à propos d'une sortie scolaire. Je vais la mettre sur le calendrier, annonça Tamara en posant le cahier de devoirs ouvert devant la cadette. Oh magnifique... de l'orthographe.

Emma tira la langue.

Tamara émit un petit rire et lui tapota l'épaule.

— Ouais, moi aussi, petite. Mais si tu veux écrire des mots, tu ferais mieux de pouvoir les épeler. Que dirais-tu de commencer ? Nous allons donner à Sasha encore une minute.

Caleb s'appuya contre le mur du couloir et regarda Tamara s'occuper de quelque chose sur la cuisinière, revenir de temps à autre pour passer voir Emma. Pendant tout ce temps, Sasha continua à pleurer : de gros hoquets dramatiques dignes d'un Oscar. Se calmant un peu, puis de nouveau plus forts quand elle se rendit compte qu'elle n'obtenait aucune attention.

Tamara passa outre la prestation, si ce n'est qu'elle attrapa une boîte de mouchoirs sur le plan de travail sur le côté pour la poser près du coude de Sasha.

À ce moment-là, Emma faisait les gros yeux à sa sœur, mais elle ignorait également les braillements avec une patience incroyable.

Elles étaient plus tolérantes que lui. Les terminaisons nerveuses de Caleb étaient à vif à cause des cris perçants. Il s'avança et se racla la gorge, s'assurant d'être assez bruyant pour les avertir avant d'entrer dans la pièce.

Tamara le remarqua, et entre son sursaut de surprise et le bruit de Caleb, cela suffit pour que Sasha jette un coup d'œil par-dessus son épaule...

Par le plus grand des miracles, ses larmes se tarirent comme si elle avait fermé une vanne. Sasha attrapa une poignée de mouchoirs alors qu'elle tendait précipitamment la main vers son sac à dos et commençait à en sortir ses affaires, gardant tout le temps le visage détourné.

Tamara observait avec méfiance, mais Emma glissa de sa chaise et courut à la rencontre de son père comme d'habitude, s'arrêta à quelques centimètres avant de plisser le nez, puis, pour insister, le pinça.

— Oui, mon bouchon. J'ai fait des trucs puants, et je n'ai pas fini mon travail pour la journée. J'ai juste pensé que j'allais passer et dire bonjour, dit-il en jetant un coup d'œil à l'îlot. Est-ce que ce sont des cookies ? Il se peut que je doive en voler quelques-uns.

Emma embrassa le bout de ses doigts puis les pressa contre ses lèvres avant de repartir en courant vers le plan de travail et de grimper pour attraper un verre.

Elle le lui tendit.

— J'adorerais avoir du lait. Comment mange-t-on des cookies sans un verre de lait ?

— Des cookies sans lait, c'est illégal, acquiesça Tamara. Sasha, voudrais-tu s'il te plaît en verser un verre à ton père ?

Sasha descendit rapidement de son tabouret, attrapa le lait dans le frigo et alla remplir le verre qu'Emma avait laissé sur le plan de travail. Elle marqua une pause pour se débarrasser de ses mouchoirs avant de se tourner vers lui, toute trace de larmes effacée, avec un magnifique sourire à la place.

— Nous prenons un en-cas avant de faire nos devoirs.

Caleb hocha la tête.

— Je vois. Ça a l'air d'être un super plan. Et miam. Des cookies... ce n'est pas quelque chose que nous avons tous les jours.

Emma approuvait, apparemment, car elle en avait deux

agrippés dans une main, un crayon dans l'autre. Elle avait sorti un morceau de papier et dessinait.

— Est-ce que c'est ton orthographe ? demanda Tamara.

Les petites épaules d'Emma se soulevèrent avant qu'elle ne laisse échapper un énorme soupir et ne glisse la feuille sous son cahier, retournant à son devoir tant redouté.

C'était déplacé de rire de ses enfants. Caleb échangea un coup d'œil avec Tamara, soulagé de ne pas avoir à dire un mot. Elle avait remarqué son amusement, une touche de sourire incurvant les coins de ses lèvres.

Il profita de son cookie alors que Sasha lui débitait une série d'informations au hasard, comprenant ce qu'elle avait fait en cours de sport, l'anniversaire qu'allait bientôt fêter un des camarades de CM1, et que les multiples bosses de l'oreiller sur son lit.

Le lait froid fit passer parfaitement le goût sucré du cookie, et puisque la troisième guerre mondiale semblait avoir été évitée, il prit congé.

— Sois gentille, l'avertit Caleb, déposant un baiser sur la tête de Sasha après avoir laissé son verre dans l'évier.

— Comme toujours, dit-elle sans ciller.

Seigneur, il allait avoir tellement de problèmes plus tard.

Il retourna à l'écurie, réfléchissant intensément en marchant. Il devrait passer un peu plus de temps à s'assurer que les filles étaient à l'aise, mais il n'allait pas les laisser faire fuir Tamara. Il ne pouvait pas continuer tout seul. De ce qu'il avait vu jusque-là, Tamara était exactement le genre de personne qu'il avait espéré avoir dans la vie de ses filles : ferme mais non sans humour.

Il était encore quelque peu distrait alors qu'il passait les portes et faillit percuter Ashton.

Le contremaître leva une main pour les empêcher de se heurter.

— Ouvre les yeux, mon garçon. Je n'ai aucun désir d'être projeté au sol.

— Désolé, Ashton, dit Caleb. Tu es habituellement une bien plus grosse cible. Tu n'as pas de cheval à côté de toi ?

— Tes frères prévoient de me mettre au chômage, se plaignit Ashton avant de prouver que ses récriminations n'étaient qu'une façade. C'est bon d'avoir Walker de retour parmi nous. Je pourrais le laisser prendre la relève pour travailler avec Dewdrop, si ça ne te dérange pas.

Caleb haussa les épaules.

— C'est toi qui connais le mieux les animaux, avec Luke. Mais je pensais que nous l'avions vendue.

Ashton émit un bruit grossier.

— Luke a proposé de la vendre, mais pas moyen que je la laisse à cette femme.

Caleb dissimula son sourire. Il n'y avait qu'une femme que leur contremaître appelait « cette femme ». Une querelle de longue date opposait Ashton et Sonora.

Une querelle, ou autre chose ? Non pas qu'Ashton l'admettrait un jour, mais Caleb était presque sûr qu'il avait un faible pour la femme qui vivait à deux routes de leur propriété.

— Ce n'est pas très gentil, le réprimanda-t-il. Luke a dit qu'il vendrait l'animal. Nous allons avoir mauvaise réputation si tu reviens sur notre parole.

Ashton ronchonna un instant avant de lever le visage d'un air penaud.

— Je lui ai donné un autre cheval, admit-il. Elle n'avait pas besoin d'une bête jeune et sauvage. Elle avait besoin d'une bête stable et fiable, alors je lui ai laissé Sampson.

Caleb détourna les yeux car il lui était impossible de ne pas sourire cette fois. Cet homme était un idiot sentimental. Sampson valait probablement deux fois plus que la jeune pouliche indisciplinée, en tout cas sur le court terme.

Ashton sembla sentir ce que Caleb ne disait pas. Il laissa échapper un bougonnement.

— Je sais, mais ce serait dommage d'apprendre qu'elle s'est cassé le cou en essayant de monter un cheval avec lequel elle se sentirait dépassée.

— Je suis d'accord, dit Caleb. Avec qui te disputerais-tu au barbecue annuel de Ginny si Mme Sonora n'était plus là ?

Ashton lui lança un regard mauvais.

— Ne sois pas insolent avec moi, jeune homme. Je peux encore te mettre à genoux, dit-il en regardant Caleb avant de secouer la tête. Oublie ça. Je peux encore faire de ta vie un enfer, mais je ne vais pas me coincer le dos en essayant de jeter l'un de vous à terre, espèces de monstres.

— Bon choix, dit Caleb avant de lui donner une tape sur l'épaule puis de traverser l'écurie vers le manège.

Être momentanément distrait de son inquiétude sur ses filles était bienvenu, et quand il trouva ses frères travaillant avec les nouveaux chevaux, il s'arrêta et les observa un moment avec satisfaction.

Leur démonstration de compétence était indéniable. Même Dustin avait le potentiel de devenir un grand cavalier.

Caleb se tenait avec un pied sur la barrière alors que les garçons chevauchaient sans heurt dans le manège, se relayant pour se regarder l'un l'autre et analyser leurs gestes. Ajustant leurs allures et apaisant les bêtes nerveuses.

Walker remarqua Caleb et agita la main, utilisant ses genoux pour guider son cheval là où son frère attendait.

— Tu veux te joindre à nous ? Nous allons travailler encore deux heures puis aller en ville pour dîner au Longhorn's Steakhouse.

— Je vais vous aider, mais je vais remettre les steaks à plus tard.

Même s'il était cruellement tenté. L'occasion de discuter avec Walker était exactement ça, une tentation.

— Je dois rester dans les parages pendant les prochains jours. Donner aux filles une chance de s'habituer à avoir Tamara dans le coin.

Luke s'était également approché, assis bien droit sur sa selle alors qu'il écoutait les derniers commentaires de Caleb.

— Ce sera bien quand elle sera installée. Je sais que tu veux être auprès de tes gamines, mais tu as besoin de temps pour toi aussi, dit-il en souriant à Walker, ses yeux brillant d'amusement. Il faudrait peut-être l'emmener en ville et voir s'il rappelle encore comment faire avec une femme.

— Tais-toi, dit Caleb d'un ton sec.

— C'est vrai, Luke. Ne sois pas irrespectueux, ajouta Walker en agitant un doigt vers leur frère. Tu sais que ce n'est pas qu'il a oublié, c'est juste que ça fait si longtemps qu'il pourrait bien être un peu rapide sur la gâchette.

Luke ricana, bien trop amusé pour quelqu'un dont l'espérance de vie n'allait pas beaucoup plus loin que sa prochaine inspiration.

— Ce n'est pas la réputation que nous voulons colporter sur les garçons Stone. Ça va à l'encontre de notre nom, dit-il avec un clin d'œil lubrique.

Caleb secoua la tête alors qu'il s'éloignait, lançant par-dessus son épaule :

— Vous êtes une bande d'adolescents.

— Intéressant. *Nous* ne le sommes plus, mais en ce moment, tu l'es probablement, le taquina Luke.

— Arrêtez de glander, cria Dustin depuis l'autre côté du manège.

Caleb les ignora alors qu'il attrapait une selle et allait travailler. Mais il garda un œil sur sa montre, et s'assura d'être de retour dans la maison pour avoir largement le temps d'aller se laver et d'être prêt à aider avant que le dîner ne soit sur la table.

Il enfila un jean propre et un tee-shirt sombre, passa un peigne dans ses cheveux et décida que ça suffisait, se dépêchant au cas où il y aurait d'autres caprices urgents à gérer.

À la place, un silence paisible l'accueillit lorsqu'il quitta sa chambre, le murmure bas de la musique country augmentant de volume alors qu'il entrait dans le double salon. La table était mise et la plus incroyable des odeurs flottait dans l'air. Il y regarda à deux fois juste pour être sûr, mais Sasha *était* dans la pièce, jouant à un jeu de société avec Emma, les deux fillettes assises sur le sol devant la cheminée éteinte. Tamara était assise devant l'îlot, des livres de cuisine et un papier à la main, en train d'écrire. Un nouveau calendrier sur le frigo affichait un tas de notes colorées écrites nettement, et il y avait d'autres cookies qui refroidissaient sur des grilles sur le plan de travail.

Caleb ne prononça pas un mot, de peur qu'il y ait de la magie à l'œuvre et qu'évoquer la sérénité régnante ne brise le sortilège.

Non seulement les filles étaient sages, mais la pièce donnait une impression douillette. Et puis il n'allait pas regretter qu'il y ait sur la table de la nourriture qu'il n'avait pas préparée.

Il ferma les yeux et prit une inspiration profonde et reconnaissante.

— Je jure que l'odeur est meilleure quand quelqu'un d'autre cuisine.

— Papa !

Sasha se leva précipitamment.

Les deux fillettes coururent à sa rencontre, et il dut admettre qu'il y avait quelque chose qui satisfaisait son âme dans le bonheur qu'il voyait sur leur visage et dans la pression de leur étreinte. Il n'était pas un père parfait, mais elles semblaient assez contentes de lui, la plupart du temps.

Tamara s'était également levée, et elle fit un geste vers la table.

— Vous êtes prêt à vous asseoir tout de suite ou vous voulez prendre un verre d'abord ?

— Je mangerais bien.

Lui et les filles étaient à mi-chemin de la table quand on frappa un bref coup à la porte de la cuisine. Un instant plus tard, elle s'ouvrit en grand et Dustin passa la tête à l'intérieur et sourit. Le visage de son frère était bien plus propre qu'il ne l'avait été une demi-heure plus tôt, quand il aurait pu jurer que le gamin s'était roulé dans la boue.

— Suis-je au bon endroit ?

Il entra, panier à la main. Il le tendit en direction de Tamara.

— Du pain frais. JP vous l'envoie.

Tamara lui prit le panier, lui faisant signe d'aller vers la table.

— Enlevez vos bottes et asseyez-vous, dit-elle. Vous êtes pile à l'heure.

Caleb compta rapidement et se rendit compte que la table avait été mise pour cinq.

— Tu ne m'as pas dit que tu te joignais à nous pour le dîner.

— Tamara m'a invité quand je suis passé tout à l'heure.

Dustin retira ses bottes, les alignant sur le paillasson près de la porte. Il s'arrêta pour se laver les mains avant d'aller à table, ébouriffant les cheveux des filles avant de s'écrouler sur la chaise à côté de Sasha.

— Et on travaillait. Je ne voulais pas t'interrompre puisque je me suis dit que je te verrais assez vite, continua-t-il en souriant à Tamara. Purée, ça sent divinement bon.

Un plateau rempli de côtes de porc fut placé sur la table devant Caleb, et il n'eut pas le temps de se plaindre de ne pas savoir ce qui se passait dans sa propre maison.

Même s'il avait très bien compris une des choses qui se passaient, qui n'allait pas continuer très longtemps... Si Dustin pensait qu'il pouvait flirter avec Tamara, c'était *hors de question*, et pour plus d'une raison.

Tamara posa la suite du repas devant lui. Elle avait empilé toutes leurs assiettes également, et quand elle s'assit à sa droite, il hésita. Surtout après qu'elle eut pris le broc d'eau et qu'elle eut commencé à servir tout le monde.

Un flash-back d'une autre époque le frappa : Wendy à cette même place avec ses cheveux blonds tirés en arrière, le visage fermé. Silencieuse pendant que les filles bavardaient et que Dustin, Ginny et Dare se taquinaient.

L'expression de Tamara devint inquiète.

— C'est bon, n'est-ce pas ? L'organisation de la table ?

Il s'empressa de la rassurer, mais la tension lui tordait encore les tripes alors qu'elle attendait sa réponse.

— C'est un rituel familial, expliqua-t-il en mettant une cuillerée de chaque plat dans la première assiette.

Il hésita, puis la plaça devant elle.

— Je ne me souviens même pas quand il a commencé, continua-t-il, mais mon père avait l'habitude de servir tout le monde. Quand mes parents sont décédés, j'ai gardé la tradition.

Dustin perdit son sourire, un air pensif passant sur son expression alors qu'il croisait le regard de Caleb.

— Nous avions besoin de ce point de repère au milieu de la pagaille qu'a engendrée leur disparition, expliqua-t-il en lançant un coup d'œil à Tamara. J'étais trop petit pour me souvenir de tous les détails, mais je suppose qu'avec sept personnes à table certains jours, et onze quand la famille de Dare se joignait à nous, c'était le seul moyen de s'assurer que tout le monde avait quelque chose à manger.

Caleb avait continué à servir pendant que Dustin parlait. Sasha lui lança un coup d'œil alors qu'elle lui passait une assiette remplie, comme si elle se rendait compte de quelque chose pour la première fois.

— Tu étais aussi grand que moi maintenant, quand mamie et papy sont morts.

Dustin hocha la tête.

— Je ne suis pas trop petite pour me souvenir des choses. Et Emma non plus. Nous nous souvenons *d'un tas* de choses.

Elle pinça obstinément les lèvres, et Caleb ne put s'empêcher de rire.

— Oui, ma puce, tu te souviens d'un tas de choses. Je pense que ce que tonton Dustin dit, c'est qu'il est devenu tellement vieux que *lui* a oublié comment c'était d'avoir sept et neuf ans comme toi et Emma.

Emma donna un coup de coude à Sasha et fit quelque chose sous la table avec ses doigts, puis pour une étrange raison, elles lancèrent toutes les deux un coup d'œil à Tamara avant que Sasha n'adresse un regard noir sans équivoque à Caleb.

— Emma a sept ans *et demi*, lui rappela Sasha sévèrement.

Tout le monde avait à manger et à boire, et la conversation se tourna vers les souvenirs et la question de savoir s'ils ressemblaient plus à un film ou à une photo encadrée. Lentement, cette impression d'être regardé par un fantôme diminua assez pour que Caleb puisse prendre une profonde inspiration et passer outre.

La nourriture aidait. Il mordit à pleines dents dans une autre bouchée de côtes de porc cuites au barbecue et soupira joyeusement.

À côté de lui, Tamara émit un petit rire.

— Qu'auriez-vous fait si je ne savais pas cuisiner ? Vous ne m'avez jamais demandé.

— Le fait qu'il en soit à sa troisième portion signifie qu'il sait à quel point il a de la chance, le taquina Dustin, alors même qu'il tendait son assiette. J'ai de la chance aussi. Encore quelques-unes ?

— Quatrième portion, signala Caleb, mais il glissa les dernières côtes dans l'assiette de son frère.

Une fois le dîner terminé, Dustin prit de nouveau la direction de la vaisselle, cette fois avec Sasha qui essuyait et Emma qui rangeait.

Tamara fit signe à Caleb.

— J'ai compris comment marche la machine à laver, alors si vous avez des vêtements que vous voulez que je lave demain...

— Je ferai ma propre lessive, l'interrompit Caleb.

Elle croisa les bras.

— C'est mon travail, vous vous souvenez ?

Ils se fixèrent pendant un instant avant qu'elle ne cède.

— Peu importe. Si c'est dans la buanderie, ce sera lavé. Ça dépend de vous. Vous êtes un grand garçon, et j'ai d'autres batailles à livrer.

Le regard de Caleb dériva vers ses filles.

— Merci de vous charger de cette bataille. Ça vous convient, la manière dont les choses se sont passées aujourd'hui ?

Tamara hocha la tête.

— À peu près. Pourrons-nous discuter quand les filles seront couchées ?

Il acquiesça. Puis ils partirent chacun de leur côté pendant un moment, la soirée filant jusqu'à ce que le brossage de dents et autres rituels nocturnes commencent.

Le moment de calme pendant qu'il mettait les filles au lit avait toujours été l'occasion de partager les secrets et les questions. Parfois c'était parce qu'elles essayaient de rester debout tard, parfois c'était parce que les choses bourdonnaient trop vite dans leurs cerveaux pour être ignorées.

Ce soir-là, ça allait être mouvementé.

Il tira la couette sur Sasha, puis tendit la main pour éteindre la lumière.

Effectivement, elle rebondit comme une balle en caoutchouc.

— Est-ce qu'elle va vraiment rester ? demanda Sasha.

Caleb prit une profonde inspiration alors qu'il s'installait sur le bord du lit près d'elle.

— Était-ce agréable de pouvoir dîner ensemble ce soir ?

Sasha fronça les sourcils.

— Nous dînons ensemble presque tous les soirs. Je ne vois pas pourquoi elle doit être là.

Parlant prudemment, il contourna le problème du mieux qu'il put.

— Parfois, papa engage de nouvelles personnes pour venir l'aider quand nous avons un travail difficile à faire, n'est-ce pas ? Tamara est une de ces personnes qui travaillent dans le ranch.

Elle le regarda avec méfiance.

— Ma puce, je sais que ce n'est pas facile que tes tantes soient parties, mais parce qu'elles sont assez grandes pour passer à la prochaine étape de leurs vies, ça signifie que tu dois être assez grande aussi.

— Mais je ne l'*aime* pas, se plaignit Sasha. On n'a pas du tout besoin d'une nounou. On peut s'occuper de nos affaires toutes seules. Je te le promets, papa.

Caleb secoua la tête.

— Cet après-midi, après avoir profité d'un cookie fraîchement sorti du four, j'ai pu retourner dehors et aider tes oncles à travailler avec les nouveaux chevaux. Si Tamara n'avait pas été là pour préparer le dîner et vous aider pour vos devoirs, alors j'aurais dû rester à l'intérieur. Ça signifie que les gars auraient dû faire mon travail. Je ne pense pas que ce soit juste.

Sasha fit la grimace.

— Est-ce que tu aimerais ça si tu devais faire toutes les corvées d'Emma ?

Elle secoua la tête.

Caleb réfléchit.

— Je sais que ce n'est pas exactement la même chose, et tes oncles ne se plaindraient jamais, mais je sens qu'il est de ma responsabilité de faire ma part. Et je ne veux pas que les choses ne soient pas faites, que ce soit pour le ranch, ou avec toi et Emma. Tu te souviens que je n'ai pas pu t'inscrire à des leçons de natation parce que j'avais oublié ?

Il avait presque peur d'évoquer ça étant donné le nombre de larmes que son erreur avait générées.

Sasha fit la moue.

— Je n'ai pas besoin de cours de natation. Et je n'ai pas besoin de gâteaux supplémentaires. C'est toi que je veux, papa. Et Emma veut...

Elle ferma brusquement la bouche, hésitant une seconde avant de continuer :

— Je *pense* qu'Emma ressent la même chose.

Caleb inspira de nouveau.

— La seule chose que tu pourras y faire, ce sera d'être triste, ma puce, parce que c'est moi l'adulte. J'ai besoin d'aide, et c'est Tamara que j'ai engagée.

Les lèvres de Sasha tremblèrent une seconde, mais cette fois c'était une véritable émotion au lieu d'un échauffement pour un effet dramatique.

Puis elle dit quelque chose si bas qu'il dut se pencher.

— Tu peux répéter ça ?

— Et si elle s'en va ? chuchota-t-elle.

Ce fut comme un couteau qu'on lui aurait planté dans le ventre. Il passa les bras autour d'elle, la tenant contre lui, et il souhaita encore une fois avoir été plus intelligent, à un moment donné, même s'il ignorait à quoi cela aurait ressemblé. Il aurait aimé avoir protégé ses petites filles de la douleur qu'elles avaient ressentie.

— Je ne peux pas promettre qu'elle restera pour toujours, ma puce. Mais quand quelqu'un accepte un travail, il promet de faire de son mieux et de travailler dur pendant une certaine période. Tamara a dit qu'elle resterait sans aucun doute pendant six mois. C'est là que nous commençons.

— Ce n'est pas ce que je veux dire, papa.

La voix de Sasha, habituellement claironnante, était à peine audible et tremblante de larmes.

— Et si... Et si nous ne voulons pas qu'elle parte, mais qu'elle ne nous aime pas, et qu'elle part quand même ?

Seigneur. La plupart du temps, il réussissait à ne pas ressentir quoi que ce soit pour son ex-femme, mais dans un moment pareil il perdait tout semblant de bonté et souhaitait pouvoir démolir Wendy.

Il ne voulait absolument pas que ses enfants pensent que Tamara ne resterait que si elles étaient des anges. Il ne voulait pas qu'elles pensent que leur comportement pourrait la faire fuir.

Il se força à se calmer avant de parler.

— Nous nous emballons un peu, dit-il. Commençons par mettre en place une routine pour savoir tous qui fait quoi. C'est la première chose. Puis peut-être que nous pourrons avoir un peu moins de larmes durant le moment des devoirs.

Sasha eut l'air convenablement coupable avant d'accepter son bisou et de se pelotonner sous les couvertures.

— Oui, papa.

Border Emma était plus facile, mais seulement parce qu'elle ne disait pas tout ce qui lui briserait le cœur, les questions étaient là, dans ses yeux.

Il passa un bras autour d'elle, perché sur le bord de son minuscule lit.

Tout le monde, des instituteurs de l'école au psychiatre familial qu'ils avaient été forcés de voir, était inquiet au sujet de son développement verbal, mais elle parlait très bien. Oh, peut-être pas un tas de mots, mais elle parlait. Quand elle avait quelque chose à dire, elle le disait, c'était ce qu'il avait découvert.

Caleb passa les doigts sous le menton d'Emma et le souleva jusqu'à ce qu'elle le regarde.

— Je sais que tes tantes te manquent, mais je pense que Tamara est quelqu'un de bien. Tata Dare l'a recommandée, et tu sais qu'elle ne le ferait pas si elle ne pensait pas que Tamara était plutôt spéciale.

Emma inclina la tête, la méfiance et l'inquiétude se lisaient sur son visage, mais ses soucis reposaient dans une tout autre direction.

— Sasha est triste, chuchota-t-elle.

— Sasha aime s'inquiéter, signala-t-il. Mais encore une fois, penses-tu que ta tata Dare enverrait quelqu'un ici qui ne saurait pas s'occuper de Sasha ? Je dis ça d'une manière positive. Comme quelqu'un qui n'apprécierait pas de pouvoir passer du temps avec Sasha et toi ?

Emma tourna la tête de droite à gauche.

— Est-ce que tu as terminé le dessin que tu faisais tout à l'heure ? demanda-t-il.

Emma secoua la tête.

— Eh bien, alors, demain tu travailleras là-dessus. J'adorerais le voir quand il sera terminé.

— Papa ?

Doucement et tendrement.

— Oui, mon bouchon ?

Emma s'accrocha à Caleb comme une sangsue pendant un instant avant d'approcher ses lèvres tout à côté de son oreille et de souffler à peine les mots :

— Je t'aime.

Sa poitrine se serra.

— Je t'aime aussi. Vraiment, vraiment beaucoup.

Emma se glissa sous les couvertures, ressortant une fois pour arranger le livre sur sa table de chevet avant de se recoucher et de fermer les yeux. Elle ressemblait à une poupée en porcelaine, immaculée et parfaite. Et comme d'habitude, Caleb la fixa un instant en se demandant pourquoi la manière dont elle dormait le mettait tellement mal à l'aise.

Cette sensation de gêne ne fit que s'accentuer quand il retourna dans la salle de séjour pour découvrir que Dustin était encore dans la maison, à discuter avec Tamara. Elle était assise dans le coin du canapé, riant de quelque chose que son frère avait dit. Dustin était posé sur le bord de la table basse en face d'elle, le regard fixé sur son visage, les mains sur les genoux alors qu'il se penchait vers elle.

Mince. Caleb passa entre eux pour s'installer sur son fauteuil, forçant Dustin à reculer.

Son frère cadet se leva brusquement.

— Je suppose que je dois y aller. Merci pour l'invitation à dîner. C'était vraiment bon.

— Vous êtes le bienvenu n'importe quand, lui répondit Tamara, souriant avant de changer de position.

Elle releva les pieds sur le canapé et se pencha en arrière, se mettant à l'aise.

Dustin adressa un signe de la main à Caleb avant d'aller vers la porte.

— Ne sois pas en retard demain matin, lui ordonna Caleb.

— J'ai entendu dire que les vieux ont besoin de beaucoup de sommeil, déclara Dustin d'un ton malicieux. Tu ferais mieux d'aller bientôt au lit ou c'est toi qui seras en retard.

L'enfoiré présomptueux s'éclipsa avant que Caleb ne puisse trouver quelque chose à répondre.

Tamara se mit à rire.

— Les cadets sont agaçants.

— Oui.

Elle passa les mains autour de ses genoux, se redressa et changea de sujet.

— Vous avez surpris le petit déferlement de larmes de Sasha aujourd'hui ?

Il semblait qu'ils allaient plonger directement et parler sérieusement. Caleb se redressa et adapta son état d'esprit.

— Elle faisait semblant. Je pense que vous le saviez, et pour info, je le savais aussi. Mais elle est inquiète.

— Elle a une inconnue dans sa maison. Je ne lui en veux pas, dit Tamara avant d'hésiter. Je lui ai dit qu'elle n'était pas autorisée à répondre pour Emma. C'est ce qui l'a énervée.

Oh. Caleb laissa l'idée s'imposer à son esprit.

— Je vois.

— Je ne vais pas forcer Emma à parler, dit Tamara précipitamment. Mais si tout le monde répond pour elle, alors...

— Vous n'avez pas besoin de vous expliquer.

Une autre vague de frustration le frappa durement. Il était tellement *stupide*. Il aurait dû y penser avant. Non pas qu'il veuille pousser Emma à parler davantage, mais d'une certaine manière, c'était négligent de leur part de laisser Sasha se déchaîner.

Tamara l'examinait avec attention.

— Est-ce un regard de « vous n'avez pas besoin de vous expliquer parce que vous avez raison », ou est-ce que vous pensez que j'ai tort ? Vous devez me donner un peu plus d'indices, parce que je n'arrive pas à interpréter votre expression.

Il soupira.

— Vous avez raison.

Elle pencha la tête, l'inquiétude passant sur son visage.

— Ça va ?

Caleb écarta ses inquiétudes et hocha la tête, essayant d'avoir l'air plus joyeux. Il craignait d'avoir probablement l'air constipé, mais bon. C'était le mieux qu'il puisse faire.

— Et vous ? En dehors des larmes, comment s'est passé votre premier jour ? Ça va, jusque-là ?

Elle le regarda un instant comme si elle allait remettre en question son changement rapide de sujet. Puis un doux soupir lui échappa et elle se renfonça sur le canapé.

— Pas mal. Je vous demanderai si j'ai des problèmes.

Tamara prit un carnet sur la table et commença à écrire. Le silence retomba, et la conversation se termina aussi abruptement qu'elle avait commencé.

Caleb prit un livre dans le panier près de son fauteuil et essaya de s'y plonger, mais avoir une autre personne dans la pièce...

Sois honnête. Avoir une autre personne dans la pièce qui ne soit pas un de ses frères ni son meilleur ami, Josiah Ryder, était enivrant.

Il était conscient de chaque geste qu'elle faisait.

L'extrémité de son stylo se déplaçait en gestes fluides, un petit froncement de sourcils s'était formé alors qu'elle se concentrait sur sa tâche. Ses jambes étaient repliées, inclinées contre le canapé, son carnet en équilibre sur ses cuisses.

Il alterna entre essayer de lire son livre et laisser son regard glisser sur les mots flous pour retourner vers son corps.

Elle avait retiré l'élastique de ses cheveux et la lourde masse brune reposait sur ses épaules en ondulant légèrement. Comme si elle avait été au soleil pendant un moment, ses joues étaient teintées de rose, et ses lèvres douces brillaient. Son haut moulait les courbes de ses seins, se soulevant à chaque respiration.

Pour une raison stupide, les yeux de Caleb ne cessaient

d'être attirés vers ses pieds. Tamara était emmitouflée de la tête aux pieds dans du jean et de la flanelle, et il ne pouvait pas détacher les yeux des chaussettes en laine qu'elle portait.

Elles étaient blanches avec des pois roses, et elles étaient assorties à ses lunettes. Tamara se frotta les pieds l'un contre l'autre, et soudain tout le corps de Caleb se tendit pour une tout autre raison.

Bon sang, il était excité comme s'il regardait un porno, et tout ce qu'elle avait fait était un mouvement innocent.

Quand elle tira la jetée de canapé du dossier, il comprit enfin.

— Vous avez froid ?

Elle se secoua, comme si elle était surprise de le voir dans le fauteuil.

— Un peu. À cette période de l'année, il est difficile de savoir d'une minute à l'autre quelle température il va faire.

— Je peux allumer le feu, lui proposa-t-il.

Pourquoi diable son cerveau devait-il lui fournir des images de sa peau nue soulignée par la lueur du feu ?

Le regard de Tamara dériva vers l'horloge sur le mur.

— Peut-être demain. Je devrais probablement aller au lit. Ça a été une journée plus longue que je n'en ai l'habitude.

Elle rassembla ses affaires et se leva. Caleb se redressa aussi, et soudain debout l'un devant l'autre, ils se regardèrent. Cette impression de... *quelque chose* le frappa encore.

— Eh bien, bonne nuit, annonça Tamara.

Puis elle s'éloigna rapidement.

En marchant ? Non, elle fuyait pratiquement la pièce.

Caleb resta seul dans le silence grandissant avec bien trop de pensées et d'élans dont il savait qu'ils resteraient sans réponses.

7

—————

Deux jours plus tard, Tamara et les filles commençaient *peut-être* à adopter ce qu'elle pourrait considérer comme une routine confortable. En tout cas, il n'y avait pas eu d'autres énormes accès de colère. C'était déjà bien.

Tamara mit la dernière assiette du petit déjeuner dans le lave-vaisselle, puis attrapa son téléphone, répondant à la sonnerie familière de sa sœur par une légère taquinerie.

— Boutique de prêteur sur gages de Tamara... Qu'avez-vous à vendre ?

— Une sœur plus âgée et un père légèrement usé. Je me suis déjà débarrassée de l'autre vieille bique qui me rendait la vie misérable, dit Lisa avec impertinence.

Tamara fit un bruit de pet dans son téléphone.

— Je t'aime aussi, petite sœur. Qu'est-ce que tu fabriques aujourd'hui ?

— J'évite papa, j'aide Karen à déplacer le cheptel... comme d'habitude.

Tamara enfila son manteau, puis emporta son mug de café

94

dehors sous le porche. Il faisait à peine assez chaud, mais il y avait du soleil, et elle ne pouvait pas résister à la vue.

— Plutôt typique. Mais je croyais que papa se tenait mieux ces temps-ci. Qu'est-ce qui l'a énervé ?

Lisa hésita avant de vendre la mèche.

— Karen a fait une suggestion à propos des cultures et des animaux pour l'année prochaine et son absence de chromosome Y a frappé papa au visage plusieurs fois.

Ouais, c'était un jour comme un autre. Tamara poussa un soupir de frustration, soulagée d'être à trois cents kilomètres de là.

— Tu as de grands projets pour la soirée ?

— J'ai vu une partie de la bande hier soir au Traders, mais arrête d'essayer de contrôler la conversation. J'appelais pour savoir comment ça se passait pour toi. Comment est le travail de nounou ?

Réponse facile.

— Mieux que de devoir gérer papa qui fait semblant de ne pas faire un caca nerveux.

Lisa ne voulut pas laisser tomber.

— L'hôpital te manque ?

Tamara y réfléchit sérieusement avant de répondre honnêtement.

— Tu sais quoi ? J'ai été trop distraite pour que mon ancien boulot me manque.

Un doux petit rire résonna à l'autre bout de la ligne.

— Ce doit être un beau cow-boy.

Nom d'une pipe ! Les œtites sœurs étaient des terreurs.

— Tiens ta langue. Ce n'est pas de ça que je parlais, et tu le sais.

— Quoi ? Je faisais une simple observation. Je pense que tu as été brillante de choisir un patron qui a l'air charmant dans un jean et un Stetson.

La seule manière de gérer cela était d'ignorer les insinuations de Lisa, même si... sa petite sœur avait raison.

Cet homme était très beau quoi qu'il porte, ou ne porte pas.

Tamara se concentra sur la vraie question.

— Ça se passe bien. Nous avons quelques moments difficiles ici et là, mais pour l'essentiel, je pense que je survis.

— Bien sûr que oui. Je parie que tu es géniale. En fait, je m'attendais à tomber sur ta messagerie à cette heure de la journée. Qu'est-ce que tu as fait, tu les as scotchées à leurs lits ?

— Pas loin. Elles nettoient leurs chambres. Ou plus exactement, elles ont retiré les draps de la chambre d'Emma pour que je puisse les laver, et toutes deux sont maintenant à l'œuvre dans la chambre de Sasha. Je pense qu'elles auront terminé mardi en huit.

Lisa se mit à rire.

— Alors elles tiennent de toi. Génial. Tu devrais pouvoir leur enseigner toutes les ficelles du métier, comme fourrer le bazar sous le lit.

— Ça signifie que je sais où tout trouver si elles ne nettoient pas vraiment.

— C'est vrai. Une seconde.

D'un sifflement sonore, Lisa appela son chien – elle devait être en train de marcher dehors pour appeler de son portable. Elle reprit la conversation un instant plus tard.

— Que se passe-t-il d'autre ?

— Nous fabriquons des costumes d'Halloween. Une fusée, et écoute ça... un acrobate.

Tamara fut obligée de sourire. Après leur avoir montré plusieurs morceaux de papier, il avait fallu qu'Emma agite un film dans leur direction avant que Tamara et Sasha ne comprennent qu'elle ne voulait pas être un *acrobate*.

— Et maintenant, je vais leur lire *Harriet l'espionne*, parce qu'Emma est fascinée par cette idée.

— Vous pourriez vous faire un marathon *Spy Kids,* suggéra Lisa. Seulement, ne mets pas le dernier... et tu as besoin du premier seulement pour pouvoir apprécier le deuxième, alors tu pourrais simplement regarder celui-là.

— Ouais, un film c'est vraiment un marathon, la taquina Tamara.

Un fracas résonna à l'arrière, et Lisa répondit avant de revenir à Tamara.

— On m'appelle. Karen te passe le bonjour, et de gros bisous baveux de la part de tous les chiots du ranch, et tu me manques, et appelle-moi bientôt, d'accord ?

— Ça roule. Je t'aime aussi.

Tamara raccrocha et fixa joyeusement le panorama. Le bétail qui broutait au loin se résumait à de petites taches noires contrastant avec le jaune brun défraîchi de l'herbe sèche. Ils avaient besoin de la neige pour que tout redevienne frais et propre.

Elle inspira profondément l'air froid comme un baume pour son âme.

C'était trop agréable pour ne pas le partager. Elle bondit sur ses pieds et se dirigea à l'intérieur vers la chambre de Sasha.

Les filles avaient de la musique en arrière-plan, et le contenu tout entier du placard de Sasha était empilé en un énorme tas sur son lit.

Tamara haussa un sourcil.

— Intéressante méthode de nettoyage.

Elles lui lancèrent un coup d'œil coupable depuis le sol où elles étaient toutes les deux assises, ignorant la pagaille et le nez dans des livres.

— Nous étions juste... commença Sasha avant que Tamara ne l'interrompe.

— Pas d'excuses. Vous avez besoin d'une pause pendant le nettoyage, mais pas de plus de temps à l'intérieur. Prenez vos manteaux et enfilez vos bottes. Nous allons sortir prendre l'air.

Les filles se levèrent précipitamment, et elles furent toutes dehors en moins de deux minutes.

Sasha se dirigea vers le cottage dans lequel sa tante avait vécu, mais Tamara la rappela.

— Allons jusqu'aux granges.

Après un demi-tour rapide, Sasha courut dans une nouvelle direction, Emma sur ses talons. Tamara les suivit plus lentement, au milieu de l'herbe sur le sentier bien battu par leurs trajets à répétition. Elle sourit, un léger frisson lui parcourant les épaules sous son manteau d'automne. Elle devrait bientôt sortir quelque chose de plus épais.

Elles passèrent devant un ancien poulailler, dont la clôture était brisée en plusieurs endroits. Tamara marqua une pause pour l'examiner, mais les filles étaient assez loin devant elle pour qu'elle ne perde qu'un instant. Il n'avait pas été utilisé depuis quelques années.

Elle les rattrapa, mais au lieu de se diriger dans l'écurie, elles grimpèrent sur une balançoire qui pendait à l'extérieur du manège.

Tamara s'arrêta pour les laisser jouer un moment, mais elle se rendit alors compte qu'il n'y avait pas de porte pour entrer dans l'écurie à proximité.

— Hé, Sasha. Comment on entre dans l'écurie ?

La fillette brune la fixa avec surprise.

— Papa nous emmène.

Quoi ?

— Tu veux dire que vous n'entrez jamais dans l'écurie à moins que Caleb ne soit avec vous ?

C'est Emma qui répondit cette fois, en secouant lentement la tête, les yeux écarquillés.

Elle ratait quelque chose.

— Alors comment faites-vous vos corvées ?

— Nous n'avons pas de corvées dans l'écurie. Nous avons des corvées dans la maison, expliqua Sasha, avec un petit peu d'arrogance dans la voix du fait de savoir quelque chose que Tamara ignorait.

— Vous ne vous occupez d'aucun des animaux ?

Oh. Peut-être qu'il y avait une raison à cela.

— Vous ne *voulez* pas prendre soin des animaux, c'est ça ?

Encore une fois, les filles échangèrent un coup d'œil et, cette fois, Emma se rapprocha de sa sœur, suffisamment motivée pour argumenter clairement. Elle posa la main autour de l'oreille de Sasha et chuchota.

Sasha se retourna en haussant les épaules.

— Emma et moi aimons les chats, et j'aime les chevaux, mais papa dit qu'ils sont trop grands, et que nous sommes trop petites. Mais il nous emmène faire du cheval. Ainsi que tonton Luke, et parfois tonton Dusty.

— Donc vous n'allez pas dans l'écurie, et vous n'avez pas de poules... est-ce que vous aviez des poules avant ?

Le visage de Sasha se ferma comme si un orage avait frappé.

— Pas depuis longtemps.

Puis elle attrapa Emma par la main et toutes deux retournèrent vers la maison comme si elles avaient une mission. Emma jeta un coup d'œil par-dessus son épaule plusieurs fois, ses petits yeux tristes se gravant dans l'âme de Tamara.

O.K., quelque chose n'allait pas. Les filles prenaient à l'évidence suffisamment souvent ce chemin pour qu'il soit encore facile à suivre, mais elles ne traînassaient pas dans l'écurie ? Elles ne grimpaient pas dans le fenil pour poursuivre des chatons ?

Son ventre commença à bouillonner, mais Tamara ne dit rien alors qu'elle suivait les filles vers la maison. Elle leur prépara un en-cas avant de les remettre à la tâche dans la chambre de Sasha.

Seulement, quand l'heure du déjeuner arriva, le bouillonnement s'était transformé en une petite poche de charbons ardents, et si elle ne faisait pas quelque chose, elle allait exploser.

Peut-être que c'était le coup de fil de Lisa ce matin-là – un rappel que son père menait toujours la vie dure à ses sœurs. Mais elle n'aurait pas pensé que Caleb partageait la vénération pour l'ancienne école qui dominait suffisamment George Coleman pour avoir fait quitter le ranch à Tamara.

Elle installa les filles avec des sandwiches et des bâtonnets de légumes devant un film, puis se dirigea vers les granges pour chercher Caleb.

Au premier tournant, elle tomba sur Kelli.

La jeune femme s'arrêta et lui lança un sourire.

— Hé, copine. Tu vas faire un tour ?

— Je dois parler à Caleb.

Les mots sortirent un peu sèchement, et un des sourcils de Kelli se leva.

— Oh ?

— Tu sais où il est ?

Kelli tendit un bras, pointant le fond de grange.

— Crie si tu veux des renforts.

Tamara fit de son mieux pour ne pas taper du pied.

— Je m'assurerai de le lui dire.

Un léger ricanement atteignit ses oreilles, mais ça ne suffit pas à créer une brèche dans son niveau de frustration. Et quand elle passa la tête dans la pièce au bout du couloir et découvrit Caleb en train de s'occuper des selles, elle y alla tout droit et fonça sur lui.

— Je crois que j'ai raté certaines choses. J'ai besoin que vous les clarifiiez pour moi.

Il cligna des yeux sous la surprise.

— Tamara. Tout va bien ?

— Je ne sais pas.

Sa voix était ourlée de sarcasme, alors elle recula suffisamment pour ne pas trop se mettre dans le pétrin au cas où elle aurait tort.

— J'ai demandé aux filles quand nous allions faire leurs corvées, et elles m'ont informée qu'elles n'entraient dans l'écurie que lorsque vous étiez avec elles. Ce qui me fait penser qu'elles n'ont probablement pas de corvées.

— Elles en ont, dit Caleb, l'air perplexe. Nous en avons parlé. Vous avez dit qu'elles les faisaient déjà.

— La vaisselle et le ménage à l'intérieur de la maison. Mais qu'en est-il de l'extérieur ?

— Elles aident à désherber le jardin en été. Je suppose qu'elles pourraient probablement déblayer la neige, mais c'est inutile parce que Dusty utilise le tracteur.

Il n'écoutait pas, et la colère de Tamara continuait à monter.

— Il y a toujours beaucoup de tâches pour prendre soin des animaux. De quoi sont-elles responsables dans les granges ?

La compréhension se fit jour dans ses yeux.

— Oh ! Ouais, elles n'ont pas de tâches dans l'écurie.

Caleb lui tourna le dos, remettant la selle en place sur le mur comme si la conversation était terminée.

Pas question que cette conversation soit terminée. Tamara tira sur le bras de Caleb, tentant de l'obliger à se tourner vers elle. Elle aurait plus de chance de faire pivoter un arbre, mais elle était assez en colère pour essayer.

— Vous vivez dans un fichu ranch. Et si elles veulent s'en occuper avec vous ? Et si vous dites qu'elles ne peuvent pas parce que ce sont des filles, je vais trouver où vous gardez les appareils de castration et vous prouver qu'une fille peut apprendre à faire toutes les tâches qu'elle a en tête...

— Nous avons des chevaux, et des ouvriers, et je ne veux pas de petites personnes errant là où elles risquent de se blesser.

Elle planta les mains sur ses hanches.

— Il existe un incroyable concept appelé la surveillance, chéri.

Caleb la fixa de toute sa hauteur, soudant ses yeux marron foncé aux siens. Mais au lieu de la dispute qu'elle pensait avoir, il répondit doucement.

— D'accord, *chérie*. Maintenant que vous êtes là, vous pourrez assurer la surveillance que je ne pouvais pas leur accorder avant. Vous voulez leur ajouter des corvées à l'extérieur, allez-y.

Et ce fut tout.

Hein.

C'était une victoire un peu creuse, étant donné qu'il n'avait même pas élevé la voix.

Il se détournait quand Tamara parla de nouveau.

— Avec quels animaux peuvent-elles aider ?

Ses épaules s'affaissèrent pendant un instant avant qu'il ne se redresse et se rapproche.

— Ça vous arrive d'écouter ?

— Quand il y a quelque chose qui vaut la peine d'être écouté.

Ses yeux jetèrent un éclair avant que ses paupières ne se referment à moitié dans une expression indéchiffrable.

— Nous avons trop de chevaux ici qui ne sont pas dressés. Je ne veux pas qu'elles...

—J'ai dit que je surveillerai.

En une seconde, les mains de Caleb se levèrent vers elle, d'un geste soudain et incontrôlé. Pas d'une manière qui lui fit peur, mais qui fit décoller les battements de son cœur, au fond de son être.

Puis il disparut de nouveau, ce feu dans les yeux de Caleb, il était redevenu calme. Raisonnable. Il inclina une fois la tête.

— Bien. Pas de chevaux, mais vous vous occupez de ce que vous voulez qu'elles fassent d'autre.

Elle était dans son espace personnel. Il posa les mains sur ses avant-bras et les serra fermement, et une autre explosion se déclencha au fond d'elle, l'expectative faisant grimper la température.

Quand il la souleva purement et simplement de quinze centimètres puis pivota sur place, Tamara resta immobile sous le choc.

Il la déposa sur le sol puis lui tourna le dos et sortit de la pièce.

Aucun mot prononcé sous la colère de sa part, pas de vraie émotion en dehors de ces brefs aperçus, alors qu'elle se tenait là tremblant presque sous une poussée d'adrénaline. À moitié par colère et à moitié pour avoir été bien trop excitée quand tout ce qu'il avait fait avait été de lui toucher les bras.

Elle se précipita hors de l'écurie, reconnaissante de sentir l'air frais frôler ses joues échauffées, alors qu'elle retournait à la maison. C'était le tocard le plus exaspérant, le plus sexy, le plus agaçant et le plus *désirable* qu'elle ait jamais eu la malchance de rencontrer.

Mais il lui avait donné sa permission sans définir ce que ça signifiait, alors elle allait profiter de cette occasion pour s'assurer que les filles obtiennent ce dont elles avaient besoin.

Elle ne pensait pas du tout à quel point cela pourrait énerver un certain cow-boy avec un balai dans le popotin. Non, elle n'y pensait pas du tout.

Elle sortit son téléphone et tapa un numéro familier.

— Hé, toi. Que se passe-t-il ? demanda sa sœur aînée Karen avec une touche d'inquiétude. Tout va bien ?

— Tout est extra, l'informa Tamara. Aujourd'hui, je suis une cliente. J'ai besoin d'un service.

Alors qu'elle partageait son idée de corvées extérieures avec sa sœur, Tamara ressentit une sensation de satisfaction. Un certain cow-boy grincheux n'allait pas du tout aimer ça, et elle s'en fichait.

Elle entra dans la maison d'un pas plus léger qu'elle n'en était sortie, l'anticipation transformant son sourire en un rictus légèrement mauvais.

Il n'allait pas comprendre ce qui lui arrivait.

8

———

*L*a quiétude pénétra les membres de Caleb. Les corvées du petit matin s'étaient bien passées, et aucun des animaux n'avait essayé de le tuer, ce qui était toujours un bonus.

Il retourna tranquillement à la maison pour découvrir que le café était en route mais Tamara nulle part, même si l'odeur du bacon flottait dans la cuisine.

Il attrapa un mug, puis se dirigea vers le porche de devant, s'arrêtant quand il découvrit Tamara lovée dans une des chaises Adirondack hors de portée du vent.

— Un peu de compagnie ne vous dérange pas ?

Elle secoua la tête, faisant un geste vers la deuxième chaise qui avait déjà un coussin dessus.

— C'est votre panorama. Je ne m'en lasse pas.

Caleb s'installa. Il s'était inquiété un instant qu'elle ne brise sa charmante humeur sereine en recommençant avec le problème des corvées, mais comme la veille au dîner, elle n'en parla pas.

Seulement, ce n'était pas comme si elle refusait d'en parler.

Mais plutôt comme si elle ne bouillonnait pas intérieurement. Elle ne faisait absolument pas la moue.

Il devait admettre qu'il n'était pas tout à fait sûr de savoir comment gérer cette femme.

Elle laissa échapper un soupir joyeux.

— Je pourrais venir ici tous les jours pendant toute une année et ne pas me fatiguer de ce panorama. Je n'ai jamais habité aussi près d'un lac. Je veux dire, nous avons de l'eau sur la propriété de Whiskey Creek, mais elle est toujours en mouvement, expliqua-t-elle en tournant le visage vers le lac, son sourire s'agrandissant. Il faut trouver un coin de pêche tranquille pour avoir ce genre de scintillement sur l'eau.

— Vous pêchez ?

Tamara eut un petit rire, prenant une gorgée de son café avant de lever la tête pour lui répondre.

— Vous n'avez pas à être aussi surpris.

— C'est juste que... Mes sœurs n'aiment pas pêcher. Ginny et Dare apprécient plein d'autres activités extérieures, mais mettre un appât sur un hameçon n'est pas leur truc. Et puisque c'est une des conditions, elles avaient tendance à ne pas se joindre à nous quand nous y allions.

— Chacun ses goûts, et parfois ça n'a pas de sens. Est-ce que vos filles pêchent ? Parce que la pêche doit être mortelle par ici, dit-elle en pointant le lac du doigt. C'est rempli ?

Il ne savait pas à quelle question répondre en premier.

— Il y a des poissons arc-en-ciel dans le lac et des truites dans la rivière.

C'était horrible de devoir l'avouer, mais il fut honnête :

— Elles y sont allées quelquefois, mais je ne sais pas si les filles *aiment* pêcher.

Il savait qu'elles aimaient se déguiser, et qu'elles étaient toutes les deux assez mauvaises pour aider à la cuisine. Il savait qu'Emma détestait les tempêtes, et que Sasha préférerait être écorchée vive plutôt que d'admettre qu'elle avait peur de quoi que ce soit.

— Je crois que lorsque ce sont des moments juste entre les filles et moi, en dehors de ceux habituels, vous savez, des moments particuliers, j'essaie de faire des choses que je sais qu'elles apprécieront.

Tamara parla doucement.

— Mais parfois on ne peut pas dire ce qu'on aime avant d'avoir essayé.

Il hocha la tête, malgré la tentation de dire qu'elle avait partiellement tort. Il y avait plein de choses qu'il n'avait jamais essayées qu'il était sûr qu'il adorerait. Elle avait de nouveau tourné le visage pour admirer le lac, donc il était facile de prétendre qu'il contemplait l'écurie au lieu de l'étudier elle du coin de l'œil.

Elle avait les cheveux tirés en arrière, coiffés en queue-de-cheval, et les lèvres incurvées en un doux sourire. Il était presque sûr qu'il apprécierait de presser sa bouche contre la sienne. Il était presque certain que, s'il en avait l'opportunité, il apprécierait pleinement de goûter chaque centimètre de son corps. Et quand bien même il ne devrait même pas laisser son esprit commencer à prendre cette direction, il ne doutait pas que si elle se retrouvait un jour nue sous son corps, ça lui plairait beaucoup aussi.

Il tendit lentement les jambes, gagnant un peu de place alors qu'il tournait ses pensées vers d'autres sujets dans l'espoir que le temps permette à son corps de s'apaiser.

Ce qu'il devrait faire au lieu d'être assis là avec elle, c'était de progresser dans le bazar de son bureau, mais une partie de lui ne pouvait pas supporter de s'en aller.

— Qu'avez-vous de prévu pour la journée ? Je serai dans le coin si vous avez besoin de moi. J'essaie de prendre deux jours de repos chaque semaine, ou en tout cas deux demi-journées.

Moi et les garçons le faisons à tour de rôle. J'ai le dimanche et le mercredi quand ça marche… les filles sortent plus tôt de l'école presque tous les mercredis.

— J'ai besoin des filles ce matin, si ça ne vous dérange pas. Si vous vouliez vous occuper d'elles cet après-midi, j'apprécierais. Mes sœurs viennent me rendre visite, alors ça signifie que nous pourrions aller en ville. Mais ne vous inquiétez pas. Le dîner sera quand même sur la table pour dix-huit heures.

Il allait voir plus de membres du clan Coleman ?

— Elles peuvent rester et manger avec nous, proposa-t-il avant de renifler. Ce qui est plutôt ironique parce que c'est vous qui allez cuisiner.

Tamara sourit puis regarda sa montre.

— Je transmettrai l'invitation. Je ferais mieux de filer. J'ai certaines choses à faire avant le petit déjeuner.

Elle se leva et disparut.

Caleb se rassit, ignorant avec succès les corvées de bureau alors qu'il passait encore une demi-heure à savourer combien il était agréable d'avoir une conversation raisonnable avec une femme.

Les derniers temps de son mariage avec Wendy avaient été remplis de mélodrame. Mais c'était étrange. Tamara lui avait crié dessus plus fort la veille que Wendy ne l'avait jamais fait. Les plaintes de son ex-femme avaient été prononcées d'un ton discret et bien modulé, en alternance avec un jugement silencieux.

Malgré son tempérament, Tamara ne semblait pas garder rancune.

Plus tard ce matin-là, il vérifiait les provisions quand Kelli passa à toute allure.

— Des visiteurs, patron.

Caleb posa son porte-bloc et s'avança derrière elle,

regardant avec curiosité une camionnette tirant une petite remorque se garer à côté de l'écurie. La remorque se glissa près d'un des manèges, et Caleb regarda avec admiration le conducteur la placer aussi doucement que possible avant de s'arrêter parfaitement à côté de la clôture.

Les portières s'ouvrirent et deux personnes sortirent, et il s'avança pour les accueillir, les reconnaissant grâce à la ressemblance familiale. Des cheveux bruns, des yeux foncés, des images similaires à Tamara, qui traversait la cour à toute vitesse, Sasha et Emma la suivant un peu plus lentement.

Un instant plus tard, Tamara fut enveloppée dans une étreinte à trois. Les filles du Whiskey Creek s'appréciaient.

Caleb s'approcha assez pour écouter alors que Tamara reculait pour présenter les filles.

— Voici Sasha et Emma. Les filles, voici ma grande sœur Karen et ma petite sœur Lisa. Même si je pense que nous faisons à peu près la même taille, maintenant.

Karen fit un signe aux filles.

Lisa retira son chapeau, puis s'accroupit pour regarder Sasha et Emma de plus près.

— Non, dit-elle. Vous ne pouvez pas être Sasha et Emma parce que vous êtes bien plus grandes que je ne le pensais. Je suis sûre que Tamara n'est pas autorisée à être nounou pour qui que ce soit d'assez grand pour conduire une voiture.

Emma gloussa.

Sasha leva un sourcil, et Caleb s'arrêta brusquement, reconnaissant sa propre expression sur le visage de sa fille.

Tamara le remarqua alors, faisant signe à ses sœurs de se tourner vers lui.

— Les filles, c'est mon patron, Caleb Stone.

Karen lui serra la main. Lisa se releva avec un sourire et passa les mains sur ses cuisses avant de s'approcher pour lui proposer une autre poignée de main ferme.

— Chouette endroit que vous avez ici, dit-elle.

— Merci.

Karen évalua le ranch d'un œil critique.

— Vous avez des bâtiments séparés pour les chevaux et les autres animaux ?

Caleb lança un coup d'œil à Tamara pour découvrir qu'elle roulait des yeux. Pour une étrange raison, il était tenté de lui faire un clin d'œil.

— Maintenant, oui. Nous n'avons pas beaucoup d'animaux en dehors des chevaux en ce moment. Le bétail est dans le pâturage avec ses propres abris là où c'est nécessaire.

Karen hocha la tête avant de ramener son regard sur Tamara.

— J'espère que tu sais ce que tu fais.

— Chut. J'en sais assez, dit-elle en se tournant vers Sasha et Emma. Vous vous souvenez de ces corvées supplémentaires dont je vous parlais ?

L'expression stoïque de Sasha se transforma en méfiance.

— D'autres corvées ? demanda-t-elle en jetant un coup d'œil à Caleb. Papa ?

Oups.

— J'ai dit que c'était bon.

Dustin s'approcha tranquillement à ce moment-là, souriant d'un air appréciateur aux trois femmes. Caleb envisagea de se pencher pour lui en coller une à l'arrière de la tête.

— Mesdames, dit Dustin en inclinant son chapeau avant de se tourner vers Tamara. Ashton dit qu'il vous a préparé la remise sur le côté. À côté de l'ancien poulailler.

— Indiquez-moi la bonne direction, et j'emmènerai la remorque. Probablement le moyen le plus sûr de les emmener dans la cour, dit Karen.

Tamara agita la main vers les filles.

— En avant.

Ils durent tous attendre parce qu'Emma avait attrapé la manche de sa sœur et tirait fort dessus, secouant la tête.

Sasha se retourna précipitamment.

— Emma n'aime pas les poules.

C'était nouveau pour Caleb. Bon sang... il s'était débarrassé des poules à cause des plaintes de son ex, mais elle n'avait jamais dit un mot sur les peurs d'Emma. Il hésita. Peut-être qu'il devrait rejeter l'idée de Tamara avant qu'il ne soit trop tard.

Mais Tamara accepta cette nouvelle sans sourciller.

— Pas d'inquiétudes. Nous n'allons pas avoir de poules.

Le lent sourire qui se dessina sur le visage d'Emma semblait rassurant. Elle lança la tête en arrière joyeusement, puis attrapa Sasha par la main et la ramena à toute vitesse de l'autre côté de la cour vers le poulailler.

Pendant ce temps, Caleb regardait Tamara et se demandait comment elle avait réussi en à peine vingt-quatre heures autant de mauvais tours, y compris corrompre son contremaître et, apparemment, son frère.

Le reste du groupe les suivit, sauf Karen qui retourna à sa camionnette pour faire reculer la remorque.

Devant eux, le petit enclos n'était pas encore complètement remis en état, mais la clôture était de nouveau verticale, et il y avait un appentis supplémentaire sur un côté. Il aurait pu jurer qu'il n'était pas là la veille.

Caleb et Dustin prirent position à l'arrière. Lisa et Tamara discutaient joyeusement, parlant toutes en même temps, de cette manière habituelle aux femmes, sans se sentir agacées. Elles portaient toutes les deux des jeans moulants, et il n'allait pas admettre que son regard s'attardait bien trop longtemps sur les hanches de Tamara alors qu'elles se balançaient devant lui.

Puis il jeta un coup d'œil à Dustin, lui donnant un rude

coup de coude dans les côtes quand il remarqua que son cadet regardait également les fesses des femmes.

— Arrête ça, ordonna-t-il.

— Hein ? dit Dustin sous le choc avant de sourire. Oh, allez. Tu le faisais aussi.

Caleb n'allait rien admettre de tel.

Ils se rassemblèrent tous devant le portail à l'extérieur de l'enclos, attendant que Karen recule la remorque jusqu'à bien la positionner.

Tamara se tourna vers lui

— Ashton m'a dit que vous éleviez des poulets avant. Peut-être que lorsque le printemps arrivera, si vous voulez recommencer, nous pourrons décider si c'est encore le meilleur endroit pour Eeny, Meany et Miney[1].

Caleb était curieux comme tout désormais.

— Quoi ? Et la quatrième ? demanda-t-il.

— Elle attend un petit, alors je l'ai laissée à notre ranch. Je me suis dit que vous n'aviez pas besoin de ce genre de problème immédiatement, lui répondit Karen en les rejoignant aux portes de la remorque.

Dustin passa devant Caleb, aussi impatient que les petites filles de voir ce qui se passerait ensuite.

— Qu'avez-vous amené ?

Il se pencha à côté de Tamara juste au moment où Karen ouvrait les portes, et ils furent tous salués par un chœur de *bêêê*.

Des chèvres.

Trois, à en juger par les noms, et elles devaient être fatiguées d'attendre dans la remorque parce qu'elles se précipitèrent à toute vitesse, bousculant Dustin et l'envoyant par terre.

Les événements qui suivirent sont difficiles à décrire. Toute la zone était pleine de petites filles qui hurlaient et de jeunes femmes qui criaient, en plus de son frère qui avait commencé à jurer une demi-douzaine de fois avant de se rappeler que ses nièces étaient présentes.

Les chèvres tournaient en rond, sautant les unes par-dessus les autres et sur tout ce qui se trouvait sur leur chemin. Si elles avaient fui en ligne droite, cela aurait été bien moins chaotique, mais pour une étrange raison, les créatures restaient près de la remorque, seul repère familier. Même si elles ne voulaient pas y retourner, elles ne voulaient pas aller dans l'enclos qui leur était désormais accessible après que Caleb s'était frayé un chemin à travers la horde qui se tortillait pour aller ouvrir le portail.

Malgré le chaos, Caleb ne put s'empêcher d'être ravi parce que, même si Sasha produisait l'essentiel du bruit, hurlant à pleins poumons avec un large sourire sur le visage, elle n'était pas la seule.

Emma ne hurlait pas, mais elle laissait échapper à l'occasion un braiment aigu lorsqu'une des chèvres la frôlait brusquement, la déséquilibrant. Elle percuta Dustin qui venait de se remettre sur ses pieds.

Lisa alla dans un sens et Karen dans l'autre, et finalement les trois créatures grises et blanches furent quelque peu maîtrisées et encadrées entre la remorque, les filles et l'enclos.

Au-delà des cris et des bêlements résonnait le doux son d'un rire, et il jeta un coup d'œil sur sa droite pour découvrir Tamara qui se tenait les côtes, tout le corps secoué. Son regard était rivé sur Dustin tandis qu'il se relevait, les bras écartés alors qu'il se précipitait derrière le plus petit et foncé des animaux.

— Dusty, pour l'amour du ciel, arrête de les poursuivre, ordonna Caleb.

Son plus jeune frère se redressa si précipitamment qu'il trébucha de nouveau, et juste au moment où il semblait qu'il allait retrouver son équilibre, la plus grande des chèvres baissa la tête et visa son derrière. Elle le percuta assez violemment pour envoyer Dustin s'étendre la tête la première sur le sol.

Tamara se couvrit la bouche de la main, mais il était trop tard. Elle ne pouvait plus s'arrêter, et désormais Caleb riait doucement avec elle.

Il fut presque déçu quand Tamara attrapa un seau à côté de la clôture et le secoua.

Le son de céréales contre le métal suffit à ce que les trois chèvres se tournent vers elle. Elle fit claquer sa langue plusieurs fois, et les chèvres s'avancèrent comme si elle servait un menu gastronomique.

Elle recula, claquant encore la langue avant de jeter un coup d'œil à Caleb en donnant doucement une instruction.

— Pour l'amour du ciel, n'agitez pas les bras. J'ai cru pendant un instant que Dustin allait essayer de s'envoler.

Caleb ne bougea pas sauf pour lui lancer un clin d'œil.

Les yeux de Tamara s'écarquillèrent une seconde avant qu'elle ne se concentre de nouveau sur les chèvres, reculant régulièrement alors qu'elles la suivaient dans l'enclos.

Dès qu'elles purent, Karen et Lisa fermèrent les barrières, piégeant toutes les bêtes à l'intérieur pendant que Tamara vidait le seau dans la mangeoire puis s'écartait pour laisser les chèvres profiter de leur premier dîner dans leur nouveau foyer.

Elle lança un coup d'œil à Sasha et Emma.

— Du moment que vous ne demandez pas à tonton Dustin de vous aider, ce ne sera pas aussi mouvementé quand vous vous occuperez d'elles.

Dustin s'était remis brusquement debout, s'époussetant et souriant avec bonhomie de sa propre chute.

— Si j'avais su ce que vous faisiez, je n'aurais pas foncé tête baissée.

Lisa l'examina avant de pincer les lèvres, comme si elle refusait de sourire à ses dépens.

Il semblait que toutes les filles Coleman étaient un peu enquiquinantes. Caleb lança un coup d'œil à Karen.

— Je suis surpris que vous n'ayez pas sorti un harmonica pour faire les joueurs de flûte de Hamelin et les emmener dans l'enclos.

Karen frotta ses gants contre sa cuisse.

— Je suis la femme qui chuchote à l'oreille des chevaux, pas à celle des chèvres, le taquina-t-elle en retour.

Pendant la demi-heure suivante, Sasha et Emma apprirent tout ce qu'elles devaient faire pour s'occuper de leurs chèvres.

Caleb se retira et laissa Tamara et ses sœurs à la tâche. Il se retrouva de l'autre côté de la clôture avec Dustin. Ashton se joignit également à eux, observant le déroulement des événements avec une grande curiosité.

— Tu aimes ma réparation de la clôture ? dit Ashton en jubilant un peu.

— Tu aurais pu m'avertir que nous allions avoir des chèvres, réprimanda-t-il.

Le contremaître aux cheveux argentés haussa les épaules avec désinvolture.

— Tamara m'a raconté que tu lui avais dit que c'était elle la responsable si les filles voulaient s'occuper d'animaux. Je me suis dit que tu l'avais bien cherché.

Hum. Caleb devait le reconnaître.

— Tu as raison, c'est vrai.

Dustin posa les bras sur la barrière alors qu'il regardait les filles et les chèvres avec fascination.

— Comment se fait-il que je n'aie jamais eu de chèvres ? demanda-t-il.

— Parce que tu avais tout le reste, je suppose.

Oh bon sang. Tamara avait raison.

À l'âge de Sasha et bien avant, Dustin était déjà dans l'écurie avec leur père. Peut-être que la situation était un peu différente, parce qu'il y avait beaucoup plus d'adultes, mais tout de même.

Caleb lança un coup d'œil aux filles qui travaillaient avec enthousiasme avec les animaux, et quand Emma posa les mains sur ses joues en riant à voix haute, il sentit cette impression d'émerveillement désespéré le frapper de nouveau.

Il était impossible qu'il y arrive sans foirer, mais au moins désormais il avait quelqu'un qui l'aidait à voir la forêt au-delà des arbres.

Tamara se glissa sur la banquette du café, posa le plateau et partagea les plats entre elles.

— Je n'arrive toujours pas à croire que tu m'as demandé des chèvres, dit Karen. Ces bêtes vont te rendre la vie affreuse.

Tamara haussa les épaules.

— Je veux que les filles aient des corvées. Caleb ne veut pas d'elles dans l'écurie principale, et tu m'as dit que les chèvres seraient mieux que des cochons.

— J'ai dit que les filles *apprécieraient* probablement mieux des chèvres que des cochons, mais qu'élever des cochons serait plus facile, la corrigea Karen.

— Mignonnes gamines, glissa Lisa. Je sais que tu as essayé de t'en tirer sans balancer les détails au téléphone, mais maintenant tu n'as pas d'autre choix que de répondre, ou je garderai ton café en otage.

Elle le mit hors de portée pendant que Tamara attendait patiemment.

— Continue. Comment ça se passe, ta carrière nounou/gouvernante/cuisinière ? demanda Lisa.

Tamara jeta un coup d'œil à ses sœurs. Elles attendaient

toutes les deux avec un véritable intérêt sur leurs visages. Elle avait de la chance de les avoir dans sa vie.

— Ce n'est pas très différent du travail d'infirmière. Je veux dire, à l'hôpital je n'avais pas à cuisiner, mais il y avait toujours du nettoyage impliqué. La cuisine ne me dérange pas, et les filles sont... Nous nous entendons bien.

— Est-ce que ce n'est pas bizarre d'habiter dans la maison de quelqu'un d'autre ? demanda Karen.

— Ouais, ça l'est, mais as-tu vu ce *lac* ? Je ne me lasse pas de cette vue.

Lisa admirait le café, et faisait maintenant un geste vers l'entrée entre la zone où étaient disposés de petites tables et des sièges confortables et l'espace voisin rempli de bibelots, de bougies et de splendides fleurs.

— Eh bien, je pense que c'est chouette que tu aies de nouveaux endroits à visiter. « Buns and Roses »... un nom mignon pour un magasin[2].

Karen émit un gémissement appréciateur alors qu'elle prenait une bouchée de l'énorme roulé à la cannelle devant elle.

— Et délicieux. Ouais, je vois que tu apprécies de prendre un peu ton envol.

— Les choses se passent bien, leur assura Tamara. Je dois encore trouver quelques trucs avec les filles. Caleb est un peu rabat-joie parfois, mais je savais ça quand j'ai signé pour ce travail. On peut travailler avec lui. Je suis contente d'être ici.

Elle inspira profondément et posa la question brûlante.

— Est-ce que ça chauffe à la maison ? Je veux dire, les rumeurs sur moi ?

Karen et Lisa échangèrent un coup d'œil avant que Karen ne réponde.

— Ce n'est pas *affreux,* mais c'est une bonne chose que tu ne sois pas là.

Lisa hocha la tête en accord.

— Je pense que ça s'apaisera plus vite en ton absence, mais la spéculation se déchaîne. Il y a de tout, ceux qui disent que tu as séduit un patient, d'autres que tu t'es éclipsée avec l'argent de la collecte de fonds de l'hôpital.

Tamara appuya la tête contre le mur à côté d'elle. D'une certaine manière, elle était surprise que son secret soit resté enterré aussi longtemps, mais elle avait su en agissant qu'elle risquait sa carrière.

Des années auparavant, elle avait découvert que la mère d'une bonne amie mourait d'un cancer. Ça avait été dur, mais quand la mère d'Allison n'avait pas annoncé la nouvelle à ses enfants, ça avait été la goutte qui avait poussé Tamara à franchir la ligne rouge.

Allison avait déjà perdu son père à cause de cette maladie, et la douleur de ne pas être là pour sa mère aurait été déchirante.

Alors Tamara avait ignoré ses vœux d'infirmière, et au lieu de garder les informations d'une patiente confidentielles, elle les avait laissées échapper devant Allison qui avait pu retourner à Rocky à temps.

Tamara avait mal agi, et elle avait été renvoyée quand la nouvelle s'était enfin répandue. Ça n'avait pas d'importance que ça se soit passé des années auparavant... elle avait foiré.

Et d'un seul coup, ses années de formation et sa carrière n'étaient plus que du passé.

Elle soupira.

— Vous savez que si je disais la vérité, ça n'arrangerait rien, parce que d'une manière ou d'une autre, les gens la déformeraient.

— Pire, ça ferait du mal à Allison et à sa famille. Nous le savons, dit Karen en posant une main sur la sienne. Mon chou, nous pensons que tu n'as rien fait de mal. Allison a pu être auprès de sa mère pendant ses derniers mois. J'aurais été tentée de faire la même chose.

Lisa hocha la tête.

— Nous ne répéterons à personne ce que tu nous as révélé, mais je suis contente que tu nous l'aies dit. Supporter leurs balivernes sera plus facile.

Ses sœurs et la sœur de Caleb, Dare, étaient les seules personnes à qui Tamara avait dit la vérité.

— Eh bien, je sais que vous pouvez garder ça pour vous.

Toutes trois s'entre-regardèrent. Elles ne s'étaient jamais plaintes en public de leur... *situation* particulièrement agaçante.

— Je trouve simplement que c'est mieux que personne ne le sache.

— Nous sommes d'accord.

Mais elles y pensaient quand même.

— Ça complique la vie de Papa, n'est-ce pas ?

Lisa hocha la tête à contrecœur.

— Les gars au café ne cessent de l'asticoter pour avoir des détails, alors quoi que tu fasses, garde-le pour toi. Révéler ce qui s'est passé n'est pas une option parce que ça finirait en grosse pagaille.

— Tu sembles très distraite, remarqua Tamara en donnant un coup de coude à sa sœur aînée. Des problèmes avec papa ?

Karen se secoua.

— Quoi ? Non. Dernièrement, il est grincheux, à se demander quelle est la vérité sur ton départ, mais il n'est pas pire que d'habitude en ce qui concerne le ranch. Travailler avec les cousins rend la vie beaucoup plus facile, et le reste des ranchers sont plus qu'heureux d'accepter mes conseils. Avec Jesse qui est de retour, je pense que nous allons faire de bonnes choses avec le cheptel. En fait, je pensais à combiner davantage les lignées...

Lisa poussa l'assiette de pâtisseries vers elle et parla bruyamment pour couvrir la voix de sa sœur.

— Mange. Pas de discussion sur la reproduction à table.

Des toux de surprise vinrent des deux hommes à la table d'à côté. Celui aux cheveux bruns sourit avant de détourner les yeux, mais le blond établit le contact visuel avec un large sourire sur son beau visage. Lisa rougit, puis agita les doigts pour le saluer.

Tamara tapa sur la main de sa sœur.

— Arrête ça. Je suis la voisine de ces gens maintenant.

Lisa se pencha à côté d'elle pour de nouveau examiner les hommes.

— C'est la raison pour laquelle je consulte le menu. Grands dieux !

— Karen était sur le point de nous dire pourquoi elle se morfond, rappela Tamara à Lisa.

Lisa agita la main, reculant sa chaise pour avoir une meilleure vue de la table voisine.

— Oh, *ça.* Elle fait la moue parce que le vieux Freddie Wilson est sorti de l'antique camping-car dans lequel il était enterré depuis une éternité pour lui demander de l'accompagner à une fête d'Halloween.

— Lisa ! dit Karen d'un ton cassant.

— Franchement, je pense qu'elle devrait y aller parce que pendant qu'elle y sera, elle pourra le jeter et trouver quelqu'un de plus jeune.

— C'est toi que je vais jeter quelque part sur le trajet du retour, la menaça Karen.

Sans détacher les yeux des beaux gosses à la table d'à côté, vers qui elle battait des cils, Lisa chercha dans sa poche. Elle fit tourner un porte-clés autour de son doigt.

— Ça va être dur de me jeter dehors alors que c'est moi qui conduirai.

Karen abattit la main sur sa propre poche avant de regarder Lisa méchamment.

— Voleuse.

— Nous avons tous besoin de passe-temps.

Tamara se renfonça dans son siège, sûre que son sourire allait d'une oreille à l'autre.

— Je vous aime, vous deux, dit-elle impulsivement. Je suis contente que vous soyez mes sœurs.

Les deux autres répondirent instantanément. Leurs mains se joignirent au centre de la table et leurs doigts s'agrippèrent, entourés d'assiettes vides et de tasses de *latte*.

— Nous serons toujours les trois Whiskeytaires, proclama Lisa.

— Quel drôle de surnom, commenta Tamara.

Karen pouffa.

— En garde !

Lisa s'esclaffa.

— Mon Dieu, vous deux. C'est la devise de notre famille. Remettez-vous.

Tamara lui serra les doigts.

— Aux trois Whiskeytai... Non, je ne peux pas le dire sérieusement.

Lisa roula des yeux, Karen ricana, et un fou rire les prit toutes les trois, les empêchant de continuer.

Tamara se reprit finalement assez pour pouvoir parler. Elle leva sa tasse de café en l'air pour porter un toast.

— À la famille.

— À la famille.

Elles envoyèrent Lisa au comptoir pour aller chercher d'autres pâtisseries, tentant de l'éloigner des problèmes.

— Nous avons besoin d'un dessert.

Lisa haussa un sourcil.

— Une tarte après nos roulés à la cannelle ?

— Tu as quelque chose contre cette idée ?

— Oh que non. Je voulais simplement rendre clair que je ne serai pas tenue pour responsable de mes actions quand la montée de sucre frappera.

Lisa tourna son large sourire vers le blond à la table d'à côté alors qu'elle se levait. Elle le regarda de haut en bas, puis se balança vers le comptoir, balançant outrancièrement les hanches.

Karen et Tamara se regardèrent, puis tournèrent les yeux vers le pauvre homme assis à côté d'elles. Il venait de prendre une profonde inspiration et avait allongé les jambes, les yeux rivés sur le derrière de Lisa.

Il leur était impossible de s'empêcher de rire de nouveau. Un bonheur chaleureux, familier et parfait emplit Tamara à ras bord. Même si elles étaient à de nombreux kilomètres de ce qui avait été son foyer, c'était approprié.

Elles étaient ensemble comme une famille. Cela faisait d'elles son foyer.

9

———

Caleb n'était pas sûr de savoir comment ils se débrouillaient avant que Tamara n'arrive.

Sa présence se faisait sentir partout. Des plats savoureux étaient sur la table trois fois par jour, la maison étincelait... enfin, peut-être pas tout à fait, mais elle était bien plus propre qu'elle ne l'avait jamais été.

Les filles l'acceptaient bien. Emma s'était mise à suivre Tamara comme un chiot hésitant. Sa petite fille s'installait et jouait à un endroit suffisamment proche pour garder un œil sur ce que Tamara faisait. Sasha restait près également, mais elle ne semblait pas aussi charmée, comme si elle attendait de défendre sa sœur au cas où Tamara montrerait son vrai visage.

Jusque-là, il avait réussi à s'empêcher de suivre leurs traces. Son problème était qu'il ne pouvait pas s'approcher de cette femme sans avoir envie de l'attirer contre lui et de s'enfouir dans sa douceur. Elle était jolie, elle sentait encore meilleur, mais il refusait de céder aux envies dignes d'un homme des cavernes qui le réveillaient au milieu de la nuit.

Et le réveillaient le matin avec une érection qui ne voulait pas retomber.

Il lui fallait une distraction. Tout de suite.

Au lieu de rejoindre Tamara sous le porche, il se força à entrer dans le bureau, où la pagaille le narguait. Il pouvait gérer quasiment tout le reste dans le ranch de manière disciplinée, mais c'était le domaine auquel il n'avait jamais pu s'atteler.

C'était la section du ranch où sa mère avait régné, et pendant un instant, il se perdit dans le passé. Des images lui revenaient à l'esprit, lorsqu'il entrait dans le bureau et trouvait sa mère et son père en train d'échanger un baiser. Son père la remerciant du travail qu'elle avait effectué, et elle lui lançant un clin d'œil en réponse.

Ils avaient été liés... tellement unis dans tous les domaines.

Le nœud de douleur ancienne que Caleb gardait secret au fond de lui eut le temps de lui flanquer un coup de spleen soudain avant qu'il ne le repousse sans pitié. Ce qu'il y avait eu entre ses parents devait être une perle rare, parce que ça n'y avait certainement pas ressemblé avec sa femme. Cette union, ou ce lien total.

Oh, il avait eu toutes sortes d'espoirs quand il avait demandé à Wendy de l'épouser. Même s'il lui avait posé la question parce qu'elle était tombée accidentellement enceinte, il avait honnêtement pensé qu'ils avaient une chance de s'aimer. Quoi que ça signifie, parce qu'il avait été clair assez rapidement que l'idée qu'elle s'était faite de la vie d'épouse de rancher et la réalité étaient deux choses bien différentes.

Il fixa le papier devant lui et découvrit qu'il avait gribouillé des bottes de foin ou des bêtises dans le genre. Il déchira la page et la jeta derrière lui.

Il valait mieux qu'il ne pense pas à cette femme. Il valait mieux qu'il ne pense pas à ses parents, ni à d'autres choses qu'il ne pouvait pas avoir.

À la place, il se concentrerait sur ce qu'il avait. Wendy lui avait donné les deux choses les plus importantes au monde pour lui. Il n'était pas sûr de le leur dire assez, mais il essayait. Sasha et Emma étaient la raison pour laquelle il se levait tous les matins et allait accomplir la besogne. Elles étaient la raison, même s'il éprouvait une violente aversion pour cette tâche, pour laquelle il tendit la main vers les factures et le carnet de chèques et se força à remplir la page de chiffres pour accomplir *quelque chose* avant qu'elles ne se lèvent.

Étonnamment, il fut suffisamment concentré pour qu'il lui paraisse s'être écoulé un instant seulement quand quelqu'un tire sur sa manche.

Il fit reculer son fauteuil de bureau et attira Emma dans ses bras.

— Hé, mon bouchon. Est-ce que tu as bien dormi, ou est-ce que je dois aller déterrer de méchants petits pois sous ton matelas[1] ?

Un gloussement s'échappa alors qu'elle enfouissait son visage contre lui et se blottissait plus près.

— Pas de petit pois.

— Mais c'est déjà le matin ? Waouh. Le soleil ne cesse de se lever de plus en plus tôt.

Emma posa la tête sur son torse et le serra fort, et Caleb sentit ses frustrations et ses peines s'estomper. Il n'y a rien de mieux pour l'âme d'un homme que l'amour innocent de son enfant.

Il ignora son travail et l'étreignit joyeusement jusqu'à ce que l'horloge sur le mur l'avertisse que le temps s'égrenait.

Caleb la serra contre lui

— O.K., nous ferions mieux d'y aller. Tu as une longue journée devant toi. Nous devrions aller voir si Tamara a fait la grasse matinée.

Emma renifla et secoua la tête.

— Oh, tu as raison. Je pense qu'elle est debout. Est-ce que tu sens l'odeur de muffins ?

Emma leva le nez en l'air comme un petit limier.

Caleb se mit à rire, la posant sur ses pieds avant de se joindre à elle, ayant traité suffisamment de paperasse pour pouvoir ignorer la pagaille restante une journée de plus.

— Allons examiner la cuisine pour voir si Sasha nous a laissé quelque chose pour le petit déjeuner.

Sasha était assise devant l'îlot de la cuisine, avec l'air de ne pas y toucher alors qu'elle réprimandait Tamara.

— Nous ne mangeons pas de muffins pour le petit déjeuner, dit Sasha avec arrogance.

— Il y a également des muffins au jambon et aux œufs, mais si tu n'aimes aucune de ces options, je suppose que tu devras cuisiner toi-même ce matin, répondit Tamara d'un ton léger. Parce que c'est ce que j'ai préparé. Si tu veux autre chose, n'hésite pas.

Emma grimpa sur la chaise à côté de sa sœur et tendit la main avec impatience vers les gâteaux frais.

Sasha lança un coup d'œil coupable à Caleb avant de sourire bien sagement, feignant de ne pas avoir été vache avec Tamara un instant plus tôt.

— Bonjour, papa.

Que le ciel lui vienne en aide. Ça n'allait pas être de tout repos quand elle arriverait à l'adolescence. Il parla doucement, mais sévèrement :

— Excuse-toi auprès de Tamara. Tu peux donner des opinions aussi effrontées que tu veux, mais tu le feras poliment. D'accord ?

Son air de bravade disparut et elle fut de nouveau sa douce petite fille, protectrice et inquiète.

— Oui, papa, répondit Sasha en levant les yeux pour regarder le visage de Tamara. Désolée d'avoir été malpolie.

— Excuses acceptées, dit Tamara en soulevant la cafetière. Caleb ?

Il hocha la tête vers Tamara alors qu'il s'avançait pour serrer les épaules de Sasha.

— Oui, s'il vous plaît. Hé, Emma. Tu as l'intention de me laisser quelques-uns de ces muffins ? Ils ont l'air délicieux.

Tamara émit un son, mais quand ils regardèrent dans sa direction, elle s'essuyait innocemment la bouche.

— Désolée. J'ai avalé de travers.

— Tu nous emmènes faire le tour des maisons pour Halloween, n'est-ce pas, papa ?

Telle une plante vivace et endurante, Sasha était retournée à son sujet préféré.

— Nous avons eu cette conversation hier soir.

— Mais quand même, tu nous emmènes ?

Il lui pinça le nez.

— Rien n'a changé au cours des huit dernières heures.

Elle hocha fermement la tête, puis jeta un coup d'œil pour voir si Tamara la regardait. Quand la voie fut libre, elle attrapa un muffin et l'engloutit.

Ce fut au tour de Caleb de lutter pour retenir un petit rire amusé.

CALEB ÉTAIT BIEN AVANCÉ dans son travail de l'après-midi quand il tomba sur Josiah Ryder, le copropriétaire de la clinique vétérinaire du coin. Cet homme avait emménagé dans la communauté pile à la période où le mariage de Caleb et Wendy s'effondrait, et une fois que les choses s'étaient calmées, Josiah était devenu l'ami le plus proche de Caleb. C'était la meilleure chose qui soit ressortie de cette période.

Josiah était parti en vacances les deux semaines précédentes et revenu le dimanche, ce qui signifiait que Caleb ne lui avait pas annoncé les plus récents événements. En particulier, la situation avec la nounou à plein temps. Josiah savait que Tamara était là, mais ils n'avaient pas parlé de la façon dont ça se passait.

Caleb secoua la tête... cela ne faisait-il que deux semaines qu'il avait accepté que Tamara se joigne à eux ? Tout avait changé en un clin d'œil.

Pour une raison quelconque, Josiah était couché sur le dos dans un des enclos à chevaux. Un de ceux qui étaient vides, Dieu merci.

Caleb haussa un sourcil.

— C'est une bonne chose que tu ne sois pas encore plus moche, ou j'aurais pu me demander pourquoi il y avait un tas de crottin au milieu d'un enclos propre.

Josiah se mit à rire alors qu'il se relevait.

— Crétin. Un de tes chiens a un empoisonnement au plomb. Ashton a mentionné que quelques-uns des enclos avaient été refaits récemment, alors je les examinais.

— Ce n'est pas la source du problème, dit Caleb en fronçant les sourcils. Comme j'avais du temps, je les ai faits moi-même... que du bois neuf, pas de peintures vieilles ni toxiques.

Josiah siffla.

— Du temps ? Tu as inventé la journée de trente-six heures pendant que je n'étais pas là ? Parce que je ne t'ai jamais vu te chômer pendant les vingt-quatre qui nous sont imparties, à nous autres mortels, et tu n'avais jamais de temps avant.

— C'est grâce à la nouvelle nounou, admit-il de mauvaise grâce. C'est incroyable tout ce que je peux terminer quand je ne suis pas obligé de m'arrêter sans cesse au milieu de mon travail.

— Je suis content, dit Josiah en lui donnant une tape sur l'épaule. Tu mérites un répit, pour changer, alors je suis heureux de savoir que ça se passe bien. Peut-être que je vais pouvoir te convaincre de venir déployer tes ailes et commencer à apprécier un peu plus la vie.

— J'apprécie tout à fait la vie, protesta Caleb.

— Permets-moi de reformuler. Ça ne me dérangerait pas de te voir hors du cadre professionnel, ou as-tu oublié comment passer du bon temps ?

Caleb ne savait pas s'il avait oublié, ou si les coups s'en étaient chargés pour lui.

— Toujours prêt pour une partie de cartes. Luke se joindrait à nous, et Walker aussi, puisqu'il est rentré.

— C'est bien beau, et j'apprécie tes frères, mais j'aime faire des trucs même s'il n'y a que nous deux, tu te souviens ?

L'amusement gagna Caleb, et il retroussa les lèvres pour produire un son de bisou grossier.

— Oui, chéri. Je t'aime aussi.

Josiah émit un son de vomi exagéré, puis ils se sourirent et arrêtèrent de se taquiner. Ils allèrent voir les animaux que Caleb voulait examiner. Tout en travaillant, ils discutèrent de tout et de rien, avec quelques moments de silence.

Tous deux étaient suffisamment bons amis pour que les silences soient aussi confortables que leurs conversations. Deux hommes de la terre, travaillant de leurs mains, aidant sans un commentaire quand c'était nécessaire. Caleb pouvait prendre le même rythme avec Luke ou Walker. Même avec Ashton, mais cela semblait encore plus spécial d'avoir un ami avec qui il n'avait pas grandi qui lui inspire cette même sensation de confort.

Ils en avaient presque terminé pour la journée quand Josiah évoqua de nouveau le sujet.

— Je dois l'admettre. Chaque fois que tu prononces le mot « nounou », ça me désarçonne. Je ne cesse de m'imaginer quelqu'un d'un peu dingue. Tu sais, comme Mary Poppins, avec ses étranges tenues...

— ... et son sac à malices magique ?

Une voix qui lui était déjà familière résonna dans l'air alors que Tamara apparaissait.

Elle agita les doigts vers Josiah avant de lui tendre la main.

— Désolée, mais je suis une nounou qui n'a pas encore découvert la locomotion par parapluie.

Quelque chose dans les yeux de Josiah s'illumina alors qu'il prenait volontiers la main de Tamara. Un large sourire apparut sur son visage, et pendant un instant de jalousie, Caleb s'imagina ce que ce serait d'étriper son meilleur ami.

Parce que Caleb pouvait le voir arriver. Ce fichu enfoiré avait l'intention de flirter. Comme il flirtait avec toutes les personnes de sexe féminin, qu'elles aient deux ou deux cents ans, donc cette idée n'aurait pas dû l'embraser à ce point.

Mais c'était une pensée logique, et la logique pouvait ficher le camp.

Effectivement, Josiah fit durer la poignée de main.

— Je vous reconnais, vous étiez au café l'autre jour. Vous ne ressemblez pas à Mary Poppins, mais je parie que vous savez « aider la médecine à couler ».

Caleb roula des yeux.

Un sourire apparut sur le visage de Tamara.

— Je connais un truc ou deux pour rendre la journée des gens plus gaie. Ma sœur aussi.

Sa sœur ?

Josiah avait l'air de positivement jubiler.

— Oui, à propos de votre sœur. Elle emménage à Heart Falls, elle aussi ? Parce que je connais quelqu'un qui serait extrêmement intéressé...

Caleb toussa brusquement.

— Tu dois regarder ça, Josiah.

Son ami avait oublié l'animal dans l'enclos derrière lui, alors Caleb poussa le vétérinaire dedans et ferma le portail derrière lui, comme s'il s'inquiétait de garder le poulain à l'intérieur.

Puis il se tourna, se tenant entre Tamara et Josiah.

— Vous avez besoin de quelque chose ?

Tamara secoua la tête.

— Pas vraiment, mais je voulais vérifier si ça cadrait avec votre emploi du temps que je sorte demain soir. Kelli me l'a proposé. Je pense que les choses se passent bien avec les filles, mais ce serait probablement bien de souffler un peu pour une nuit. Je ne voulais pas confirmer de projets avant de vous en avoir parlé.

Caleb hochait la tête quand Josiah, parfait enfoiré qu'il était, réapparut, posant les bras sur le dessus du portail et dégainant son sourire de tombeur.

— Ça a l'air d'être un super projet. Caleb me disait que les filles s'habituaient bien à votre présence, mais je parie qu'elles apprécieraient de bons moments en famille, dit-il en dirigeant la pleine puissance de son flirt vers Tamara. En l'occurrence, je suis libre demain. J'adorerais vous escorter, vous et Kelli, au Rough Cut[2].

Pendant un instant, Tamara eut l'air perplexe.

— Est-ce un endroit qui nous plairait ?

— C'est un bar du coin. Il porte ce nom à cause du charbon dans les parages, et de la ville voisine de Black Diamond, mais ouais, c'est un super endroit où traîner un moment. Des boissons et de la danse. Je m'occupe de tout.

Il allait prendre un coup de botte dans le derrière s'il continuait encore longtemps, pensa Caleb sombrement.

Il en avait assez.

— Je n'ai pas d'objections, mais si vous prévoyez de sortir avec Kelli, suggéra Caleb, vous pourriez peut-être en faire une sortie entre filles. La fiancée de Luke est dans le coin.

Il ignora la toux soudaine venant de l'enclos où se tenait Josiah.

— Ou je parie que Kelli pourrait vous présenter à certaines de ses autres amies, continua-t-il. Ce serait bien pour vous de faire la connaissance d'autres femmes de la communauté. Vous passerez surtout du temps avec des mecs ici à Silver Stone.

Tamara appuya une main sur le poteau le plus proche, regardant Josiah de haut en bas pendant un long instant, délibérément, comme pour taquiner Caleb, avant de leur sourire.

— Ça a l'air d'être exactement ce dont j'ai besoin. Une sortie entre filles. Josiah, on remet ça pour la danse, si ça ne vous dérange pas.

— Pas de problème. Je vous donnerai mon numéro. De toute manière, il faudra que je vous le donne au cas où vous auriez besoin de me joindre. J'ai entendu dire que vous aviez des chèvres sur la propriété.

— J'appellerai si c'est nécessaire, proposa Caleb.

— C'est moi le véto, signala Josiah, parfaitement pince-sans-rire. Et j'ai un téléphone, *et* il se trouve que j'apprécie particulièrement les chèvres.

Caleb allait finir par tuer son ami.

— Oh regardez, voilà Penny.

Il mit autant d'enthousiasme dans sa voix qu'il put en rassembler, mais cela lui demanda beaucoup d'énergie, et il pensa ne pas y avoir réussi parce que Tamara et Josiah le regardèrent tous les deux comme s'il était possédé.

Ouais, son ton avait été forcé pour plus d'une raison. Penny était une fille assez gentille, supposait-il, mais il n'était pas sûr de ce que Luke voyait en elle. Et le fait qu'ils aient prévu de se marier un peu plus tard mais ne semblent jamais s'engager davantage que ça mettait Caleb mal à l'aise.

Luke assurait que c'était parce qu'il travaillait encore sur leur maison, ce qui était vrai. Ce n'était pas plus qu'une charpente squelettique avec un toit, mais il y avait eu tellement de changements dans les plans...

Assez. Penny n'avait rien fait de *particulier* que Caleb puisse pointer du doigt, mais elle avait toujours semblé le prendre à rebrousse-poil.

Bien sûr, il n'était pas si difficile que ça de le prendre à rebrousse-poil quand il s'agissait de mariage.

Penny portait une tenue parfaitement appropriée à l'étable, mais qui pourtant donnait quand même l'impression d'être onéreuse. Ses bottes étaient un peu trop lustrées, il y avait quelque chose de *plus* dans la coupe de son chemisier que dans un article en rayon chez Walmart.

Caleb se reprit. Il ne voulait pas la détester par principe, car il n'était pas inconvenant d'aimer porter de beaux vêtements, et sa famille avait de l'argent.

Il y avait simplement quelque chose dans la manière dont il la percevait... Même en cet instant, alors que Luke et elle approchaient, ils ne se tenaient pas la main comme un couple amoureux. Elle avait posé la main sur son bras comme s'il l'escortait pour descendre un grand escalier.

Luke ne remarquait rien, discutant joyeusement. Ses yeux s'illuminèrent lorsqu'il remarqua Caleb et Tamara.

— Hé, Caleb. Nous te cherchions, dit-il en tournant son attention vers Tamara. Et que vous soyez là est un bonus. J'aimerais vous présenter ma fiancée, Penny Talisman. Penny, voici Tamara Coleman. C'est la nouvelle nounou de Caleb.

— La nouvelle nounou de Sasha et Emma, corrigea Josiah. Quoique, si elle est disponible pour les adultes, j'aimerais déposer une requête.

Les joues de Tamara rougirent au commentaire de Josiah, mais elle tendit la main à Penny.

— Ravie de vous rencontrer.

— Moi aussi, répondit Penny en glissant son autre main plus loin autour du bras de Luke, comme si elle affichait sa possession. Est-ce quelque chose pour lequel on peut vraiment se former ? Une école de nounou ?

— Peut-être. Je ne suis pas sûre. Je suis une infirmière dipl…

Tamara s'interrompit brusquement avant de passer les mains sur ses hanches comme si elle ajustait ses vêtements. Elle recommença avec un sourire audacieux.

— Enfin, j'ai une formation d'infirmière, et ça marche bien pour certaines responsabilités de nounou. Mais, ce qui est probablement plus important, j'ai grandi dans un ranch. Il y avait beaucoup d'occasions de formation qui s'appliquent pour travailler avec les filles.

— Quel ranch ? demanda Penny avec un peu plus d'intérêt.

— Whiskey Creek, près de Rocky Mountain House.

Penny fronça les sourcils.

— Je ne connais pas ce nom. Qu'est-ce que vous élevez ?

Tamara se mit à rire.

— Un peu de tout. Nous avons des liens avec le reste de la famille Coleman, mais toutes les exploitations familiales sont généralisées. Même si ma sœur Karen est géniale avec les chevaux. Elle travaille beaucoup avec des animaux abandonnés, et elle cherche à ouvrir un centre de thérapie équin à côté.

— Elle pourrait gagner plus d'argent en travaillant avec des pur-sang ou des chevaux de concours, signala Penny. Si elle est à ce point talentueuse.

— Oh, elle est à ce point talentueuse, mais elle aime aider les gens. Mais la philanthropie n'est pas pour tout le monde, dit Tamara d'un ton pince-sans-rire.

Penny battit des paupières une seconde avant de répondre gentiment :

— Je suppose que non. Tant mieux pour elle. Elle semble... charmante.

Une conversation légère continua alors que Luke et Penny discutaient avec Josiah. Tamara ajusta sa position tranquillement jusqu'à s'appuyer contre Caleb. Il força son corps à ne pas réagir, surtout quand elle se pressa encore plus près et tourna la tête pour que ses lèvres frôlent son oreille.

— Si vous mentionnez la sortie entre filles à cette femme, je découvrirai le plat que vous appréciez le moins et le servirai pendant toute une semaine.

Caleb toussa pour dissimuler un ricanement.

Penny serra le bras de Luke.

— Je ferais mieux d'y aller. Tu me raccompagnes à ma voiture ?

— Tu rentres à la maison ? demanda Luke en riant. D'accord, alors je suppose que nous n'avons pas besoin de parler à Caleb.

— Ça a été agréable de vous rencontrer, lança Penny par-dessus son épaule, s'éloignant déjà.

— C'était chouette, ronronna Tamara.

Josiah cligna des yeux de la surprise puis renifla, retournant à son travail.

Caleb refusa de rire, mais l'envie ne manquait pas.

— Donc, la sortie entre filles se fera sans Penny ?

Tamara lui adressa un grand sourire.

— C'est approprié, puisque nous n'acceptons plus les pennies comme monnaie au Canada.

Bon sang, elle avait raison. L'amusement le gagna de nouveau, avec une touche d'admiration pour son esprit vif et son sarcasme, parce qu'elle était tellement vivante et...

Caleb s'écarta brusquement sur le côté, s'occupant

précipitamment d'une tâche. Peut-être que s'il mettait un peu de distance entre eux, il empêcherait la poussée d'émotion non désirée d'inonder son corps. C'était assez grave qu'il la désire physiquement, il n'avait pas besoin de compliquer les choses encore davantage.

— Prenez une clé, ordonna-t-il d'un ton bourru. Je ne me coucherai pas tard.

Quand il risqua un coup d'œil par-dessus son épaule quelques instants plus tard, elle n'était plus là.

10

*E*lles marquèrent une pause à l'extérieur du Rough Cut, et Tamara inclina le rétroviseur pour pouvoir déposer une dernière couche de peinture de guerre sur ses lèvres.

Kelli la regarda avec intérêt.

— Ça ne cesse jamais de me surprendre, à quel point le maquillage change une personne. Je veux dire, tu étais jolie avant, mais étrangement tu es encore plus resplendissante maintenant.

Tamara jeta un coup d'œil à Kelli. Son visage de poupée brillait d'enthousiasme et de beauté juvénile.

— Le maquillage serait du gâchis sur toi. Tu es suffisamment jolie sans.

Kelli haussa les épaules.

— Tout ce que je sais, c'est que lorsque j'en mets, quelque chose ne va pas. Je suis plus à l'aise sans. Je n'ai aucun mal à apprécier le bénéfice chez les autres. Mais moi, je finis toujours par ressembler davantage au Joker qu'à une pub de cosmétiques, expliqua-t-elle en ouvrant la portière et pivotant pour sauter de la haute cabine, puis en se tournant alors qu'elle agitait les mains devant sa poitrine. Comme tu l'as dit, ce que j'ai n'est pas trop moche, alors je ne m'inquiète pas.

Tamara la rejoignit de l'autre côté de la camionnette.

— Pas de fausse modestie ici, la taquina-t-elle.

Kelli retroussa les lèvres avant de lui lancer un sourire prétentieux.

— Avant qu'on entre et qu'on devienne sourdes, fais-moi savoir quand tu dois rentrer. Je peux tenir toute la nuit, mais si je me pointe au boulot avec l'air de m'être trop amusée, les garçons m'en feront voir de toutes les couleurs.

Tamara comprenait ça également. Elle avait délibérément pris son propre véhicule pour pouvoir partir quand elle le voudrait, mais elle ne pensait pas que le timing allait être un problème.

— Je ne cherche pas à passer la nuit dehors. Couvre-feu de Cendrillon ?

Kelli lui adressa un grand sourire.

— Je t'aime bien.

Le bar était un endroit à l'ancienne au bord de la ville, avec une fausse devanture et une authentique promenade en bois. Une vieille chaise patinée et défraîchie par l'usage et le soleil reposait sur un côté.

Mais alors que Tamara et Kelli poussaient le lourd vantail, elles pénétrèrent dans un cadre complètement différent. Toujours de style western, mais tout brillait. Du bois sombre qui rutilait et des installations en fer forgé noir.

Des appliques murales brûlaient comme si c'étaient des chandeliers avec de vraies bougies, et Tamara fut entraînée dans la chaleur et la lumière, fascinée par l'aspect charmant du résultat. Les zones principales étaient bien éclairées, même sous une lumière indirecte. La piste de danse, qui prenait la moitié de l'espace, était plus sombre et bondée de couples qui dansaient avec entrain.

Kelli lui donna un petit coup sur l'épaule et cria au-dessus de la musique.

— Par ici.

Tamara la suivit sur le côté de la piste où de longues planches de bois faisaient office de tables où poser des boissons. Il y avait des crochets attachés aux montants de soutien, mais elle tapota le portefeuille dans sa poche arrière, préférant garder ses affaires sur elle, là où elle ne les oublierait pas.

Deux femmes à une grande table leur firent signe, et Kelli la mena là-bas, tirant Tamara par la manche lorsqu'elle était distraite par ce qu'elle voyait et ce qu'elle entendait.

Cela lui demanda un effort, mais elle se concentra enfin sur les personnes vers qui elles se dirigeaient. Elle aurait largement le temps de revenir examiner le Rough Cut de plus près.

Les deux femmes qui les attendaient étaient à l'opposé l'une de l'autre, petite et grande, blonde et brune, à la peau claire et à la peau foncée. Elles saluèrent Kelli avec de larges sourires avant que leurs regards ne se tournent vers Tamara avec une grande curiosité.

— Les filles, voici Tamara. Tamara, voici une partie de ma bande. Tansy et Rose sont sœurs, et elles font le meilleur café de la ville.

— Remarque bien qu'elle n'a pas mentionné le magasin de fleurs, dit la blonde pour taquiner sa sœur avant de tendre la main. Je suis Tansy Fields, voici Rose.

Tamara les regarda à deux fois.

— Je sais qui vous êtes. Vous étiez au café.

— J'étais derrière le comptoir, acquiesça Tansy.

Elle pointa le pouce vers sa sœur.

— Rose essayait de convaincre Josiah et les garçons qu'elle était agréée pour un usage commercial.

Rose avait sa chope de bière à mi-chemin de la bouche. Elle ne cilla même pas alors qu'elle frappait avec le dos de sa main le bras de sa sœur.

— Ouille.

Rose cligna des yeux jovialement, souriant à Tamara.

— Alors c'est ton accueil officiel en ville. Et merci de faire partie de la clientèle.

Tamara se mit à rire.

— Buns and Roses est le meilleur nom pour un café et un magasin de fleurs. Je ne sais pas comment vous avez trouvé cette combinaison, mais c'est brillant.

— Le marc de café fait un super engrais, l'informa Rose.

— Et Rose est trop feignante pour venir chez moi le chercher, alors elle a démoli le mur entre les deux magasins. En plus, elle ne pouvait pas supporter d'être séparée de moi.

Kelli se glissa entre les sœurs, roulant des yeux en direction de Tamara.

— Elles sont inséparables. Des jumelles, même.

Tamara les regarda de plus près. Non. Elle n'y croyait pas.

— Désolée, vous allez devoir m'expliquer comment ça fonctionne.

Elles sourirent.

— Nous avons été toutes les deux adoptées, mais nous avons la même date d'anniversaire. Des sœurs qui sont nées le même jour ? Nous sommes obligées d'être jumelles.

— Compris.

Tamara appréciait la manière dont elles géraient ça. Elle appréciait qu'elles soient proches... tout le monde ne s'entendait pas aussi bien avec ses sœurs qu'elle avec Karen et Lisa. Tamara se tourna pour examiner la salle.

— Chouette endroit, commenta-t-elle.

— Tout le temps fréquenté, dit Rose. Il y a beaucoup de ranchs dans le coin où les gars travaillent par roulement, alors il n'y a pas de fêtes le vendredi ou le samedi soir par ici. Dans l'ensemble, chaque soir est une bonne soirée si tu as besoin de distraction.

— Étrange, dit Tansy en examinant sa sœur de plus près. J'aurais dit que chaque soir est une bonne soirée pour sortir danser. De quoi as-tu besoin d'être distraite, chère sœur ?

Le dos de la main de Rose lui frappa de nouveau le haut du bras, et Tamara dit « ouille » en même temps que Tansy, toutes deux échangeant un sourire.

— Ma sœur est mélancolique et triste d'être seule, l'informa Tansy. Et par seule, je veux dire sans mec.

— Alors tu la taquines là-dessus ? demanda Tamara, faisant semblant d'y réfléchir une seconde. Ouais, absolument des sœurs.

Kelli regardait la foule, remuant les pieds et agitant les épaules.

— D'accord, je vous ai présentées, et vous vous entendez très bien. Je n'ai pas besoin de rester pour m'assurer que vous vous teniez bien ? Apparemment non. Bien. Parce que je vais danser.

Elle avala le reste de sa bière et posa le verre vide sur la table avant de s'essuyer la bouche du dos de la main. Elle traversa la piste de danse comme si elle partait en mission.

— Il faut que tu voies ça, dit Tansy en attirant Tamara à côté d'elle et, pivotant toutes, elles regardèrent Kelli en action. C'est une merveille quand elle a l'œil sur quelque chose qu'elle veut.

Ce que Kelli voulait impliquait un groupe de jeunes hommes à une table, tous aux épaules larges, et déchaînés. Des pichets de bière recouvraient leur table et des rires bruyants résonnaient fort et par-dessus de la musique.

Kelli s'avança d'un pas nonchalant et drapa un bras autour d'un des gars, s'asseyant tranquillement au bord de son siège.

Une seconde plus tard, il s'était levé, l'emmenant par la main, et alors que la table s'esclaffait, il l'entraînait sur la piste de danse. Un two-step rapide suivit, les corps plongeaient et tournoyaient avec une dextérité incroyable.

Rose se pencha plus près pour être entendue.

— Ce que tu dois comprendre, c'est que d'une manière ou d'une autre, pendant les cinq dernières minutes, Kelli a découvert exactement quel type avait assez de technique pour aller danser.

— Je me demande bien comment elle fait, en tout cas Rose a raison. Elle devrait avoir cinquante pour cent de chance de finir avec quelqu'un avec des mains de pieuvre ou trois pieds gauches, mais non. À chaque fois, Kelli choisit les meilleurs danseurs dans la foule, dit Tansy en se penchant en avant pour sourire à Tamara. Ce que *nous* apprécions, parce que nous pouvons danser après avec eux toute la soirée, et ça épargne un monde de souffrance à nos chevilles et à nos tibias.

Tamara sourit. C'était trop drôle que Kelli puisse faire ça.

— Mais... et si j'aime bien me faire un peu marcher dessus ?

Les yeux de Rose s'écarquillèrent. Tansy se couvrit la bouche et se mit à rire.

Puis elles agitèrent toutes les deux la main, et Tamara se tourna pour découvrir une grande brune qui se frayait un chemin vers elles. Tansy la présenta.

— Brooke. La mécano du coin, et dans l'ensemble une fille bien. Tamara est la nouvelle nounou des Stone, ou je devrais dire la première nounou des Stone, parce qu'ils n'en avaient pas avant toi.

Brooke la salua, puis se servit un verre de bière avec le pichet.

— Je vois que Kelli est déjà en pleine action. Laquelle de vous va la remplacer ?

Les jumelles se pointèrent elles-mêmes du doigt avant de le faire vers Tamara.

— Je n'ai aucune objection. J'aime bien danser.

— Parfait. Faisons ça.

Brooke la prit par la main et la fit tourner vers la piste. Derrière elles, le rire de Tansy et de Rose résonna, probablement à cause de ce qui avait dû être l'expression très surprise sur le visage de Tamara.

Elle se reprit et rattrapa Brooke, lui permettant de la mener sur la piste, pirouettes rapides comprises.

En fait, danser avec Brooke n'était pas si mal.

— C'est amusant, mais je ne suis pas de ton bord, dit Tamara.

Elle souriait toujours, parce que c'était la vérité. En ce qui concernait les deux remarques.

— Je ne suis d'aucun bord en particulier. Je suis fatiguée d'attendre que les gars rassemblent assez de courage pour venir me demander de danser. Et puis je me suis dit que c'était la manière la plus facile d'avoir une occasion de te parler. Heart Falls te plaît ?

Tamara ignora les coups d'œil interrogatifs qu'elles recevaient.

— Jusqu'ici ça va. Ça te plaît d'être mécano ?

— J'adore ça. Un jour j'ai l'intention de reprendre le garage de mon père.

— Waouh. Bravo à toi.

Tamara ne savait pas ce qui l'emportait de l'admiration ou de la jalousie. À l'évidence, le père de Brooke n'avait pas de problème avec une femme dans un rôle non traditionnel.

— Ça ne dérange pas les locaux ?

Brooke sourit.

— Parfois si, mais nous avons plus qu'assez de travail avec les types qui préfèrent que le boulot soit bien fait du premier coup. Et pour ceux qui sont longs à la détente, eh bien, j'apprécie de leur faire voir la lumière quand ils doivent me faire réparer l'ânerie de quelqu'un d'autre.

— J'espère que tu leur fais payer deux fois plus cher pour ça.

— Ouais.

Elles se mirent toutes les deux à rire.

Puis quelqu'un de grand, aux larges épaules et assurément masculin tapota Brooke sur l'épaule. Il avait un pote à côté de lui, et l'instant d'après, Tamara tournoyait sur la piste dans les bras d'un bel étranger.

C'était amusant et léger, et même quand il lui marcha sur les pieds pour la deuxième fois, étrangement, elle ne put s'empêcher de rire.

Les deux heures suivantes filèrent, entre la danse et la discussion, et quand minuit arriva, Tamara était prête à s'arrêter là. Kelli vint assez volontiers, se mettant sur la pointe des pieds pour déposer un baiser sur la joue de son danseur préféré avant d'éviter intelligemment ses bras.

Elles se glissèrent dehors et firent leurs adieux à Tansy et Rose.

— Passe au magasin quand tu veux, l'invita Rose.

— Et je sortirai ce truc que je t'ai promis plus tard cette semaine, lui rappela Tansy.

Elles s'en allèrent, retournant à grands pas vers l'appartement qu'elles partageaient au-dessus des magasins.

Brooke accompagna Kelli et Tamara jusqu'à l'endroit où elles étaient garées, pas loin de sa propre voiture.

Kelli baissa la vitre.

— Viens au ranch demain, dit-elle. Je pourrais te montrer...

Elles grimacèrent toutes lorsque Tamara fit tourner le moteur et qu'un horrible grincement résonna.

Les sourcils de Brooke se haussèrent.

— Charmant.

Tamara jura.

— Je ne m'attendais pas à ça.

— Soulève le capot, ordonna Brooke.

Très vite, elle claqua la langue de cette manière agaçante que les mécanos avaient toujours quand le problème était plus compliqué que d'ajuster quelques écrous. Elle referma le capot et s'avança, se frottant les mains.

— Venez. Verrouille-la et je vais vous ramener ce soir. Je l'examinerai demain.

Tamara et Kelli grimpèrent dans le véhicule de Brooke.

— Tu as besoin que je la fasse remorquer ?

Brooke secoua la tête.

— Je l'emmènerai assez facilement au garage demain matin. Je t'appellerai pour te faire savoir ce qui ne va pas et le coût avant de faire quoi que ce soit.

Le trajet du retour passa vite, en continuant à bavarder et à rire, et quand Brooke les déposa, il fut naturel de convenir de se revoir bientôt.

Tamara accepta une étreinte de Kelli, qui la serra avant de reculer avec un sourire.

— Tu étais de bonne compagnie.

— Merci, Kelli. Je me suis bien amusée. Tu as de super amies.

— Ce sont tes amies aussi, maintenant, lui signala Kelli.

Elle lui fit au revoir de la main, puis s'en alla tranquillement vers le dortoir.

Tamara se faufila dans la maison, espérant ne déranger personne. Elle lança un coup d'œil dans la salle de séjour, mais il n'y avait aucun signe de Caleb, donc elle se dirigea dans le couloir, marquant une pause pour jeter un coup d'œil dans les chambres des filles.

Emma était à plat sur le dos, un vieux singe en peluche usé

partageant son oreiller. Ses cils reposaient tranquillement sur ses joues, mais les draps étaient en pagaille, alors Tamara la recouvrit prudemment.

Elle souriait alors qu'elle fermait la porte et avançait dans le couloir. Jetant un rapide coup d'œil dans la chambre suivante, elle découvrit Sasha assise bien droit dans son lit, une lampe de poche à la main alors qu'elle regardait le placard de l'autre côté de la pièce.

Tamara ne voulait pas lui faire peur, alors elle fit un peu plus de bruit avant d'ouvrir davantage la porte.

— Ça va ?

Sasha leva les yeux, soulevant le menton.

— J'ai entendu un bruit, se plaignit-elle.

— Je déteste ça quand ça arrive, dit Tamara. Est-ce que ça t'a réveillée ?

Sasha hocha de nouveau la tête.

Tamara ouvrit la porte un peu plus largement.

— Puis-je entrer ?

Le regard de Sasha fila vers le placard.

Tamara prit ça pour un oui.

— Je peux jeter un coup d'œil ?

Quand Sasha acquiesça, Tamara s'avança dans la pièce, vérifia à deux fois pour s'assurer que tout y était en ordre avant de revenir aux côtés de Sasha.

— Je pense que ça va. Peut-être que quelque chose est tombé dehors. Veux-tu que je laisse une lumière allumée ?

Sasha secoua la tête.

C'était comme faire sortir le dernier reste de dentifrice d'un tube.

— Veux-tu que je m'assoie avec toi un moment ? lui proposa Tamara, se demandant si ça allait trop loin.

Seulement, à sa grande surprise, la réponse fut un oui clair, alors elle alla du côté du lit et s'installa sur la chaise à sa tête.

— Est-ce que tu as passé une bonne soirée avec ton père et Emma ?

Sasha hocha la tête mais ne répondit pas. C'était étrange qu'elle soit silencieuse comme Emma l'était habituellement.

— J'ai rencontré quelques personnes sympas ce soir, lui raconta Tamara pour la distraire. Tu les connais probablement. Tansy et Rose Fields, et Brooke, la mécano.

— J'aime bien Tansy.

Enfin, une déclaration solide dans le style de Sasha.

— Nous avons fait une sortie scolaire au Buns and Roses, une fois, et elle nous a appris comment préparer des roulés à la cannelle.

— Eh bien, tu vas devoir m'aider pour cette recette parce que j'aime bien les roulés à la cannelle.

— Papa aime les roulés à la cannelle, mais nous n'avons jamais pu en préparer parce qu'*elle* a dit qu'ils contenaient trop de calories.

Tamara hésita. Elle avait une assez bonne idée de qui Sasha désignait, mais elle ne voulait pas tirer de conclusions hâtives.

— Alors je lui demanderai et nous nous assurerons d'avoir la bonne recette. Je suis sûre que Tansy nous la donnera.

Sasha la regardait vraiment intensément.

— Quoi ?

— Quand allez-vous partir ?

La question lui semblait loin d'être aussi agressive qu'elle ne l'avait été une semaine auparavant. Ça ressemblait moins à un ordre, et davantage... à une inquiétude...

— Je n'ai pas l'intention de partir de sitôt, dit Tamara. Je ne crois pas que je peux promettre que je travaillerai pour toujours ici, mais j'aime bien Heart Falls, et j'aime bien prendre soin de vous.

— *Elle* est partie, signala Sasha.

Cette fois, Tamara n'avait pas besoin de demander qui était l'infâme *elle*.

— Je suis désolée.

C'était à peu près tout ce qu'elle pouvait dire.

Pour une petite fille, Sasha était capable d'avoir des expressions des plus adultes.

— Elle n'était pas très gentille, déclara-t-elle. Et elle ne nous appréciait pas.

Seigneur, pensa Tamara, horrifiée qu'un enfant parle ainsi de sa mère, même si elle savait qu'il arrivait que ce soit justifié.

— Je suis désolée, répéta-t-elle, ne voulant pas entrer dans une discussion sur l'absente, Wendy.

— Je suis *contente* qu'elle ne soit plus là. Elle était méchante avec Emma. Emma est contente qu'elle soit partie aussi, et je ne fais pas que le dire. Je le *sais* parce qu'Emma me l'a dit.

Tamara ne pouvait plus supporter ça.

— Sasha, je suis vraiment désolée que ta maman n'ait pas été gentille, mais je ne veux pas parler d'elle avec toi.

— Parce que vous pensez que je suis trop petite.

Une bouffée de colère frappa Tamara si fort qu'elle faillit en trembler, et sa fureur se faufila probablement dans sa voix.

— Oui. Parce que les adultes ne sont pas censés utiliser de gros mots quand les petites personnes sont là, et l'idée que quelqu'un ait été méchant avec toi et Emma me donne envie de *la* retrouver et de la clouer au sol jusqu'à ce qu'elle apprenne à être plus gentille. Je n'aime pas grand-chose de ce que j'ai entendu sur ta mère, mais ce n'est pas à moi d'en dire du mal, surtout pas à toi.

Sasha cligna des yeux.

Tamara retint sa langue. Dommage qu'elle n'y ait pas réussi trente secondes plus tôt.

Elles restèrent assises en silence un instant, puis Sasha se réinstalla sur son oreiller. Ses paupières se fermèrent lentement avant de se rouvrir par la volonté par une petite fille déterminée.

— Emma ne veut pas aller dans votre chambre parce qu'elle était *à elle*.

— Eh bien, elle est à moi maintenant. Tu es la bienvenue pour m'y rendre visite, mais j'apprécierais que tu frappes avant d'entrer. Peut-être que si tu me rends visite, Emma le fera aussi.

Un reniflement pas du tout enfantin s'échappa.

— J'en doute.

Ça ressemblait tellement à Caleb que Tamara cligna des yeux.

Le silence retomba. Les yeux de Sasha se fermaient de plus en plus longtemps à chaque fois, jusqu'à ce que Tamara pense qu'elle pouvait y aller. Elle s'apprêta à se lever...

— Ne partez pas.

Une requête enfantine et douce. Plus une envie d'après le ton qu'une exigence.

Tamara sourit alors qu'elle cédait.

— Je vais rester, mais je suis fatiguée. Je vais m'allonger juste à côté de toi. Est-ce que ça te va ?

Sasha hocha la tête, remuant pour lui faire de la place.

Tamara prit un instant pour retirer ses patins avant de se coucher. Elle se demanda si elle allait oser frotter le dos de Sasha, puis choisit à la place de ralentir sa propre respiration et de fermer les yeux presque complètement.

Une petite fille épuisée s'endormit en moins de trente secondes. Mais Tamara resta à côté d'elle, entièrement habillée au-dessus des draps. Son cerveau tourbillonnant jusqu'à ce que le sommeil vienne s'emparer d'elle.

11

Caleb trébucha en montant les marches dans les ténèbres du soir, laissa échapper un chapelet de jurons lorsque sa cuisse rencontra le bord de la rampe avec un bruit sourd douloureux.

Il avait froid, il était fatigué, et le moindre centimètre de ses vêtements était trempé. C'était la goutte d'eau qui faisait déborder le vase.

Ouais, il allait l'admettre. En cet instant, il était un enfoiré grincheux.

Après une journée infernale, cela tombait sous le sens qu'il ne soit pas joyeux, mais il avait commencé avec la plus massacrante des humeurs, et les choses n'avaient fait que se dégrader depuis.

La nuit précédente passée à attendre que Tamara revienne de sa sortie entre filles tout en prétendant qu'il *ne l'attendait pas* avait été une vraie torture. Il s'était finalement botté les fesses et était allé se coucher.

C'était une adulte. Elle était assez grande pour savoir ce qu'elle voulait et avec qui elle voulait être...

... et toutes ses tentatives de se raisonner n'avaient pas aidé à apaiser sa fureur viscérale quand il était sorti à quatre heures du matin et n'avait pas vu son véhicule dans la cour.

Des jurons discrets avaient empli l'air autour de lui, et les chiens du ranch s'étaient écartés avec précaution de son chemin. Il avait décidé d'aller la voir et de faire pleuvoir le feu et le soufre avec la même furieuse véhémence qu'un pasteur, quand il était rentré en piétinant dans la maison deux heures plus tard et avait découvert...

L'odeur du café et des gâteaux emplissant la cuisine, comme d'habitude.

Tamara lovée sur une des chaises extérieures, comme d'habitude, regardant le lac d'un air heureux. Elle l'avait salué joyeusement, puis avait parlé de son véhicule en panne.

Il n'avait clairement eu aucune raison d'être contrarié, mais ce n'était pas facile de stopper la douleur qui avait commencé à se propager à l'intérieur.

Le tout suivi par ladite journée de l'enfer, qui avait commencé quelques instants après avoir terminé son café, avant même qu'il n'ait pu dire bonjour aux filles. À se précipiter dehors pour un appel d'urgence d'un des membres de l'équipe qui avait eu un accident non loin de sa maison.

Donc, à l'heure indue qu'il était, avant même d'avoir fait deux pas dans la cuisine Caleb se déshabilla. Il lança ses vêtements dégoûtants sur le sol dans le coin buanderie avant d'attraper une serviette sur le porte-serviettes et de l'enrouler autour de ses hanches. Un rapide coup d'œil à l'horloge murale l'informa qu'il était deux heures du matin, et il alla à grands pas vers sa salle de bains, prévoyant de monter la température autant que possible pour repousser le froid dans ses os et peut-être faire évaporer en même temps une partie de la colère qui couvait.

Il se tourna, et aperçut un mouvement dans les ombres

juste avant qu'un corps solide n'entre en collision avec le sien. L'adrénaline afflua dans son corps alors qu'il l'attrapait pour s'empêcher de tomber, le retournant brusquement contre lui, en lui bloquant un bras vers le haut, l'autre vers le bas.

— Oh mon Dieu, Caleb, arrêtez. C'est *moi*. Tamara.

Merde.

— Désolé.

Il s'apprêtait à la lâcher, puis il se figea. La serviette qu'il avait attachée autour de ses hanches n'était pas très bien fixée, et avec ses gestes rapides, il avait dû détendre le nœud.

Le tissu glissa sur ses cuisses, atterrissant silencieusement sur le sol, le laissant nu.

Tamara lui agrippa l'avant-bras avec ses poignets et le secoua.

— Caleb. Lâchez-moi.

C'était l'enfer marié aux délices du paradis, son corps doux immobilisé contre lui et son odeur fraîche formaient un puissant aphrodisiaque. Pas qu'il avait besoin de quoi que ce soit pour faire démarrer son moteur. Savoir qu'elle était dans la maison suffisait à le faire décoller, même après sa journée pourrie.

— Ne bougez pas, ordonna-t-il.

— Vous me faites peur. Où étiez-vous ? Et pourquoi rentrez-vous sans bruit à cette heure... ?

Bon sang de bois. Il leva une main pour lui couvrir la bouche, l'autre toujours logée autour de son torse.

— Chut. Ne réveillez pas les filles.

Elle se raidit, mais ses lèvres se fermèrent sous ses doigts, alors il détendit sa prise.

Elle parla plus doucement, mais la colère dans son ton était nette, comme l'ozone et l'odeur de la foudre dans l'air.

— Vous avez raison. Je ne voudrais pas les réveiller, surtout qu'elles ont passé la dernière heure avant d'aller au lit à pleurer.

Caleb faillit la faire pivoter brusquement vers lui avant de se rappeler qu'il était nu.

— De quoi parlez-vous ? Qu'y a-t-il ? Sont-elles blessées ?

Tamara laissa échapper un soupir dramatique.

— Non, physiquement, elles vont bien, mais est-ce que nous allons vraiment avoir cette discussion pendant que vous me tenez comme si vous vous entraîniez pour devenir un *ninja warrior* ? Qu'est-ce qui *ne va pas* chez vous ? Lâchez-moi.

Il avait peut-être détendu la prise sur sa bouche, et elle avait parlé dans un quasi-chuchotement, mais tout du long elle avait continué à gigoter, ce qui était exactement ce dont il n'avait pas besoin. Son corps réagit à sa chaleur et sa douceur alors qu'elle se frottait contre son corps. Frustré par lui-même, toujours énervé contre elle, sa réponse fut plus tranchante qu'elle n'aurait dû.

— J'ai passé douze heures à poursuivre des chevaux emballés, et tout ce que je possède est humide ou boueux, y compris moi, mais si vous voulez continuer cette conversation, je vous en prie. Je suis nu, alors n'hésitez pas à vous déshabiller également, et nous pourrons aller ensemble sous la douche.

Il y eut un silence de mort.

Ha. Alors c'était ce qu'il fallait pour la rendre muette.

Tamara se redressa.

— Oh.

Il attendait toujours des réponses.

— Allez allumer la bouilloire, ordonna-t-il. J'ai besoin d'une douche avant que nous puissions parler.

Caleb la lâcha, puis se tourna et se dirigea silencieusement vers la salle de bains. En se demandant si elle allait se tenir là sans bouger jusqu'à ce qu'elle entende la porte se fermer.

Seulement, c'était *Tamara*. Un rapide coup d'œil par-dessus son épaule lui prouva qu'elle s'était également retournée, et même dans les ténèbres du couloir, il pouvait voir que ses yeux l'examinaient de haut en bas. Il éprouva une diabolique tentation de marquer une pause pour la laisser rester bouche bée. Voir si elle pourrait maintenir un visage impassible, ou si elle rougirait avant qu'ils n'aient terminé.

Parce que, aussi gelé qu'il soit, c'était incroyable la vitesse à laquelle son corps avait durci. Il était impossible de rater sa réponse.

Un doux bruit échappa à Tamara avant qu'elle ne détale hors de sa vue vers la salle de séjour.

Il s'assura de prendre une douche brève, et quelques minutes plus tard retrouva Tamara dans la cuisine. Un chocolat chaud fumant l'attendait, et il le prit avec reconnaissance, buvant à longs traits avant de reposer le mug sur la table.

Elle ne voulait pas croiser son regard, et une petite touche de satisfaction chatouilla son ventre. Peut-être que l'imperturbable Mlle Coleman n'était pas si imperturbable, après tout.

— Avez-vous retrouvé les chevaux ? demanda-t-elle doucement.

— Pas tous. Quelques arbres sont tombés et ont arraché une section de la clôture. Nous ne l'avons pas découvert avant qu'il ne soit trop tard. Je pense que les chevaux se dirigeaient vers le terrain des voisins, répondit-il en lui lançant un coup d'œil. J'étais soulagé de savoir que vous seriez là pour les filles. Je suis désolé de ne pas avoir appelé, nous ne cessions d'entrer et de sortir de zones couvertes, mais j'y ai pensé.

Tamara hocha la tête mais ne parla pas.

Pour une fois, ce fut lui qui lutta pour meubler le silence. Il ne semblait pas pouvoir s'arrêter, même avec l'esprit embrumé d'épuisement. À la vérité, quelque chose en lui voulait qu'elle sache qu'il n'était pas resté dehors pendant tout ce temps sans bonne raison.

— Avec un peu de chance, nous pourrons les retrouver dans

les prochains jours, parce que la météo est censée empirer, et quelques juments ont des poulains.

Il prit une longue gorgée avant de continuer.

— Bien sûr, ça, c'est arrivé après l'appel matinal pour gérer une remorque de transport qui avait quitté la route même pas quinze minutes après avoir quitté le ranch.

— Kelli a dit que le conducteur allait bien, mais elle n'en savait pas beaucoup plus, lui annonça Tamara.

— Heureusement, il a simplement été secoué. C'était une partie escarpée de la route, et ça aurait pu être pire.

Caleb marqua une pause.

— J'ai dû piquer un des chevaux.

Sa tentative d'empêcher le regret de percer dans sa voix fut un échec, car elle affichait un air bien trop entendu.

— Je suis désolée.

Il haussa les épaules.

— Ça fait partie du boulot. Maintenant, que s'est-il passé avec les filles ?

Tamara pencha la tête.

— Vous avez oublié quel jour on est ?

Entre ses frustrations de la veille et le bazar du jour, Caleb était à moitié endormi.

— Je suis trop fatigué pour jouer à des jeux. Dites-le-moi.

— Le 31 octobre, répondit-elle avant de lancer un coup d'œil à l'horloge murale. Oh, excusez-moi. Il est plus de minuit, alors nous sommes officiellement en novembre, mais ce n'était *pas* le cas il y a quelques heures.

Une sensation de malaise se faufila à travers son épuisement. Halloween. Les filles.

— Ah, bon sang !

— Elles sont quand même allées chercher des bonbons, mais ce n'était pas tout à fait la même chose que d'y aller avec vous. Elles étaient suffisamment excitées d'être dehors pour ne pas se rendre compte combien elles étaient déçues avant l'heure du coucher. D'où les larmes.

Il ne pouvait rien faire pour changer le passé.

— Je m'excuserai au matin.

Tamara secoua la tête.

— Bon début, mais ça ne suffit pas.

S'il n'avait pas été aussi éreinté, il aurait tendu la main de l'autre côté de la table pour la secouer.

— Vous vous souvenez de la partie sur le fait que j'étais *trop fatigué pour jouer à des jeux* ?

— Elles étaient vraiment contrariées...

— Ouais, j'ai compris. Merci d'avoir dit très clairement que je suis un père pourri. Assez avec la culpabilité. Je vais me coucher.

Tamara quitta sa chaise, posant brusquement la main sur son épaule avant qu'il ne puisse se lever.

— Pour un homme qui m'a demandé de l'aide, vous êtes bien prompt à être désagréable. Je n'essaie *pas* de vous faire sentir coupable. J'essaie de vous dire de prévoir davantage que des excuses.

Il l'attrapa par le poignet, alors que ses mots sortaient tout bas. Plus doux, mais l'intensité augmenta.

— Est-ce que vous prenez un plaisir malsain à faire traîner ça ? Parce que je vous jure que je vais vous mettre sur mes genoux et vous donner une fessée. *Finissons*-en.

Un silence soudain emplit la pièce. Une seconde brûlante s'attarda dans l'air, emplie de tension sexuelle. Les battements de cœur de Tamara palpitaient sous le bout de ses doigts et la bouche de Caleb devint complètement sèche.

Des images interdites. Des pensées délicieusement salaces.

Dieu merci, Tamara ignora son commentaire, et au lieu de lui dire ses quatre vérités, elle lui fit part en détail de ce qu'elle pensait qu'il devait faire pour s'excuser. Même sur le point de s'évanouir d'épuisement, il vit bien la sagesse de son plan.

Il tenait encore son poignet, alors il le serra avec reconnaissance.

— Je vais vous aider à mettre les...

— Impossible. Vous êtes épuisé, le réprimanda Tamara. Allez vous coucher. Je m'en occuperai au matin. J'ai déjà tout préparé.

Évidemment. Une dose supplémentaire de culpabilité se serait infiltrée s'il lui était resté de l'énergie pour protester.

— Merci, répondit-il sincèrement, plus reconnaissant qu'il n'aurait pu le dire.

Arranger son erreur stupide avec les filles était tellement important !

Tamara lui tapota la main, puis se libéra, prétextant de devoir retourner au lit, même si elle n'en avait pas vraiment besoin étant donné l'heure.

Elle disparut dans le couloir comme si elle était poursuivie, et aussi engourdi du cerveau qu'il soit, Caleb se demanda ce qu'il pourrait faire pour faire oublier ses commentaires inappropriés à Tamara.

Mais plus important était : comment pourrait-il, *lui*, oublier l'éclat brûlant qui avait traversé son regard à ces mots. Comment pourrait-il ne pas y penser tout le temps où il essayerait de convaincre son corps que c'en était assez ? Il était temps d'aller dormir.

Il se réveilla tard, se joignant aux filles pour le petit déjeuner. Il leur donna des baisers supplémentaires avant de s'excuser d'avoir raté la soirée précédente.

— C'est bon, dit Sasha en lançant un coup d'œil à sa sœur avant de répondre. Nous sommes contentes que tu aies retrouvé les chevaux, papa.

— Vous vous êtes bien amusées en allant faire le tour des

maisons ? demanda-t-il. Vous avez récupéré beaucoup de vos sucreries préférées ?

Tamara baissa son mug de café.

— Elles n'ont pas encore passé leurs sacs en revue. Je leur ai suggéré d'attendre pour le faire avec vous aujourd'hui.

Caleb hoqueta.

— Quoi ? Vous voulez dire que vous avez encore des sacs pleins de friandises, et vous n'avez même pas regardé pour voir ce qu'il y avait dedans ?

Sasha et Emma le regardèrent toutes les deux avec curiosité alors qu'il faisait mine d'avoir une idée géniale.

— Ça signifie qu'Halloween n'est pas encore terminé.

Sa fille aînée parla.

— Papa. Halloween, c'était *hier* soir.

Caleb secoua la tête.

— Non. Si vous n'avez pas examiné vos sacs, Halloween n'est pas officiellement terminé, ce qui signifie que nous devons aller voir si nous pouvons récupérer plus de butin.

Il leur fit un clin d'œil, jeta un regard par-dessus leurs épaules pour voir Tamara hocher la tête vers lui.

Emma le tira pour lui chuchoter à l'oreille :

— Où ?

Il se tourna vers Tamara.

— Emma voudrait savoir *où* il serait possible qu'Halloween se déroule encore. Je pense qu'elles ne me croient pas.

Tamara réussit à avoir l'air considérablement surprise.

— Quoi ? Elles n'ont jamais entendu cette règle avant ? Quant à savoir où aller, eh bien, ce doit être un endroit où elles ne sont pas déjà rendues. Je sais qu'elles sont allées en ville, parce que je les ai emmenées. Et elles sont passées au dortoir.

— Parce que tonton Dusty et tonton Luke nous y ont emmenées. Papa, Kelli m'a donné deux grosses barres au chocolat, et elle a dit que tous ceux qui donnent des petites barres au chocolat sont juste des rapiats.

Elle informa Emma :

— Ça veut dire « radins ». J'ai cherché.

Caleb ne demanda pas à Tamara pourquoi elle ricanait.

— Je suis d'accord, dit-il à sa fille. Mais si vous êtes allées en ville, et que vous êtes déjà allées au dortoir, que reste-t-il ?

Tamara se tapota les lèvres et fit mine de réfléchir.

— Je *suppose* que vous pourriez aller voir les chèvres.

Emma renifla. Un son clair, vif de petite fille qui attira leur attention. Elle se couvrit la bouche, les yeux écarquillés.

Tamara la pointa du doigt, souriant largement.

— Ha. Je vois que tu ne penses pas que les chèvres aiment Halloween, mais je suis presque sûre que si. Presque autant que les chevaux.

Les yeux de Sasha étaient grands comme des soucoupes maintenant.

— Vraiment ? Nous n'avons jamais eu de sucreries chez les chevaux avant. Nous n'avons *jamais* eu de chèvres, alors je suppose que c'est normal que nous n'en ayons jamais eu chez elles, mais j'aurais pensé que les chevaux auraient probablement...

Elle s'interrompit alors que sa petite sœur lui plaquait une main sur la bouche avant de l'entraîner vers la table de la salle à manger où leurs sacs avaient été entassés.

— Hé, vous oubliez quelque chose, les interrompit Tamara.

Elles se figèrent.

Tamara les regarda de haut en bas.

— Vous pensez que qui que ce soit va vous donner des bonbons d'Halloween alors que vous ne portez pas de costume ?

Les sacs abandonnés sur le sol, les filles filèrent vers leurs chambres.

Caleb ne put s'empêcher de sourire largement.

— Les chevaux et les chèvres coopèrent pleinement, n'est-ce pas ?

Tamara hocha la tête.

— Sauf que les chèvres étaient un peu *trop* intéressées par l'idée de participer, et Meany a été fidèle à son nom[1]. Il avait déjà trouvé un des sacs que j'avais planqués ce matin, alors j'en ai mis de nouveaux ailleurs, où même lui ne peut pas les atteindre. À moins que tous les trois ne travaillent ensemble et ne grimpent les uns sur les autres.

— N'allez pas leur donner d'idée, répliqua Caleb. Ces chèvres sont bien trop malignes.

Tamara marmonna dans sa barbe.

— Bien plus malignes que moi à cinq heures du matin.

Il lança un coup d'œil à Tamara.

— Où est votre costume ?

Elle se mit à rire, attrapa son chapeau dans la buanderie et le posa sur sa tête.

— Voilà. J'y vais en cow-girl.

C'était agréable de sourire.

— Voyez-vous ça, je vous reconnais à peine.

Elle ricana.

— Oh, attendez. Je devrais y aller en *cow-boy*.

Elle ajusta sa posture, écartant plus largement les pieds sur le sol. Puis son visage se crispa en un étrange air renfrogné.

Il l'examina rapidement, essayant de ne pas s'attarder trop longtemps sur les courbes sous son jean bien coupé ou sur la douce chemise en flanelle qui s'évasait sur les seins.

— Qu'est-ce que c'est que ça ? demanda-t-il en agitant un doigt vers son expression. Les cow-boys ne se promènent pas en faisant des grimaces. Celle-là ferait peur aux chevaux.

Elle se redressa en riant.

— Je voulais un look de cow-boy macho qui dit *Je suis sérieux, ne me cherchez pas.*

Il secoua la tête.

— Tenez-vous-en à la douce cow-girl.

Elle haussa un sourcil.

— Bon, à propos de *votre* costume, dit-elle en se tournant vers la cuisine et en ouvrant un tiroir. Il se trouve que j'ai juste ce qu'il faut ici.

Elle s'approcha avec une pile de tissu rouge vif.

Caleb recula jusqu'à ce qu'il se souvienne que les cow-boys forts et virils ne se dérobaient devant rien.

— Je ne sais pas si je suis fait pour être le Petit Chaperon Rouge.

Elle tira brusquement sur le tissu, le dépliant alors qu'elle s'approchait.

— Nous allons échanger nos boulots pour la matinée.

Elle inclina le chapeau de Caleb, passa un cordon du tissu par-dessus sa tête. Elle passa derrière lui alors qu'il baissait les yeux en faisant la grimace.

— Je dois enregistrer ça quelque part pour que, lorsque les filles seront adolescentes, je puisse leur prouver quelles peines et quelles souffrances j'étais prêt à endurer pour elles.

Tamara se tenait derrière lui, dans son dos, alors qu'elle attachait les liens autour de sa taille.

— Hé, ce n'est qu'un costume, je ne m'attends pas à ce que vous cuisiniez.

— Je sais cuisiner, protesta-t-il.

— Et moi je sais faire le travail d'un cow-boy.

Elle lui donna une rapide tape sur le derrière, et il faillit décoller du sol de surprise. Il pivota sur place pour découvrir que le visage de Tamara était devenu tout rouge.

— Oups ? fit-elle en reculant rapidement. Désolée. Trop habituée à charrier mes cousins.

Il faillit tendre les mains vers elle pour la prendre dans ses bras. Ce qui se serait passé après ça, il n'en était pas sûr. Oh, il savait ce qu'il aurait aimé faire, mais dans quel ordre exactement, il ne l'avait pas encore établi.

Une partie de ses pensées avaient dû se lire sur son visage, parce que Tamara hoqueta légèrement, puis elle inspira de manière incertaine. Sa gorge remua, et elle cligna vivement des yeux, et si les filles n'avaient pas choisi cet instant pour foncer droit dans les dix centimètres d'espace qui les séparaient, Caleb était quasiment sûr qu'il aurait fait quelque chose de regrettable.

Les filles attrapèrent leurs sacs et se précipitèrent dehors.

Pendant qu'ils marchaient vers l'étable, Caleb se réprimanda en bonne et due forme.

C'était son employée, pour l'amour du ciel ! Même si tous les deux *voulaient* entamer une histoire, ils ne pouvaient pas, parce qu'il était impossible que Caleb risque de mettre en péril le cœur de ses filles.

Ça ne signifiait pas qu'il pouvait empêcher ses yeux d'être attirés encore et encore vers Tamara.

Ils passèrent devant l'enclos à chèvres et sauvèrent deux sacs qui étaient attachés à plus de trois mètres de haut à un poteau d'éclairage.

— Comment ? marmonna Caleb à l'adresse de Tamara alors que ses filles fourraient la trouvaille dans leurs sacs, puis repartaient en courant.

— Vous ne voulez pas le savoir.

Il se mit à rire doucement.

Emma bondit littéralement quand elle trouva dans l'écurie le premier sac de bonbons, qui pendait à l'extérieur de la stalle de Moonlight. Elle se tourna, secouant un sac Ziploc qui contenait une grande barre chocolatée ainsi que d'autres friandises.

— Papa, regarde, lança-t-elle à haute voix, la joie dans les yeux.

Tamara ne fit pas un plat du fait qu'Emma parlait, elle s'avança simplement avec un sourire et indiqua deux directions différentes aux filles. S'ensuivit un chaos qui dura encore cinq minutes avant que tous les sacs soient trouvés et que ses enfants sourient d'une oreille à l'autre.

Et la matinée n'était pas terminée. Tamara appela les filles à ses côtés, tenant un sac avec des morceaux de pommes coupés à l'intérieur.

— Je suis presque sûre que les chevaux ne veulent pas de sorts, mais vous pourriez leur donner des « sucreries ».

Les filles revinrent précipitamment, lançant sur une étagère à proximité leurs sacs bien remplis de friandises, puis, en suivant la rangée, avec l'aide de leur père et celle de Tamara, elles offrirent des tranches de pomme posées à plat sur leurs paumes.

Tamara tapota le cou de son cheval alors qu'Emma tendait son offrande.

— Stormy te dit *merci*.

Emma leva sa main avec la pomme de façon très stable jusqu'à ce que la friandise ait été délicatement grignotée, puis elle tapota joyeusement les naseaux de Stormy.

— Tu veux le caresser encore un peu ? demanda Tamara.

Quand Emma hocha la tête en signe d'accord, Tamara leur fit faire le tour pour que la fillette puisse caresser le cou puissant du cheval.

Stormy tourna la tête pour toucher Tamara, et Emma gloussa, glissant les doigts entre ceux de Tamara.

Caleb n'était pas complètement sûr de savoir quoi faire de la sensation qui lui remuait les tripes. Ce n'était pas grave de désirer cette femme. N'importe quel homme serait tenté par une femme aussi belle et directe que Tamara. Mais il lui semblait que c'était plus que du désir sexuel, à la regarder avec ses enfants.

Une impulsion qui ne relevait absolument *pas* du désir le frappa, le glaçant le long de l'échine.

Il se racla la gorge, chassant les émotions.

— Il est temps de retourner à la maison et de laisser Tamara reprendre sa journée. Halloween doit se terminer à un moment ou à un autre.

Les deux fillettes émirent des soupirs mécontents, mais Tamara leur fit signe d'y aller.

— Allez-y. Vous devez trier vos bonbons, et vous ne pouvez pas empêcher votre père de retourner à son travail pour toujours.

S'éloigner de l'étable fut beaucoup moins agréable que la promenade enthousiaste ne l'avait été. Mal à l'aise, gêné, en tout cas pour Caleb. Les filles et Tamara ne semblaient rien avoir remarqué, avançant à un rythme confortable alors que Sasha récitait d'un ton emphatique tout ce qu'elles venaient juste de faire, comme si Tamara n'avait pas été là.

Emma ne tenait plus la main de Tamara, mais elle marchait suffisamment près d'elle pour la toucher un pas sur deux.

Quand ils entrèrent dans la maison, Caleb fut bien plus brusque avec Tamara que nécessaire, tout bien considéré.

— Pourquoi ne prenez-vous pas une pause un moment ? Vous vous êtes levée très tôt. Je vais faire le tri des bonbons avec les filles puis leur faire commencer leurs corvées.

Il lui tourna le dos, la congédiant.

Sasha et Emma étaient occupées à renverser leurs sacs sur la table et à pousser des exclamations de joie devant leur trésor. Il regarda un instant avant de lancer un coup d'œil par-dessus son épaule pour voir que Tamara avait disparu.

Mais cette étrange sensation de gêne dans ses tripes refusa de le quitter.

12

Une semaine après le début du mois de novembre, la neige reposait comme une magnifique page vierge sur la terre, et même si c'était peut-être en dehors de la norme, Tamara s'emmitouflait et emportait son café sous le porche chaque matin.

Ils avaient établi une routine. Chaque jour était un peu différent, et Tamara avait découvert qu'elle appréciait les fluctuations de la vie quotidienne à Silver Stone. Elle se levait, démarrait ses corvées, gérait un certain nombre de choses au cours de la journée. Passait du temps avec les filles, puis chaque soir elle se détendait dans la salle de séjour devant un feu brûlant dans l'âtre.

Caleb était là presque tous les soirs. Dustin passait de manière bien plus régulière qu'elle ne s'y était attendue de la part d'un jeune homme dans sa dernière année d'adolescence. Luke et Walker s'arrêtaient le plus souvent quelques instants, comme si prendre contact avec leur frère aîné était une partie importante de la fin de leur journée. Luke riait et plaisantait avec elle. Walker, lui, avait tendance à la regarder comme si elle était un poisson qui avait été laissé au soleil un peu trop longtemps.

Elle avait cru qu'elle travaillait dur à l'hôpital, mais les heures au ranch semblaient durer une éternité. Mais elle n'était pas la seule à travailler de longues heures. Caleb quittait la maison à quatre heures presque tous les jours.

Elle n'était même pas sûre de la raison pour laquelle elle le savait, jusqu'à ce qu'elle se rende compte qu'après avoir quitté la maison par la porte de la cuisine, il faisait le tour du périmètre de la maison sous le porche. Comme pour vérifier son territoire avant de partir à l'étable.

L'impact ferme des talons de ses bottes sur la plateforme en bois résonnait à un rythme régulier jusqu'à l'instant où il montait les escaliers, *clic, clic, clic*, puis plus rien.

Le premier jour où elle s'était réveillée, cela avait probablement été le silence qui avait suscité son attention. Elle avait été entraînée à rester vigilante aux sons nocturnes, et elle avait déjà appris qu'étant nounou, les moments silencieux étaient plus dangereux que les bruyants.

Quand on avait l'impression que la troisième guerre mondiale avait lieu dans la chambre de Sasha, Tamara pouvait continuer sa tâche. Quand la maison devenait mortellement silencieuse, c'était là qu'elle devait s'inquiéter.

Elle souriait en buvant son café, emmitouflée dans un plaid enroulé autour de ses jambes alors qu'elle fixait l'eau. De minuscules traces de glace s'étaient formées sur les bords du lac, mais la rivière qui s'y écoulait depuis la rive la plus lointaine empêchait l'essentiel de la surface de geler.

L'année était suffisamment avancée pour que, à ce moment de la matinée, avec un froid vif, une touche d'ensoleillement soit à peine visible au bord de l'horizon à l'est, d'une beauté époustouflante.

Contempler le lac était devenu un rituel matinal vital.

D'autres changements se poursuivaient, mais ses liens avec sa famille de Rocky restaient forts. Lisa appelait régulièrement, et Karen également pour prendre de ses nouvelles. Elle appréciait que ça les intéresse, et qu'elles se soucient d'elle.

Elle se demandait parfois si elle imaginait la touche de jalousie dans la voix de Lisa lorsque sa sœur l'interrogeait sur tous les nouveaux endroits et personnes qu'elle découvrait.

— Tu peux venir me rendre visite quand tu veux, lui avait assuré Tamara.

— Je sais. Je ne veux pas empiéter sur ta nouvelle aventure.

Un ricanement moqueur lui avait échappé.

— S'il te plaît. Ce n'est qu'un travail.

Sa petite sœur n'avait rien dit, mais une quinte de toux avait résonné dans le téléphone, ressemblant vraiment beaucoup au mot « salades » répété sans arrêt.

Tamara se mit à rire à ce souvenir.

Un craquement résonna dans l'immobilité silencieuse, suivi d'un autre claquement sec, celui-là directement au-dessus.

Étrange. Il ne devait pas y avoir encore assez de neige pour affecter les pignons.

Elle posa son mug de café et s'avança au bord du porche, se penchant contre la balustrade pour regarder vers le ciel...

— Oh mon *Dieu*.

Les mots jaillirent de sa bouche lorsqu'une paire de bottes quitta le toit et passa à côté d'elle. Walker Stone fit un mouvement acrobatique de fou en lâchant la gouttière et en se retournant dans les airs pour atterrir les deux pieds sous le porche.

Il se redressa et afficha une mine calme et impassible, comme si bondir du toit à cinq heures quinze du matin était un comportement parfaitement normal.

— Bonjour.

Elle choisit également la nonchalance.

— Bonjour. Ça vous dit un café ?

— J'adorerais ça. Mais ne vous levez pas, je peux aller le chercher. Vous voulez que je remplisse votre mug ?

— Volontiers.

Il fut de retour un instant plus tard, lui rendant le mug dont la vapeur s'échappait vers le ciel, avant de s'installer sur la seconde chaise.

Ils fixèrent le panorama dans un silence partagé pendant un moment. La paix revenait.

Seulement, Tamara ne put résister.

— Vos frères ont dit que vous étiez dans la compétition. Savent-ils que vous êtes en fait un clown de rodéo ?

Un bref éclat de rire résonna.

— Je n'ai pas les tripes pour être un clown. Eux foncent vers le taureau quand tous les autres courent comme des dératés dans l'autre sens.

— Ils sont incroyables, n'est-ce pas ? acquiesça Tamara. C'est un secteur d'activité dangereux, mais j'ai vu les résultats. Ils sauvent des vies.

— En effet.

Tamara regarda Walker de plus près, sans chercher à cacher qu'elle l'examinait. Et quand il tourna la tête vers elle, comme pour l'évaluer à son tour, elle l'ignora et continua son observation.

Au cours des années, elle s'était très souvent retrouvée dans d'étranges situations. Elle avait proposé volontairement ses talents d'infirmière à des gens qui avaient été battus, brisés ou autrement maltraités. Et, parfois, elle avait travaillé avec les gens qui *aimaient* se faire tabasser et se mettaient dans des situations dangereuses.

Certains recherchaient cette poussée d'adrénaline, ce qui réussissait à beaucoup de gars dans la compétition.

Elle n'arrivait pas à bien cerner Walker. Quelque chose clochait.

— Ai-je de la boue sur le visage ? demanda-t-il, ses yeux marron foncé croisant les siens hardiment.

Un défi.

— Non. Mais vous êtes bien un Stone.

Ses lèvres tiquèrent.

— Ça ne ressemblait pas à un compliment.

— Vous avez entendu parler de ce qui s'est passé la première fois que j'ai rencontré votre frère ? demanda Tamara.

Elle avait désormais son attention.

— Quand était-ce ? L'été dernier, je présume ?

— Il est venu pour voir comment sa sœur adoptive allait. Elle était à l'hôpital, et j'étais l'infirmière de service.

— Un ange de miséricorde. Je peux voir ça maintenant, dit-il d'un ton pince-sans-rire.

— Un ange *vengeur*... Caleb a réagi de façon excessive et a feint de donner un coup à mon cousin. Je me suis interposée et je l'ai fait valser. Il a touché durement le sol. Ça l'a fait redescendre sur terre suffisamment longtemps pour que son cerveau se remette en marche.

Walker ricana.

— Je présume que vous savez que je vais utiliser cette information pour le taquiner à mort. Vous l'avez fait valser ? Ça a dû faire mal à son ego.

— Taquinez-le si vous voulez, mais je vous l'ai dit pour que vous le sachiez... je peux m'occuper de moi. Et je prendrai soin de vos nièces. Je ne suis pas ici pour m'amuser avec qui que ce soit.

Il leva un sourcil.

— Ai-je dit que c'était le cas ?

— Pas en ces termes, mais oui.

Ils restèrent de nouveau assis en silence, Tamara refusant d'être la première à détourner les yeux.

Il tourna finalement la tête et prit une longue gorgée, émettant un « hum » appréciateur.

— C'est du bon café.

Tamara se dit que ça signifiait que tout allait bien entre *eux*.

— Et je ne l'ai même pas empoisonné.

Walker marqua une pause au milieu d'une gorgée, abaissant le mug pour lui lancer son premier vrai sourire.

— Cette fois-ci.

Elle se mit à rire.

— Si je décide un jour de vous empoisonner, je vous avertirai, qu'en dites-vous ? Je vous donnerai une occasion de vous défendre.

— D'accord. Les chances sont meilleures que de monter un taureau.

Une voiture s'arrêta dans la cour, et Tamara se leva.

— Et ce doit être Tansy.

Walker s'était également levé, mug dans les mains.

— Tansy Fields ?

— Ouais. Elle a dit que c'était le meilleur moment pour passer. Elle doit être de retour au magasin à six heures pour ouvrir les portes, dit-elle, s'interrogeant sur l'expression du visage de Walker. Est-ce que vous allez bien ?

Il secoua la tête comme s'il essayait d'en déloger des toiles d'araignée avant de lui offrir un lent sourire, bien plus poli qu'il ne l'avait été jusque-là.

— Bien sûr. Laissez-moi aller ouvrir la porte.

Ce qui les plaça tous les deux à la porte de la cuisine au moment où Tansy approcha. Walker lui tenait la porte alors qu'elle passait, un énorme saladier en métal couvert d'un torchon dans les bras.

— Walker. Je ne savais pas que tu étais en ville.

— Par intermittence, comme d'habitude. Comment va la famille ?

L'expression de Tansy devint indéchiffrable.

— Oh, ils vont tous super bien.

— C'est bien. Vraiment bien.

Il resta là dans l'entrée, tripotant le mug entre ses doigts jusqu'à ce qu'il se rende compte que Tamara le regardait. Il le posa sur le plan de travail puis recula, tendant la main derrière lui vers la porte.

Le doute s'infiltra. Il agissait vraiment comme un prétendant nerveux. Est-ce que Walker avait un faible pour Tansy ?

— Vous pouvez rester si vous voulez, dit Tamara. Nous préparons des roulés à la cannelle. Vous pouvez prendre un autre mug de café...

— Non, c'est bon. Je dois y aller. Merci pour le café. Au revoir, Tansy.

Et là-dessus, il s'en alla. La porte de la cuisine se referma derrière lui avec un claquement. Tamara alla regarder par la fenêtre, amusée que cet homme soit pratiquement en train de fuir. Il avait traversé la route avant de ralentir pour reprendre une démarche de cow-boy.

— Eh bien, c'était divertissant.

Tamara se tourna et découvrit que Tansy affichait un sourire en coin ravi.

— Il doit y avoir un historique que j'ignore ici. Est-ce que toi et Walker... ?

Les yeux de Tansy s'écarquillèrent et elle resta bouche bée.

— Oh non. Pas moi, ma sœur aînée. Ivy et Walker avaient une relation au lycée avant qu'elle ne parte à l'université.

Ha ha. L'intrigue se compliquait.

— Alors *comment va la famille* était un code pour *comment va Ivy mais je ne veux pas vraiment le demander ?*

— Ouais, répondit Tansy en pointant le comptoir latéral. Viens. Nous allons commencer par la prochaine étape pendant que nous parlons. Je ne peux rester qu'une demi-heure.

Une demi-heure était suffisante pour mettre les roulés à la cannelle dans le four et partager une rapide conversation, qui s'avéra ne pas concerner Walker et sa vie amoureuse passée. À la place, elles évoquèrent en partie leurs formations : la période d'infirmière de Tamara et les aventures en pâtisserie de Tansy.

Cela avait été bien trop court, mais quand Tansy lui fit au revoir de la main, l'odeur sucrée de cannelle et de pain frais s'élevait dans l'air, et Tamara avait l'impression qu'elle avait bien progressé pour s'intégrer.

Un coup solide sur le panneau en bois sur la droite de Caleb attira son attention alors qu'il nettoyait les stalles. Tamara se tint là patiemment jusqu'à ce qu'il croise son regard.

— Tout va bien ? demanda-t-il.

— Oui, je voulais juste m'assurer que vous étiez d'accord pour que j'aille chercher les filles à l'école. Nous devons aller faire des courses, alors je pourrais aussi bien leur épargner le trajet du retour en bus.

Et par ce seul commentaire, il se sentit un peu hors du coup.

— Elles ont besoin de nouveaux vêtements ? Je croyais...

— Non. C'est bon. Mais elles ont une fête d'anniversaire, et nous sommes sur le fil. Je n'ai aucune idée de ce que veulent les enfants de huit ans.

— D'après Sasha, presque tout le magasin.

Tamara sourit, et il sentit un pincement quelque part. Elle

avait détaché ses cheveux depuis qu'il l'avait vue ce matin-là, et les extrémités bouclaient, encadrant son visage. Elle avait mis une touche de brillant sur les lèvres, et il dut détourner les yeux avant qu'il ne devienne trop clair qu'il envisageait l'ampleur des problèmes causés s'il pressait ses lèvres contre les siennes, juste pour voir s'il y avait une saveur qui allait avec la brillance.

Bon sang, la simple idée de l'embrasser fit réagir une certaine partie de son anatomie, et il recula maladroitement dans la stalle pour attraper son râteau comme pour se protéger.

— Nous serons de retour avant seize heures, termina Tamara, s'adressant à son dos comme s'il n'était pas malpoli.

Seulement, il ne pouvait pas se retourner parce que, s'il se trouvait qu'elle baissait les yeux, elle se demanderait ce qu'il y avait dans les stalles des chevaux qui lui donnait des érections indécentes.

Puis il se rappela quelque chose.

— Attendez.

L'enfer sur terre. Il chercha dans sa poche arrière et en sortit son portefeuille, serrant les dents lorsque le mouvement tira plus étroitement son jean sur son érection.

Caleb leva le portefeuille bien haut alors qu'il l'ouvrait et en sortait des billets.

— Tenez. Je sais que nous vous avons octroyé de l'argent pour le foyer, mais ce genre de choses est en plus.

— Si tu distribues de la monnaie... dit Luke en se glissant dans l'espace à côté de Tamara. Ma main est toujours prête.

— Tu ferais mieux de ne pas l'annoncer trop fort, le taquina Kelli, tout en bondissant hors de portée de Luke alors qu'il faisait semblant de lui balancer un coup de poing. Tu donnes l'impression d'être...

— Et bonjour à vous deux, l'interrompit Tamara, levant les billets dans les airs et hochant la tête vers Caleb. Merci. Je vais ajouter ça au registre dans la cuisine, mais je pensais à une limite de vingt dollars comme cadeau ?

Il marqua une pause.

— Chacune, ou ensemble ?

— Ensemble.

Kelli haussa un sourcil.

— Waouh, vous êtes aussi radins l'un que l'autre. Ça me plaît.

— Jusqu'à ce que tu demandes une augmentation, en tout cas, répliqua Luke.

— Ils prendront mon augmentation sur ton salaire. Puisque c'est moi qui ai fait ton travail aujourd'hui.

Caleb regarda de l'un à l'autre.

— Luke ?

Son frère soupira comme s'il avait été traité injustement.

— Elle a été meilleure au lasso que moi.

— Dis-lui combien de fois, dit Kelli d'un ton guilleret.

Elle jubilait. Elle jubilait *absolument*.

Luke ignora la question, tournant le dos à Kelli, probablement pour ne pas devoir voir son large sourire.

— Je vote pour découvrir ce qui se passe avec Tamara. Qu'y a-t-il sur votre agenda pour demain ? demanda Luke.

Caleb envisagea de retourner à son ratissage, mais c'était trop intéressant.

— Une fête d'anniversaire avec les filles pour un camarade de la classe de CM1 de Sasha. Bien sûr, ça signifie vingt-quatre filles et une douzaine de chaperons, alors je vais rencontrer toutes les jeunes mères de la ville.

— Ça devrait être amusant, conclut Luke en hochant la tête avec approbation.

Kelli se mit à rire.

— Fais gaffe. Ce groupe n'est qu'à cinquante pour cent un doux rayon de soleil du coin.

— Quelle est l'autre moitié ?

— Des mauvaises herbes toxiques du coin. Impossible de s'en débarrasser sauf si on les réduit en cendres.

— Kelli ! la réprimanda Luke. Tu ne sais même pas qui sera là.

— Je connais leur genre, insista-t-elle. Dangereuses, tout en ayant un teint de pêche.

— Ne les juge pas aussi vite. Peut-être que Tamara se fera de bonnes relations dans ce groupe. Ce serait bien pour elle d'avoir des amies à proximité au lieu d'être coincée ici sur le ranch sans aucune femme avec qui parler.

Tamara ouvrit la bouche pour protester, mais le dos de Kelli était devenu raide, les joues rouges de colère alors qu'elle foudroyait du regard l'homme qui semblait ne rien voir de sa mort imminente.

— Ouais, c'est ça. Parce que je compte pour du beurre, dit-elle en agitant rapidement la main en guise d'adieu à Tamara. Amuse-toi, sois prudente. On se parle bientôt.

Elle passa à côté de Luke, tapant du pied particulièrement fort au moment opportun.

— *Ouiiille.* C'est quoi ce bazar ? demanda Luke en levant le pied pour le secouer alors qu'il lançait un regard noir derrière elle. Qu'est-ce qui ne va pas chez toi ? Regarde où tu vas la prochaine fois.

— Oh, je pense qu'elle a touché ce qu'elle visait, dit Tamara froidement en haussant un sourcil.

— C'est une créature grincheuse en ce moment.

Caleb sortit rapidement. Son frère était à un pas de se faire écorcher et empailler.

— Luke, va me chercher Ashton.

Luke cligna des yeux devant le rapide changement de sujet.

— Pourquoi tu ne... ?

— *Vas-y*, dit Caleb d'un ton cassant.

Des sonnettes d'alarme devaient enfin avoir filtré dans sa tête dure parce que pour une fois son frère sortit sans faire une dernière remarque de petit malin.

Caleb et Tamara restèrent seuls dans le silence relatif de l'écurie. Il lui lança un coup d'œil.

Les lèvres de Tamara tiquèrent.

— Je ne voulais pas que vous le tuiez, expliqua Caleb.

— Bon timing sur votre interruption, alors, parce que j'avais le pressentiment qu'il était sur le point de faire une blague au sujet du syndrome prémenstruel de Kelli.

Il ravala son amusement.

— Vous savez comment utiliser une tractopelle, n'est-ce pas ?

Un rire échappa à Tamara.

— Est-ce que vous me proposez seize hectares de terre pour enterrer le corps ?

— Peut-être.

Elle lui tapota l'épaule avec bonhomie.

— Bien. Vous l'avez sauvé pour une journée. Je ne comprends pas comment votre frère peut être aussi intelligent quatre-vingt-dix-neuf pour cent du temps, puis complètement stupide.

— Puberté prolongée.

Il lui adressa un clin d'œil et vit la surprise apparaître sur son visage.

Et cette bulle *d'autre chose* s'agita de nouveau dans ses tripes, et il ne sut pas quoi en faire.

Alors il tourna le dos et attrapa le râteau, travaillant bien plus vigoureusement que nécessaire.

Le temps que tout se calme et qu'il jette un coup d'œil depuis la stalle, il était seul.

13

—————

Tamara gara le véhicule qu'elle avait emprunté sur le parking devant le centre communautaire, prenant une profonde inspiration avant de lancer un sourire aux filles.

— O.K. Qui est prête pour une fête d'anniversaire ?

— Nous, nous, nous, déclara Sasha suffisamment fort pour une douzaine de petites filles alors qu'elles s'échappaient de la cabine, dégringolant dehors comme des clowns d'une voiture de cascade dans un cirque.

Des paquets aux couleurs vives à la main, elles ouvrirent la voie avec tellement d'enthousiasme que Tamara se surprit à sourire. Oh, la résilience de la jeunesse. Toutes les larmes de déception précédentes avaient disparu, et leur anxiété et leur méfiance s'apaisaient jour après jour.

Ou en tout cas, s'apaiseraient d'un instant à l'autre. Sasha n'avait pas complètement baissé la garde, mais elle était trop excitée pour rester sur le sujet cent pour cent du temps. Emma était... Emma. Elle observait et évaluait discrètement, et jusque-là, la balance semblait pencher en faveur de Tamara.

Tamara, d'un autre côté, était presque aussi perplexe et partagée qu'elle l'avait été la première semaine, et aucune solution simple ne ferait disparaître ses problèmes particuliers.

Caleb Stone la rendait folle.

Il l'énervait aussi, pour des raisons bien différentes. Il était comme une fournaise défectueuse. Très intrigant... bouillant, extrêmement attirant, et elle s'était sérieusement dit que le magnétisme animal qu'elle avait imaginé entre eux n'était que dans sa tête parce que, s'il était réel, la maison serait spontanément partie en flammes.

Pourtant, pour chaque fois qu'elle pensait l'avoir surpris à la déshabiller du regard, il était devenu aussi glacial que la vague de froid de janvier.

C'était comme vivre avec l'incarnation physique du vent du Chinook. Exceptionnellement chaud, suivi de souffles glacés.

Mais le pire chez lui ? C'était un adversaire vraiment merdique. Sérieusement... elle adorait un bon débat, et lutter sur les détails pour découvrir ce qui était important relevait de l'amusement pour elle. Ça n'avait pas d'importance que ce soit pour quelque chose de sérieux, comme les corvées, ou de modeste, comme leurs plats préférés, elle voulait en discuter.

Mais à chaque fois qu'ils se faisaient face sur un problème, Caleb avait la même réponse. Il s'en allait, la laissant parler à une pièce vide.

— Très agaçant, marmonna-t-elle.

Il avait probablement compris à quel point elle détestait ça et le faisait désormais exprès. Une dispute qu'elle gagnait parce que l'autre personne refusait de... eh bien, de *se battre*... était une victoire vaine.

Assez de tergiversations. Ce jour-là n'était consacré à cet homme exaspérant, même si elle devait admettre qu'il lui avait fourni un véhicule temporaire très sympa pendant que Brooke travaillait sur le sien. Les pièces de réparation avaient mis plus longtemps que prévu à arriver – des problèmes typiques de petite ville – et Tamara aurait détesté être coincée sans véhicule pendant tout ce temps.

Tamara rattrapa les filles à temps pour les guider vers la table où les autres cadeaux avaient été posés. Les enfants se déchaînaient et grimpaient sur les aires de jeux éparpillées dans l'espace libre de la salle de sport.

Ce genre de fête d'anniversaire, elle pouvait l'approuver. Rien d'excessif : pas de château gonflable loué ni de surenchère. Elle s'avança dans un esprit un peu plus optimiste, même si l'avertissement de Kelli s'attardait.

Une partie des mères rassemblées près de la table à goûter lui adressèrent des sourires, et il y avait un visage plus familier que les autres. Le jour où elle était allée dans la classe d'Emma pour apporter son aide, Hanna était également là. Tamara avait apprécié de travailler aux côtés de cette femme discrète.

Hanna lui fit joyeusement signe de la main.

— Ravie de vous revoir.

Tamara lui rendit son salut avec un sourire enthousiaste, se glissant sur la chaise vide près d'elle. Un tour rapide de saluts et de présentations suivit avant que les conversations ne reviennent sur la gestion des enfants et la coordination des participants à la fête pour lancer les jeux.

Au cours de l'heure suivante, Tamara garda un œil attentif sur Sasha et Emma, s'assurant qu'elles surveillaient leurs manières mais s'amusaient bien. Sasha restait près de sa sœur, ce qui ne surprit pas beaucoup Tamara.

Une fois qu'on fut débarrassé du gâteau d'anniversaire et des cadeaux, les enfants reprirent leurs jeux chaotiques jusqu'à ce que la fête se termine. Tamara surprit Sasha pratiquement hypnotisée par un des jeux que les filles les plus grandes avaient commencé seules. Elle s'approcha discrètement, attrapant l'épaule de Sasha un instant alors qu'elle s'agenouillait pour parler doucement aux deux filles.

— Je pensais emmener Emma à la table de coloriage. Si tu t'en sors seule pendant un moment.

Sasha lança un coup d'œil à sa sœur avant de secouer la tête.

— Ça ne me dérange pas de rester avec Emma.

Cette fois, ce fut Emma qui fit bien comprendre qu'elle avait d'autres intentions. Elle se pencha et chuchota quelque chose à Sasha, qui fronça les sourcils.

— Tu es sûre ?

La petite fille hocha la tête puis glissa la main dans celle de Tamara.

Malgré tout, Sasha hésita, jetant un coup d'œil à Tamara avec une expression d'avertissement. Elle attendit comme si elle était prête à reprendre sa position de chien de garde immédiatement.

Emma roula des yeux et posa sa main libre sur la hanche.

Ce fut le dernier encouragement dont Sasha avait besoin. Elle hocha la tête, rejoignant la foule des filles plus âgées qui sautaient et se heurtaient.

Tamara serra les doigts d'Emma.

— Voilà une grande fille. Ta sœur reviendra dans un moment. Elle sera heureuse, et nous aussi. J'ai regardé dans les livres de coloriage tout à l'heure, et j'en ai vu un avec un dessin de chèvre, si tu arrives à le croire. Tu veux qu'on le retrouve ?

Le sourire d'Emma s'élargit.

En bonus supplémentaire, Hanna se trouvait à la petite table avec sa fille, et les deux fillettes s'assirent l'une à côté de l'autre comme de petits chiots, contentes d'utiliser les crayons de couleur et de colorier côte à côte en silence.

— Crissy parle tout le temps d'Emma, confessa Hanna doucement. Je pense que certaines des filles plus bruyantes de leur classe lui font peur, alors elle et Emma se mettent souvent ensemble.

— Elles ont l'air de bien s'entendre, acquiesça Tamara. Vous voulez venir au ranch un de ces jours pour le goûter ?

— Crissy adorerait ça, répondit Hanna en souriant gentiment. Honnêtement, moi aussi. Ça fait longtemps que je ne suis pas allée dans un ranch.

Après avoir vérifié à deux fois pour s'assurer qu'Hanna garderait un œil sur les deux fillettes, Tamara s'éclipsa aux toilettes.

Elle marqua une pause alors qu'elle sortait de la pièce pour regarder lentement les personnes rassemblées. Des voix résonnaient directement à son oreille, suffisamment fort pour la faire sursauter, et elle fit volte-face, surprise de constater que personne ne se tenait à proximité.

Il lui fallut un moment de se rendre compte que l'endroit où elle se tenait formait un parfait tunnel sonore. Avec l'équipement de gymnastique entreposé le long du mur latéral, la discussion très intense tenue au milieu du gymnase était magiquement transportée jusqu'aux oreilles de Tamara comme si elle était assise parmi le petit groupe.

Plus elle écoutait, plus le nœud dans son ventre se serrait. Parce que trois des mamans que Tamara venait de rencontrer brièvement parlaient de Caleb.

De Caleb, et des filles.

Ses pieds étaient cloués au sol alors qu'elle restait là et écoutait.

— Peut-être que maintenant cet homme bien va sortir davantage, suggéra Carrie, mère de l'héroïne du jour.

— Il est souvent à l'extérieur. Il a besoin de passer du temps *à l'intérieur*, dit Natalie avec un clin d'œil lubrique.

La troisième femme, Joleen, se pencha et la tapa sur la jambe.

— Tu es grave.

— Mais je parie qu'*il* est doué, si tu vois ce que je veux dire. Il sait ce qu'il aime... C'est sexy chez un homme, répondit l'intéressée, puis les trois femmes échangèrent des coups d'œil. Wendy se plaignait tout le temps. Je ne pense pas que quoi ce soit dont elle se plaignait était réel.

— Surtout si on considère la manière dont elle est partie. Moi, je n'aurais aucun problème si cet homme était exigeant au lit.

— Tu aimerais que ton mari varie un peu la position du missionnaire, la taquina son amie.

— Je ne me plains pas de ma situation. Je pense à ce morceau sous-évalué de masculinité. Maintenant que la nounou est là, peut-être qu'il reviendra sur le marché. Dieu sait que ma sœur aurait bien besoin d'un rancher fort et sexy.

— Si la nounou est assez douée pour rester. Pauvres petites, surtout la plus jeune.

— Elle n'est pas bien dans sa tête, n'est-ce pas ?

Le dos de Tamara se redressa d'un coup sec. C'était quoi ce bazar ? Il n'y avait rien qui n'allait pas chez Emma.

— Elles ont besoin de quelqu'un qui prendra soin d'elles.

— Ma sœur adore les enfants.

Les deux autres femmes se mirent à rire en même temps.

— Ta sœur aime l'argent, *et* les hommes sexy, signala Joleen. Ta sœur garderait la nounou si elle pouvait, et se concentrerait sur le temps à passer avec un certain rancher sexy.

— Ne le ferions-nous pas toutes ?

— Ne feriez-vous pas n'importe quoi pour mettre un sourire sur le visage de cet homme ? J'imagine qu'une fois qu'il passe à l'action, la moindre fibre de ton corps en réclame davantage tout le reste de la nuit.

— Dis à ta sœur de passer à Silver Stone un soir. Je parie

que Caleb serait heureux de voir un visage de femme amical, insista Joleen. Ça fait longtemps qu'il n'a pas passé du bon temps avec une femme.

— À moins qu'il prenne son pied quand il part pour le boulot, dit Natalie.

Carrie secoua la tête.

— J'en doute. De plus, c'est rarement lui qui quitte le ranch. Tu sais, il est un peu comme ton taureau reproducteur récompensé. Donne-lui une zone confortable bien clôturée. Nourris-le et garde-le heureux pour qu'il soit parfaitement performant à chaque fois qu'on aura besoin de lui.

— Amen. C'est absolument ce dont ma sœur a besoin...

Il y eut davantage de commentaires, puisqu'elles riaient toujours, mais Tamara ne pouvait plus les entendre parce qu'elle traversait la salle, la colère propulsant sa marche.

Oh, elle avait ses propres problèmes avec cet homme, mais au diable celles qui parlaient de lui comme s'il était un étalon à louer. Et Emma...

Tamara inspira profondément et ralentit son pas, s'avançant tranquillement vers les femmes qui discutaient frénétiquement. Elle prétendit que son objectif était d'aller chercher de la citronnade, souriant aussi gentiment qu'elle pouvait au groupe.

Les rires se turent alors qu'elle approchait, toutes trois affichant des expressions exagérément amicales.

— Est-ce que vous vous plaisez à Silver Stone ? demanda Joleen.

Il était tentant de répondre quelque chose de brusque et de malpoli, mais Tamara se contint. Elle devait vivre dans cette ville, et même si elles faisaient partie des *mauvaises herbes toxiques* qu'elle devait gérer, il était inutile de toutes les brûler la première fois qu'elles se confrontaient.

— C'est magnifique.

— C'est une grande maison où il y a de quoi s'occuper, affirma Carrie en se penchant en avant, posant les coudes sur ses genoux. Vous devez être épuisée.

D'accord, elle ne s'était pas attendue à ça.

— Pourquoi ?

La femme cligna des yeux.

— C'est beaucoup de travail de prendre en charge deux petites filles quand vous n'avez jamais fait ça. Et la maison, et prendre soin de Caleb.

Tamara se mit à rire.

— Oh eh bien, c'est une de vos erreurs. Caleb n'a pas besoin qu'on prenne soin de lui.

— Mais ce doit être dur de gérer Emma.

La fureur qu'elle avait accumulée s'échappa un peu, mais elle la ramena à un volume et une attitude raisonnables.

— Emma ? Cette douce petite chose ? Eh bien, d'une certaine manière vous avez raison, parce que je dois rester vigilante entre elle et sa sœur. Elles sont si intelligentes que je dois travailler dur pour m'assurer que leur environnement soit stimulant. Ce serait dommage de laisser tout ce potentiel se gâcher.

Les femmes ouvraient et fermaient leurs bouches en une charmante imitation de poissons, comme si elle *les* avait prises par surprise.

Tamara profita de son avantage.

— Et en ce qui concerne Caleb, je vous suggère de ne pas vous inquiéter pour lui. Il est plus que capable de s'occuper de lui-même et de ses... *besoins*. Je doute qu'il y ait une femme qui puisse lui résister.

Elle termina de verser deux autres verres de citronnade, équilibrant les quatre dangereusement alors qu'elle retournait à la table de coloriage.

Hanna la regarda alors qu'elle acceptait deux des verres.

— Que s'est-il passé ? demanda-t-elle à voix basse.

— Juste des personnes vaches.

Les lèvres de sa nouvelle amie tiquèrent.

— C'est pour ça qu'elles te regardent comme si tu les avais aspergées avec une bouteille d'eau.

Tamara ricana, se tournant vers Emma qui avait posé une main sur son épaule alors même que Crissy grimpait sur les genoux de sa mère.

— Oui, mon chou ?

Emma souleva fièrement son œuvre terminée. La chèvre était représentée avec précision à l'aide de généreux aplats de gris et de blanc, avec un nœud rouge vif récemment dessiné sur la page, le même qu'Emma avait attaché la veille autour du cou de la petite créature.

— Magnifique. Ça ressemble à Eeny.

Le hochement de tête enthousiaste de la fillette fut une récompense en soi.

Un instant plus tard, Tamara se retrouva à sourire encore plus. Emma jeta un coup d'œil à son amie assise sur les genoux de sa mère, puis regarda par-dessus son épaule pour vérifier où était Sasha. Découvrant que sa sœur jouait encore avec les filles plus âgées, Emma écarta le bras de Tamara et entreprit de grimper sur ses genoux.

Emma ramassa son verre de citronnade et le but comme si le fait qu'elle soit assise là était la chose la plus naturelle du monde.

Quelque chose n'allait pas chez cette enfant ? Balivernes. Emma était intelligente, tout comme Tamara l'avait proclamé. Quelle que soit sa raison de ne pas parler, c'était un choix délibéré, pas un problème mental.

Il était bien trop facile de passer un bras autour d'elle et de la câliner, l'odeur douce de petite fille faisant ressentir à

Tamara toutes sortes d'émotions auxquelles elle ne s'était pas attendue.

Elle se souciait des fillettes, cela ne faisait aucun doute. Mais quelque chose semblait...

Différent.

La fête était terminée, et la journée arrivait à son terme. Joyeusement, deux petites filles fatiguées allèrent au lit sans aucun problème, mais Tamara était bien trop remontée pour dormir. Caleb était retourné à l'étable immédiatement après le dîner, la laissant agitée sans rien pour la distraire.

Elle erra dans la maison pendant un moment avant d'abandonner. Elle pourrait tout aussi bien faire quelques projets à long terme.

Elle se glissa dans le bureau de Caleb pour prendre du papier...

Une des piles précaires se renversa.

— Bon sang.

Tamara se pencha pour les ramasser. Son mouvement avait été trop brusque, son postérieur bouscula une autre pile. Désormais, elle avait deux fois plus de papiers sur le sol, et était deux fois plus frustrée.

Impossible de l'éviter désormais. Elle devait nettoyer la pagaille.

Tamara s'assit sur le sol, rassemblant en piles les papiers autour d'elle. Elle évita les détails, regardant rapidement pour découvrir si c'était des règlements ou des factures alors qu'elle créait lentement de nouvelles piles.

Mais elle éprouvait une sorte de calme dans cette tâche. En fait, quand elle eut arrangé un coin de la pièce, il fut tentant de continuer, mais elle décida que, pour cette fois, elle n'était prête qu'à chercher un peu les problèmes.

Mais si elle en avait l'occasion, et que Caleb approuvait, elle reviendrait. Terminer cette tâche rendrait son cerveau zen.

Pour l'instant, elle posa proprement le classement terminé au-dessus de la crédence qu'elle avait époussetée pendant qu'elle était vide.

Elle prit un des Post-it récemment découverts et laissa un message à Caleb.

Caleb.
J'ai renversé une partie de votre paperasse, alors j'ai dû la ranger un peu. Désolée si j'ai dépassé les limites.
T.

Ce n'était pas une excuse géniale, mais peut-être que ça ne le dérangerait pas.

Peut-être que si…

Une autre poussée de frustration l'envahit. Elle réussissait bien dans ce boulot de nounou, mais… ça ne suffisait pas, et en même temps c'était beaucoup, beaucoup trop.

Pas le travail, mais toutes les autres sensations qui la frappaient sans prévenir. Les doux moments quand Sasha oubliait d'être agressive. Le contact poignant à chaque fois qu'Emma la traitait comme si Tamara était à sa place.

Les instants déroutants de toutes les manières possibles avec Caleb. Une tension sensuelle, des rires, un désir douloureux et une frustration incompréhensible.

Trop d'aspirations entraînaient Tamara dans de nouvelles directions, mais elle n'était pas prête à les regarder en face, et rien que cela l'effrayait bien plus que tout ce à quoi elle avait dû faire face jusque-là.

Plus que de perdre son travail. Plus que de quitter ce qui avait été son foyer pendant presque trente ans.

Elle ne voulait pas admettre, même à elle-même, de quoi elle se languissait…

Tamara fuit ses propres pensées, se sauvant dans la cuisine

pour récurer machinalement le plan de travail déjà propre jusqu'à ce qu'il soit assez tard pour qu'elle puisse terminer sa journée et tomber dans un sommeil agité.

Caleb lutta avec le boulon qu'il essayait de retirer, jurant alors que la clé à molette glissait de ses doigts pour la vingtième fois. Dustin l'aidait à redresser le portail, et la clé rebondit sur son bras et retomba violemment sur les articulations de ses doigts.

Une vague de douleur le rappela à l'ordre en réponse à son instant de distraction. Peut-être que c'était une punition pour avoir évité son bureau pendant une semaine, choisissant à la place de se torturer en s'asseyant sous la véranda chaque matin avec Tamara pendant ce moment de calme avant qu'elle ne se relève pour terminer de préparer le petit déjeuner.

C'était paisible et relaxant, mais tentant, ce qui le faisait se sentir coupable et, désormais, distrait. Mais il ne pouvait s'empêcher de commettre la même erreur stupide. Il était coincé en « mode répétition ».

Quand quelque chose le heurta sur le côté de la tête à peine deux secondes plus tard, Caleb était sûr que le monde essayait de soulever un point important. Lequel exactement, il n'en était pas sûr.

— Maintenant, je comprends pourquoi tu grognais sans arrêt, dit Josiah en s'avançant vers Caleb pour lui taper dans le dos. Pourquoi n'as-tu pas dit quelque chose ?

Caleb le regarda avec confusion.

— De quoi parles-tu ?

Josiah ricana.

— Ne crois pas que tu peux garder des secrets dans une

petite ville comme celle-ci. Je suis surpris que ce soit resté *sous couverture* aussi longtemps, et oui, c'était une pique.

Dustin regarda de Josiah à Caleb.

— De quoi parle-t-il ?

— Aucune idée.

— Oh, allez. Ne fais pas l'innocent. Je suis au courant pour toi et Tamara.

Son plus jeune frère eut l'air surpris.

— Est-ce que toi et Tamara... ?

— Non.

— Oui.

Caleb et Josiah avaient parlé en même temps.

Caleb lança un regard noir à son ami, et plissa les yeux.

— Qui te raconte ces bêtises ? Il n'y a rien entre Tamara et moi.

En tout cas beaucoup moins que ce qu'il aimerait.

Josiah se pencha en arrière et croisa les bras sur son torse.

— Ce n'est pas ce que j'ai entendu. J'étais chez les Sinclair, et le bruit court que tu es pris. Elle aussi, et étant donné combien tu grognais ces deniers temps, tout ça tombait sous le sens.

— Je ne crois pas que Tamara et toi devriez batifoler, intervint Dustin.

— Nous ne batifolons pas, dit Caleb d'un ton cassant. Ce n'est qu'une rumeur de petite ville. Je suis surpris, Josiah. Tu es assez malin pour ne pas écouter des commérages ni les prendre pour parole d'Évangile.

— Hé, disons que j'étais optimiste, répondit-il, son sourire s'agrandissant. Mais si c'est une rumeur, alors elle n'est pas prise, ce qui signifie que je peux lui demander de sortir avec moi, n'est-ce pas ?

Caleb n'avait pas l'intention de déchiqueter son meilleur ami, mais l'envie ne lui en manquait pas.

L'envie était très forte.

À la place, il haussa les épaules.

— Je ne crois pas qu'elle ait beaucoup de temps pour aller se balader en ce moment, alors peut-être que tu devrais mettre ça de côté pour l'instant.

Le regard entendu de Josiah avait suffi à faire en sorte que Caleb leur trouve précipitamment quelque chose à faire pour les distraire efficacement.

Ils s'attelèrent à une autre tâche, et entre le labeur joyeusement méticuleux et Ashton qui se joignit à eux, ils eurent assez de travail pour changer de sujet et revenir sur un terrain plus sûr, mais les commérages tourmentaient Caleb.

Les rumeurs de petites villes existaient bien, mais même elles avaient habituellement un point de départ. Il marinait encore là-dessus alors que Josiah se préparait à partir.

Caleb trottina et frappa à la porte de sa camionnette.

La vitre s'abaissa et Josiah posa le coude sur le rebord.

— Je t'enverrai un de mes employés pour terminer les vaccinations, si ça te convient. J'ai quelques trucs que je dois finir avant que la clinique ne ferme.

Caleb lui fit signe de la main.

— Pas de problème, répondit-il en regardant son ami. Ça ne te dérange pas de me dire exactement qui a dit quoi sur Tamara et moi ? Je ne veux pas que ce genre de choses reviennent aux oreilles des filles sans avoir une idée de quoi leur dire.

Les lèvres de Josiah frémirent, mais il contrôla son expression.

— Il y a quelques jours, Tamara est allée à une fête avec les filles et a prétendu que tu étais bien *satisfait*, si tu vois ce que je veux dire. Et non, je ne parle pas de ses talents de nounou. Les gens pensent que ton lit est bien réchauffé ces temps-ci.

Un juron lui échappa.

C'était la dernière chose dont il avait besoin... de vrais

encouragements de l'intéressée. Et c'étaient des encouragements, des plus brutaux.

Les images s'attroupant dans son cerveau étaient salaces comme tout. Tamara réchauffant son lit ? Pile les rêves qui le réveillaient au milieu de la nuit. Ceux d'où il émergeait les draps repoussés, le corps couvert de sueur. Les doigts enroulés autour de son membre avant qu'il ne se rende compte de ce qu'il faisait.

Il inclina la tête.

— J'apprécie.

Josiah marqua une pause.

— Je te taquinais tout à l'heure, mais tu sais, peut-être qu'une liaison entre vous ne serait pas une mauvaise chose.

Caleb n'arrivait pas à en croire ses oreilles.

— Elle travaille pour moi. Qu'est-ce qui te paraît bien là-dedans ?

Son ami hésita mais continua tout de même.

— D'accord, ça rend les choses difficiles, et pourtant ce n'est pas la partie où elle travaille pour toi à laquelle je pensais. Tu es seul depuis un moment.

— Il y a une raison à cela.

— Toutes les femmes ne sont pas comme Wendy.

— Dieu merci, ou la race humaine aurait disparu il y a des siècles.

Un petit rire échappa à Josiah.

— D'accord, on regarde ça sous un autre angle. Tu te rends compte que Tamara a grandi dans un ranch ? Elle sait le travail que ça représente, et hé, regarde. Elle ne s'est pas encore enfuie en hurlant.

— Elle est là pour prendre soin des filles.

Son ami hocha la tête.

— Et d'après tout ce que tu m'as dit, elle fait un excellent boulot, dit Josiah en l'examinant. Alors pourquoi n'est-ce pas une bonne chose pour toi de céder à l'effet qu'elle te fait ?

— Elle ne...

Caleb ne put se résoudre à mentir. Pas à son meilleur ami.

— Merci de ne pas continuer à me raconter des salades. Mais sérieusement, je sais que ce n'est pas la plus facile des situations, mais tu as une chance, là...

— Merci d'être venu ce matin. On se parlera plus tard.

Caleb se retourna et s'éloigna.

Que Josiah ait reconnu son attirance pour Tamara n'était pas une bonne chose. Surtout à la lumière du fait que la machine à rumeurs serait désormais en train de se déchaîner.

Seigneur, et si les filles en entendaient parler ? Et si elles pensaient que leur monde était sur le point d'être de nouveau mis sens dessus dessous ? Leurs souvenirs de Wendy étaient amers et blessants.

C'était sa faute, il n'avait pas été assez fort. Il aurait dû être clair dès le premier instant qu'il ne s'intéressait pas à Tamara en dehors du cadre professionnel.

Mais c'était la faute de Tamara *aussi*, pour avoir parlé hors de propos, et en cet instant il était assez en colère pour aller droit dans la cuisine et lui crier dessus. Bien sûr, cela provoquerait toutes sortes d'autres problèmes.

Non, ce devait être géré d'une manière assez solennelle pour produire une impression sur cette femme obstinée. Quelque chose de suffisamment privé pour pouvoir lui faire comprendre *exactement* ce qu'elle avait fait.

C'était étrange. Toutes les fois où Wendy et lui s'étaient disputés l'avaient laissé endolori et en colère, mais jamais enflammé comme ça. Leurs disputes avaient été glacées, polies et stériles.

Ce qui brûlait dans son ventre en cet instant était chauffé à blanc, bordé de tension sexuelle.

Ce n'était peut-être pas correct, mais pour une fois dans sa vie il se moquait de faire ce qui était *bien*. Le moyen de soutenir ses dires sans l'ombre d'un doute était simple, et parfait. Horrible et pourtant merveilleusement fondé.

Il avait hâte. Elle n'allait pas comprendre ce qui lui arrivait.

14

———————

Tamara tira la couette et s'allongea sur son lit démesuré, s'appuya contre un énorme tas d'oreillers et reprit son livre. Elle avait à peine terminé le premier chapitre quand le plancher devant sa chambre émit un craquement prononcé.

Elle leva les yeux et vit la poignée tourner, et se demanda laquelle des filles avait besoin d'elle. Elle ne fut pas choquée quand la porte s'ouvrit...

Pas avant que Caleb n'entre.

Et se retourne pour refermer la porte derrière lui.

Tamara le regarda fixement, sûre que sa mâchoire pendait.

— Vous avez besoin de quelque chose ?

— Non.

Il s'avança à grands pas vers le côté du lit, le regard fixé sur le mur derrière elle.

Tamara repoussa l'envie d'attraper un oreiller pour se couvrir.

— Qu'est-ce... Qu'est-ce que vous faites ?

— Je me prépare à aller me coucher.

L'invraisemblance de cette déclaration s'ajouta aux rêveries salaces qu'elle faisait sur son patron, tout se mélangea dans un énorme chaudron, et Tamara se retrouva, pour la première fois depuis longtemps, sans voix.

Son silence était basé sur une confusion totale, nullement arrangée par le fait que Caleb restait mortellement silencieux alors qu'il s'apprêtait à défaire les boutons de sa chemise.

D'une manière ou d'une autre, elle se força à prononcer quelques mots.

— Caleb, ce n'est pas drôle. Vous ne devriez pas être là.

Il retira sa chemise en flanelle, gardant un simple débardeur. Les muscles prononcés de ses épaules et ses biceps massifs étaient bien trop proches.

— Je ne sais pas de quoi tu parles, chérie. Où serais-je censé être quand il est temps de se préparer à aller se coucher ?

— Dans votre propre chambre. *Caleb*...

La bouche de Tamara s'assécha lorsque la dernière couche couvrant son torse se souleva. Bien, *bien* trop de peau nue et superbe se trouvait juste là à côté d'elle. Une légère couverture de poils tapissait son torse, une autre s'assombrissait et s'étrécissait en se dirigeant plus bas et disparaissait sous la ligne de sa ceinture et...

Oh ma parole, il mettait les mains sur sa ceinture et détendait la boucle, et... ça n'arriverait pas.

Tamara abandonna son livre et se glissa hors du lit. Elle avait dans l'idée d'aller se cacher dans la salle de bains jusqu'à ce que Caleb reprenne ses esprits, mais il s'avança devant elle, lui bloquant la voie.

Peut-être qu'elle aurait dû avoir peur. Peut-être qu'elle aurait dû crier, mais il ne lui faisait pas *peur*, pas vraiment. Il faisait simplement picoter tous les nerfs de son corps et envoyait son pouls en orbite.

Caleb baissa le regard, puis le remonta, jusqu'à la regarder de nouveau dans les yeux. Quand il reprit la parole, sa voix était devenue grave.

— Je pense que c'est ma nuisette préférée. Même si je ne sais pas pourquoi tu te donnes la peine de la porter puisque je vais te la retirer dans peu de temps.

Peut-être qu'elle s'était endormie et faisait un rêve délicieusement pervers. Tamara leva la main et se pinça la peau de l'avant-bras.

— Ouille.

Réveillée. Totalement réveillée.

— Que vous arrive-t-il ? demanda-t-elle, envahit par la méfiance. Est-ce que vous avez bu, Caleb Stone ?

Il s'approcha, et son regard quitta les yeux de Tamara pour s'attarder sur ses seins. Ces traîtres réagirent, ses mamelons se tendirent brusquement pour se presser contre le tissu frais de sa chemise de nuit.

— Non. Pas une goutte. Seulement, tu vois, j'ai entendu dire que toi et moi étions ensemble. J'ai entendu dire que tu réchauffais mon lit la nuit, et je détesterais penser que tu es une menteuse. Alors nous devrions clarifier notre position. À savoir, debout ou couchée ?

Tamara bégaya un instant.

— Q-q-quelqu'un a dit que nous couchions ensemble ? Oh mon Dieu, qui ? Attendez, *quoi* ?

Caleb ne répondit pas. Sa main ne planait plus entre eux. À la place, il toucha Tamara, suivant la mince bretelle de sa chemise de nuit depuis son épaule, continuant vers le renflement de son sein. Le bout de son doigt glissa sur la cime dure de son mamelon, et un frisson ondula sur tout son corps.

Le cerveau de Tamara ne fonctionnait pas, c'était évident. Elle se força à parler.

— Je n'ai aucune idée de ce dont vous parlez.

— Il semble que quelqu'un à cette fête d'anniversaire à

laquelle tu es allée a eu l'idée que je couche avec ma nounou. Je me suis dit que puisque tu étais celle qui avait lancé cette rumeur, ça ne te dérangerait pas si...

La fête d'anniversaire ?

— Je déteste les petites villes.

Tamara recula brusquement de deux pas. Une fureur instantanée lui échauffa le sang. Elle savait désormais de quoi il parlait, le souvenir était clair et net.

Elle était en colère contre elle-même d'avoir parlé mal à propos, mais elle était encore plus en colère contre Caleb pour ce qu'il faisait.

— Écoutez, il y avait une bande de créatures médisantes là-bas, ce jour-là, qui n'étaient pas très gentilles, faisant des remarques qu'elles n'auraient pas dû faire sur toutes sortes de choses. Alors ouais, j'ai été un peu sarcastique avec elles, mais je *n'ai pas* dit que nous couchions ensemble. J'ai dit que vous n'avez aucune raison de louer vos services comme un taureau reproducteur à louer.

— Eh bien, *bébé*, tes commentaires impertinents ont provoqué des problèmes.

Vraiment ? Il venait ici pour jouer à l'idiot avec elle ? Elle trouvait cela peut-être difficile de réfléchir avec lui torse nu, mais ça n'allait pas se passer comme ça.

Il avait raison... mais totalement tort aussi.

Ça pouvait se comprendre s'il voulait la punir d'avoir foiré. Mais pas comme *ça*. Ça dépassait tellement les bornes qu'elle était vraiment surprise qu'il soit allé jusqu'au bout. Si elle n'avait pas été aussi agacée qu'un chat coincé sous une pluie torrentielle, elle aurait peut-être été impressionnée par son audace. Puis elle se rendit compte...

L'expression de Caleb était peut-être indéchiffrable, mais ses yeux...

Il ne pouvait pas cacher le feu qui brûlait dans ses tripes. Le désir, pas la colère.

Il semblait que sa petite leçon avait eu l'effet inverse de ce qu'il avait prévu.

L'inspiration vint à Tamara : une vilaine idée diabolique qui était vraiment mauvaise. *Vraiment* mauvaise, mais maintenant qu'elle avait complètement pris forme, s'arrêter était presque impossible.

Elle devait se détourner.

Je dois l'attraper et le croquer.

Seigneur, elle avait besoin de croquer Caleb Stone.

Fais-le. Prends-en une bouchée.

Bon, c'était une mauvaise idée, mais elle rendrait la chaleur dans ses veines responsable de cette stupidité, bouillonnant maintenant de frustration sexuelle ainsi que de colère.

Elle leva le menton et le regarda dans les yeux alors qu'elle ajustait sa position. Plus proche. Plus proche, jusqu'à ce qu'elle puisse effleurer son torse incroyablement dur du bout des doigts. Taquinant et dessinant des cercles autour de la légère couche de poils et de la surface tendue de ses tétons.

— Je suis désolée, *bébé*. Tu as raison. Je me suis trompée. Tu *es* très bien sans femme. Ton lit n'est pas froid ni solitaire.

Tout en parlant, elle fit glisser la main. Lentement, plus bas, jusqu'à ce que son pouce caresse l'épais renflement qui l'attendait, pressé contre l'avant de son jean.

— Tu ne passes pas la nuit avec le poing enroulé autour de ta queue.

Caleb déglutit péniblement. Son pouls s'emballait à la base de sa gorge.

— *Tamara...*

Le mot était un grondement discordant.

Mais il ne bougea pas.

— Ou peut-être que si, continua-t-elle. Tu prends soin de toi... je suis sûre que tu *prends soin de toi* sans problème.

Tamara défit le bouton de son jean. Il lui attrapa le poignet.

— Pas que je t'en veuille. Je fais la même chose.

Le son de sa fermeture Éclair qui s'abaissait se mêla à un grondement dangereux au fond de son torse. Il lui lâcha les mains, puis, oh Seigneur, il la toucha. Ses paumes effleurèrent sa taille et ralentirent lorsqu'il passa sur ses seins.

Elle avait mal. Elle attendit, elle n'était plus en colère, mais embrasée de désir.

Caleb inspira brusquement, son torse se souleva alors qu'il luttait... pour se contrôler ? Pour avoir de la force ? Il glissa les doigts dans les cheveux de Tamara, les empoigna, et lui releva la tête.

Puis ses lèvres s'écrasèrent sur celles de Tamara et il l'embrassa follement. Son corps dur comme de la pierre rencontra le sien alors que son autre main se plaquait contre le creux de ses reins, les unissant. C'était incroyable, comme un vin frais lors d'une chaude journée, un délice de douceur délicieuse et des picotements de plaisir.

Tamara entremêla ses doigts dans les cheveux de Caleb alors qu'il approfondissait son baiser. Leurs langues luttaient, leurs corps se pressaient plus étroitement l'un contre l'autre.

À l'intérieur d'elle, il n'y avait plus rien d'autre qu'un désir douloureux. Un désir douloureux et inassouvi qui attendait d'être comblé. Tamara était tentée de lui grimper dessus, de s'agripper étroitement à lui jusqu'à ce qu'ils soient tous les deux satisfaits. Un frisson remonta le long de son échine lorsque Caleb la souleva, et elle enroula ses jambes autour de lui, souhaitant que tout ce qui séparait leurs deux peaux disparaisse.

Le baiser de Caleb était féroce et possessif, d'une main il

prit l'un de ses seins, et elle ne savait pas comment c'était arrivé, mais elle était allongée sur le lit avec un mec séduisant l'enveloppant comme une couverture *très* sexy.

Il attrapa l'ourlet de sa chemise de nuit, froissant le tissu comme s'il s'apprêtait à la lui retirer. Elle pourrait être d'accord avec ça. Elle pourrait baisser son jean et les faire rouler sur le côté jusqu'à ce que...

Caleb recula brusquement, juste assez pour leur laisser un peu d'espace. Leurs poitrines se frôlant alors qu'ils peinaient à respirer.

Le corps entier de Tamara la picota alors que Caleb roulait sur le côté. Il poursuivit son mouvement jusqu'à se retrouver debout, à côté du lit.

Il passa une main dans ses cheveux, les mèches rebiquant terriblement.

— Je suis désolé.

Les mots s'abattirent comme une avalanche. Fracassants, inattendus.

Elle attrapa un oreiller, le serrant devant elle comme un bouclier. Son cerveau ne fonctionnait pas complètement, la perplexité et la frustration sexuelle tourbillonnaient.

Il s'excusait ? Seigneur, elle ne savait pas si elle se sentait plus en colère ou frustrée.

Cela la rendait certainement perplexe.

Il baissa les yeux encore un instant, son corps tendu de désir, son érection clairement visible. La frustration et l'excitation la poursuivaient, et elle ouvrit la bouche pour dire quelque chose, mais il saisit sa chemise sur le sol et s'enfuit.

Tamara resta là, stupéfaite, son cœur battant la chamade dans le silence qui suivit le « clic » de la porte.

Elle ne s'était attendue à rien de tout ça, et elle s'écroula sur ses oreillers et laissa sortir un long soupir de frustration.

Frustrée, confuse et complètement perdue.

Comment pourrait-elle lui faire face le lendemain ?

CALEB FIT irruption dans le couloir, fermant tant bien que mal la porte de Tamara et faisant une douzaine de pas avant que ses jambes tremblantes ne le forcent à s'adosser contre le mur. De profondes inspirations le secouèrent alors qu'il luttait contre ses désirs.

Trois secondes de plus et il aurait été au-delà du point de non-retour. Pour un homme qui s'enorgueillissait de savoir se contrôler, en cet instant il n'y avait rien qu'il désirait plus que d'y retourner, de rouvrir brusquement la porte et reprendre là où il s'était arrêté...

Le feu brûlant dans les yeux de Tamara lui avait annoncé qu'elle ne l'arrêterait pas. La manière dont elle avait agrippé ses épaules sous la passion alors qu'ils s'embrassaient...

Il passa une main sur sa peau, sentant les marques qu'elle avait laissées avec ses ongles.

Caleb cogna sa tête contre le mur avant de se redresser, traînant les pieds dans le couloir. Il devait faire quelque chose. Il devait faire *n'importe quoi* qui l'éloignerait de la tentation, parce qu'il était clair qu'ils avaient tous les deux empilé beaucoup de petit bois, et qu'il n'était pas sans risque pour eux de se retrouver seuls dans une pièce. Pas à moins qu'il ne fasse exploser cette relation en la déshabillant pour la prendre comme un homme possédé.

Seigneur, ce qu'il ne ferait pas pour pouvoir la prendre !

Il avança encore de cinq pas dans le couloir, puis recula de trois, essayant de décider où aller. Il n'allait pas s'affaler dans son propre lit, ni aller dans la douche... dans les deux cas, ça l'amènerait à satisfaire son érection indisciplinée de la manière la plus triste et pitoyable qui soit, étant donné qu'il y avait une femme passionnée au bout du couloir, consentante et intéressée. Impossible qu'il se caresse en pensant à elle.

Alors il choisit le seul tueur de trique garanti et poussa la porte de son bureau. Il alluma la lumière, prêt à laisser le chaos de la pièce négligée refroidir le feu qui le consumait alors qu'il considérerait encore une fois quel minable...

C'était ordonné.

Un choc presque aussi puissant que la passion qu'il venait de vivre le frappa, et il s'avança lentement, se demandant s'il était passé dans une machine à remonter le temps.

La dernière fois qu'il avait vu le bureau aussi bien rangé, ses parents étaient encore vivants.

Un chagrin amer le submergea, et il s'agrippa au dossier du fauteuil pour s'empêcher de vaciller. Il était à bout de nerfs, l'émotion le secouant sans que son cerveau ait repris complètement ses fonctions.

La femme qu'il désirait plus que sa prochaine inspiration était intéressée et pourtant complètement intouchable.

Il ferma les yeux, se concentrant sur les images mentales de ses enfants. Leurs doux sourires étaient le centre de son univers. Son point d'équilibre.

Cela lui prit un moment, mais quand il jeta de nouveau un coup d'œil autour de lui, rien n'avait changé... la pièce était toujours étrangement rangée, et il s'avança avec prudence.

La crédence latérale soutenait des papiers, empilés et en ordre. Un rapide coup d'œil lui montra que non seulement ils avaient été triés, d'un côté les factures et de l'autre les relevés, mais qu'ils avaient également été classés par mois, et sur tous ceux sur lesquels il avait griffonné son nom dans une tentative de se souvenir lesquelles avaient été payées, le total avait été souligné en rouge.

Dans le coin de la pièce, il y avait d'autres piles, rangées avec soin dans des dossiers, et sur le bureau lui-même, ses registres étaient sortis. Il les remplissait encore à la main, parce que c'était comme ça que sa mère avait fait, et apprendre comment tout transférer sur un ordinateur semblait plus de travail que ça n'en valait la peine avec le temps limité dont il disposait.

Un éclair vibrant de déplaisir le frappa. Un de ses frères aurait pu se faufiler dans la pièce et mettre de l'ordre, mais il en doutait. Aucune raison pour eux de s'en soucier maintenant quand ils ne l'avaient jamais fait au cours des dix années précédentes.

Ce devait être l'œuvre de Tamara

Il ne savait pas quoi penser du fait qu'elle ait regardé les finances de la famille. Qu'elle connaisse leur résultat net financier le mettait mal à l'aise d'une manière qu'il ne pouvait pas vraiment expliquer.

Il aurait dû être en colère. C'était une atteinte à la vie privée. Ce n'était pas à elle d'entrer et de faire une chose pareille, surtout sans demander la permission.

Mais lorsqu'il ouvrit le journal, il découvrit qu'il n'y avait pas de paragraphe supplémentaire dans le carnet. La dernière chose dedans était son écriture plus ou moins lisible.

Mais rangé entre les pages se trouvait une feuille imprimée avec les chiffres des relevés sur la crédence latérale. Une estimation en cours, sans totaux, mais une case à cocher si les soldes avaient été inscrits. Elle avait laissé cette partie en blanc, signifiant que son organisation n'avait pas dépassé à un certain point.

Ça restait exagéré, mais pas aussi invasif que ça aurait pu l'être.

Caleb s'assit dans le fauteuil et réfléchit intensément. Un déchaînement d'émotions le traversa. La passion féroce qu'il avait ressentie était encore là, mais elle était tempérée par autre chose.

En regardant autour de lui, il se rendit compte qu'elle lui avait offert un cadeau auquel il ne s'était pas attendu.

Bon sang, il n'était pas assez intelligent pour savoir quoi en faire.

<h1 style="text-align:center">15</h1>

Il avait mis très longtemps à s'endormir. Si longtemps que, lorsque les pas de Caleb la réveillèrent, elle aurait dû simplement pouvoir se retourner et se rendormir.

Mais bien sûr...

L'entendre sortir de la maison ne fit que ramener tous les sentiments qui l'avaient envahie quand il avait disparu la nuit précédente.

Elle ne savait pas comment elle allait survivre à cette journée, ni comment elle pourrait croiser son regard la prochaine fois, bon sang.

Elle l'avait désiré autant que lui l'avait désirée. Elle ne pouvait même pas lui en vouloir de la stupide situation dans laquelle ils avaient fini parce que ça avait été sa stupide attitude qui avait déclenché les problèmes.

Peut-être qu'il n'aurait pas dû s'avancer, mais elle était tout aussi douée pour tirer des conclusions hâtives... comme d'habitude.

Pas de surprise là-dedans.

Tamara fixa le plafond, essayant de mettre au point des

moyens d'éviter le fiasco, mais tout ce qu'elle voyait dans son esprit, c'était deux petites filles déçues qu'encore une autre adulte les abandonne.

Elle et Caleb devaient dépasser leur impossible attirance et faire ce qui était bon pour les filles.

C'était *ça* la solution. Elle lui indiquerait clairement qu'elle acceptait sa responsabilité dans la débâcle de la veille, mais qu'à l'avenir ils devraient travailler encore plus dur. Ils s'engageraient à mettre les choses au clair et à ne pas laisser les rumeurs du coin provoquer de problèmes. C'était la dernière chose dont les filles avaient besoin, et elle mieux que quiconque était trop maligne pour ça.

Tamara se réprimandait encore à six heures, quand Caleb ne se montra pas dans la cuisine, et elle se demanda s'il allait se cacher et l'éviter toute la journée. D'une certaine manière, ce serait bien, mais elle ne pouvait s'empêcher de regarder par la fenêtre pendant qu'elle continuait à s'activer, préparant les repas et faisant des projets pour les filles.

Elle remplit son mug de café et se dirigea vers la porte. Elle pourrait aussi bien prendre un peu de temps pour s'asseoir sous le porche. Au cas où ce serait une de ses dernières chances...

Oh Seigneur. Il était tout à fait possible que Caleb décide de la virer.

La stupéfaction et la réalité entrèrent en collision, douloureuses et horrifiantes. Si cela arrivait, elle ne se plaindrait pas. Être virée de son dernier travail avait été une humiliation parce qu'elle avait eu de bonnes intentions, mais qu'elle la ramène à la fête d'anniversaire n'avait pas d'autre source que son exaspération personnelle sans véritable utilité.

Elle ouvrit la porte et étouffa un cri aigu. Eeny et Miney se tenaient épaule contre épaule, le mufle en avant comme si elles avaient l'intention de se joindre à la famille pour le petit déjeuner.

— Allez, allez, reculez, ordonna-t-elle, en avançant et en les poussant dehors alors qu'elle fermait la porte, son mug de café abandonné sur le plan de travail.

Elle attrapa les chèvres par leur collier, baissant les yeux sur les patins qu'elle avait aux pieds avec regret. C'était mieux que d'être pieds nus. Tamara quitta la plateforme et avança dans la neige, tirant les chèvres dans la bonne direction.

Mais seulement pour se retrouver coincée quand elle arriva à la chèvrerie. Comment était-elle censée ouvrir le portail sans laisser sortir Meany ?

— Tu n'es pas une chèvre, tu es une dinde, dit-elle au vieux bouc à travers la clôture. Tu as appris à ces deux-là comment faire pour jouer les filles de l'air, puis tu les as convaincus de s'enfuir pendant que tu restais là pour avoir l'air innocent. Je connais ton genre.

— Vous avez besoin d'un coup de main ?

Tamara tourna brusquement la tête et vit Caleb s'approcher à grands pas.

— J'ai besoin de quatre mains, alors oui, s'il vous plaît.

À eux deux, ils remirent les animaux derrière la clôture. Caleb regarda attentivement les chèvres bondir joyeusement dans l'enclos.

— Je vais demander à Ashton d'y jeter un autre coup d'œil pour voir comment elles arrivent à s'échapper.

— Meany ne s'est pas échappé dernièrement, alors c'est peut-être quelque chose d'assez grand pour ces deux-là mais pas pour lui.

Elle s'interrompit. Ils se lancèrent un coup d'œil, le moment détendu s'évanouit et ses joues s'échauffèrent.

— Je suis désolée...

— Hier soir...

Tamara pensa qu'il allait s'arrêter de parler, alors elle continua.

— ... j'ai complètement dépassé les bornes. C'était ma faute, j'ai dit quelque chose d'inapproprié à la fête d'anniversaire, et je vous promets que je ne permettrai plus que ça arrive. Et je m'assurerai que toute rumeur meurt dans l'œuf.

Il fixait les pieds de Tamara pendant qu'elle parlait.

Le froid glacial irradiait à travers ses semelles trempées, mais puisqu'elle était lancée, elle n'allait pas s'arrêter.

— J'espère que vous me pardonnerez. Je détesterais devoir partir et que les filles doivent s'habituer à une autre nounou, et j'aime vraiment...

Il leva la main, et cette fois elle s'arrêta en s'étouffant.

— Je ne vais pas avoir cette conversation avec vous alors que vous vous tenez sans chaussures dans une congère.

Oh Seigneur, elle était clairement virée.

— Caleb, dit-elle, la voix emplie de chagrin. S'il vous plaît, laissez-moi rester.

— Vous n'êtes pas virée. Rentrez dans la maison, ordonna-t-il d'un ton bourru. *Tout de suite.*

Ce n'était pas convenable que, lorsque son travail était en jeu, l'entendre si autoritaire l'émoustille.

Elle abandonna ses patins avant de monter sous le porche. Ses chaussettes étaient également trempées, alors elle les retira, et le suivit docilement dans la maison.

Il lui indiqua la cheminée d'un geste, lui lançant un plaid.

— Enroulez-vous dedans.

Il ne dit rien d'autre, s'installa simplement dans le fauteuil en face d'elle. Elle s'assit, se drapant dans le plaid qui avait atterri à côté d'elle, les mains sur les genoux alors qu'elle attendait le verdict.

Caleb inspira profondément.

— J'ai une question. Non, deux.

— Ce que vous voulez.

— Je me demandais si vous envisageriez... commença-t-il,

son regard croisant le sien fermement. Avez-vous de l'expérience dans la comptabilité ?

Elle ne s'était pas attendue à ce que la conversation prenne cette tournure. Cela la surprit assez pour que Tamara réponde simplement à la question.

— Pas beaucoup plus que la comptabilité au lycée, et quelques cours de gestion d'entreprise à l'université. Des maths administratives. J'ai aidé Karen à passer en revue les choses au ranch, mais c'est Lisa, la seule des filles de Whiskey Creek à avoir le cerveau matheux.

Un faible son échappa à Caleb, pas son habituel grognement sexy, mais davantage un soupir frustré.

— Je n'étais pas bon en maths à l'école, et la comptabilité ne me met toujours pas en joie.

— Pourquoi n'engagez-vous pas un comptable ?

Ses lèvres tressaillirent.

— Probablement parce que je l'engagerais pour redresser les choses, et qu'il me dirait que je dois le virer parce que je ne peux pas me permettre de payer son salaire.

Une vague d'inquiétude frappa Tamara.

— Est-ce que c'est si grave que ça ? Je veux dire, je sais que j'ai fait les comptes, et je suis désolée d'avoir violé votre vie privée, mais je n'ai pas regardé les chiffres d'aussi près que *ça,* je les ai juste posés pour vous.

Elle divaguait et elle le savait. Elle se reprit.

— Mon père fait la même chose. En fait, je pense que tout chef d'entreprise qui se lance parce qu'il aime les autres parties du boulot a un bureau comme le vôtre. La boutique de patchwork de ma cousine était toujours en bazar.

— Voudriez-vous bien prendre le relais ?

Les mots échappèrent à Caleb, sérieux et sincères, comme si un bouchon avait été éjecté d'un récipient, rebondissant sur elle.

— J'ai besoin que quelqu'un m'aide, continua-t-il, et si ça vous intéresse de remettre les choses en ordre, ce serait vraiment appréciable. J'engagerai quelqu'un pour venir faire le ménage si ça vous donne du temps. Comme avant... votre première responsabilité ce sont les filles, mais si vous pouvez mettre ça en deuxième sur votre liste... Enfin, peut-être en troisième, parce que j'aime avoir à manger sur la table.

Ce n'était pas du tout ce à quoi elle s'était attendue. Elle s'était dit qu'elle allait être renvoyée ce matin, et là voilà qui recevait plus de responsabilités ?

— Ça ne me dérange pas, dit-elle honnêtement. Du moment que vous comprenez que je ne suis pas comptable.

Il se détendit visiblement, se renfonçant dans son fauteuil comme s'il pouvait de nouveau respirer.

Seulement, ils n'avaient pas terminé. Pas vraiment. Ils devaient encore aborder le sujet tabou.

De quelle façon devait-elle commencer ?

Puis, par le plus grand des miracles, il le fit.

Il leva les yeux vers les siens et parla aussi poliment que s'il faisait face à un comité d'examen très exigeant.

— J'ai eu tort hier soir. Vous vivez dans ma maison et vous méritez d'être protégée et traitée avec courtoisie. Ce que j'ai fait était plus qu'irrespectueux. Vous ne devriez pas ressentir le besoin d'avoir à vous défendre contre moi, verbalement ou physiquement, dit-il en levant la main pour repousser ses protestations, ce qui est tout ce que vous avez fait quand vous avez inversé les rôles. Je suis désolé.

Dans ce cas... Tamara dut y réfléchir un instant. C'était étrange qu'il s'excuse pour un baiser qui, en fait, lui avait fait tourner la tête, mais... agréable qu'il assume la responsabilité de ses actes.

Mais ce n'était pas entièrement sa faute.

Quand elle était là ? Ce n'était jamais complètement la faute de quelqu'un d'autre.

— J'ai eu tort aussi, dit-elle avant d'inspirer profondément. Vous êtes un bel homme, et il y a une attirance entre nous. Mais...

— Ça n'arrivera plus, dit-il en se levant. Si vous voulez travailler dans mon bureau, faites-moi savoir de quoi vous avez besoin. J'appellerai la banque plus tard dans la matinée pour que vous soyez autorisée à demander des renseignements.

— Mais...

— Je serai dehors jusqu'au dîner.

Il s'en alla.

Ils étaient passés de ce qui semblait être un lien profond à ne même plus pouvoir partager le même air plus de quinze secondes. Tamara se renfonça sur son siège et sentit la pièce tourner.

C'était vraiment l'homme le plus agaçant qu'elle ait connu, mais elle devait admettre qu'elle l'admirait de s'en tenir aux priorités. De plus, tout matin qui commençait dans l'attente de se faire virer et qui ne se terminait pas ainsi était bien, à ses yeux.

UNE TRÊVE TRANQUILLE REVINT. La conscience sexuelle entre eux s'attarda, mais ils firent tous deux de leur mieux pour la mettre sous clé. Leurs soirées près du feu après que les filles étaient allées se coucher devinrent des moments de profonde quiétude. Parfois passés à discuter, parfois à simplement rester assis.

Caleb ne parlait pas beaucoup, mais ils n'avaient pas besoin d'emplir la pièce de conversations pour que ce soit agréable.

Pour une fois dans sa vie, Tamara apprenait que le silence

avait un rythme et une saveur. C'était cosy et doux, et au lieu de terminer chaque jour en courant comme une folle, elle se mettait au lit satisfaite et ravie de son travail.

Satisfaite, en dehors de ce désir ardent *dont on ne parlerait pas et auquel on ne penserait pas trop fort* qu'elle ressentait pour le grand rancher bourru.

Et ses journées...

Pleines d'activités, d'énergie, avec deux petites filles qu'elle appréciait de plus en plus au fur et à mesure que le temps passait.

Tamara tourna au coin, s'arrêtant à quelques centimètres de Caleb avant de le percuter.

Un arrêt rapide qui se transforma en désastre lorsque Sasha et Emma la heurtèrent par-derrière, la poussant sur les derniers centimètres, la plaquant de haut en bas contre Caleb.

Il avait été en passe de reculer d'un pas, mais l'élan combiné des trois corps le percutant tout d'un coup fit que ses jambes lâchèrent, et il bascula alors que Tamara essayait désespérément de se préparer mentalement.

Ils atterrirent les uns sur les autres. Un grognement sonore échappa à Caleb alors que Tamara se retrouvait prise en sandwich, Sasha riant de bon cœur, et Emma poussant un ricanement.

Sous elle se trouvait un corps masculin dur à cent pour cent.

Un léger sourire forcé apparut sur les lèvres de Tamara alors qu'elle tentait de rouler sur le côté.

— Oups. Désolée.

— Nous t'avons attrapée, jubila Sasha, se libérant d'une torsion et relevant Emma.

Caleb attrapa fermement Tamara par les hanches et la souleva.

Était-ce seulement son imagination, ou y avait-il eu une

caresse à son contact avant qu'ils ne se soient tous les deux remis sur pieds ?

— Vous courez dans la maison ? ronchonna-t-il.

Tamara haussa un sourcil.

— Une accélération à haute vélocité pendant de courtes périodes de temps. Nous ne vous attendions pas aussi tôt à la maison.

— À l'évidence.

Enfin, bon. Quelqu'un était particulièrement grincheux cet après-midi-là.

— Allez-y, les filles. Prenez les carottes et les raisins secs.

Elles détalèrent, cherchant dans le garde-manger et le frigo alors que Tamara accordait sa meilleure mine de nounou à Caleb.

— En quoi puis-je vous aider ?

Il se tourna sur le côté pour parler discrètement.

— Je ne serai pas là pour le dîner et serais peut-être de retour assez tard. Vous pouvez mettre les filles au lit pour moi ce soir ?

Tamara hésita.

Caleb soupira.

— Je sais que c'est votre soirée de repos, mais Penny vient d'appeler, et sa famille envisage de vendre des animaux. Talisman nous donnera la priorité, mais ils partent demain, alors nous devons aller à Calgary pour les examiner.

Tamara ne portait pas la copine de Luke dans son cœur, à part peut-être à la manière d'un parasite. Tout à coup, elle se sentit frustrée pour Caleb.

— Sympa de leur part de vous prévenir tellement à l'avance.

L'amusement apparut avant qu'il ne le maîtrise.

— Ouais. Je suppose que Penny a oublié.

Elle n'eut pas la force de cacher son grognement d'agacement.

— Crétine.

Caleb regarda par-dessus l'épaule de Tamara les filles qui consultaient la recette qu'elle avait affichée sur le frigo, se glissant dans le garde-manger pour rassembler les ingrédients sans aucune aide.

— Je suis surpris que vous ayez choisi ce mot-là.

— Vous savez déjà ce que je pense de cette femme. Elle doit être tordue au lit. Soit ça, soit elle drogue Luke.

— Tamara, la réprimanda-t-il, mais ses lèvres s'incurvèrent.

— Quoi ? Je parie sur la drogue. Elle a l'air de quelqu'un à qui on donnerait le bon Dieu sans confession, dit-elle en levant les mains avant de reculer d'un pas. Mais sa famille élève de bons chevaux. Ne vous inquiétez pas. Je m'occuperai des filles.

— Vous pouvez réarranger vos jours de congé...

— Assez. C'est bon. Juste... elle n'a pas de sœur aînée, n'est-ce pas ?

Caleb eut l'air perplexe.

Tamara se força à sourire, mais ça paraissait complètement faux.

— Je ne pense pas que vous devriez boire ou manger quoi que ce soit quand vous serez là-bas. Qui sait ce qu'ils pourraient glisser dans votre nourriture.

Elle se retourna et le quitta pour rejoindre les filles, les guidant pour préparer une salade équilibrée avant de sortir les marshmallows miniatures et les accompagnements pour une salade d'ambroisie[1].

Ce fut un dîner silencieux avec seulement elles trois, en tout cas jusqu'à ce que Dustin passe. Et puis ce fut le chaos jusqu'à l'heure du coucher.

Les filles étaient parties se brosser les dents quand Dustin se racla la gorge.

— Puis-je vous demander quelque chose ?

Tamara empila les jeux auxquels ils avaient joué et se leva pour les ranger.

— Qu'y a-t-il ?

— Il y a quelqu'un qui me plaît, mais je ne sais pas si c'est réciproque, et c'est difficile à déterminer parce qu'elle ne sort pas beaucoup aux endroits où je vais.

Des conseils de rencards avec un mec de dix-neuf ans. Ça risquait d'apporter toutes sortes de problèmes.

— Continuez.

Dustin fit traîner ses pieds sur le sol.

— Eh bien, Caleb serre les cordons de la bourse, alors je ne vais pas demander d'argent supplémentaire. J'essaie d'économiser tout ce que je peux, mais ça signifie que je n'ai pas les moyens d'inviter quelqu'un à sortir avec moi dans des rendez-vous chics tout le temps.

Une sonnette d'alarme résonnait follement dans le cerveau de Tamara.

Quand il continua par « Elle ne fait pas partie de la bande que j'avais l'habitude de fréquenter au lycée. Elle est beaucoup plus... » – une hésitation –, puis : « mature que ça », le cœur de Tamara fit un bond.

— Dustin. Je...

C'était tellement gênant qu'elle ne savait pas par où commencer. Elle refusait de mentir. Elle ne pouvait pas dire carrément que sortir avec quelqu'un ne l'intéressait pas, parce que la pure vérité était que si Caleb lui demandait, elle lui ouvrirait la porte même si c'était une mauvaise idée.

Elle ne cherchait pas à sortir avec *Dustin*.

Une partie de sa détresse avait dû apparaître sur son visage parce que les yeux de Dustin s'écarquillèrent et il leva les deux mains en signe de dénégation.

— Oh bon sang, non. J'ai appris ma leçon là-dessus. Vous

êtes une femme formidable, mais vous êtes hors de ma portée. Et puis, je n'ai aucun désir de me faire écorcher vif et que ma peau serve à tresser des lanières de cuir.

Elle était sauvée, mais toujours aussi perplexe.

— De quoi parlez-vous ?

Dustin se racla la gorge alors que les filles revenaient précipitamment dans la pièce, et la conversation prit fin, en tout cas pour le moment.

Il prit les filles dans ses bras et leur fit un gros câlin.

— Puisque votre papa n'est pas là, vous voulez que je vous borde ce soir ?

Sasha et Emma acquiescèrent avec enthousiasme.

— Mettez-vous au lit. J'arrive dans une minute.

Elles filèrent, faisant un signe de la main à Tamara.

— C'est gentil de votre part, dit Tamara.

Dustin sourit timidement.

— Ça ne me dérange pas. Elles sont davantage comme des petites sœurs que des nièces pour moi, d'une certaine manière, puisque Caleb nous a tous élevés.

Il l'examina, une expression curieuse sur le visage.

— Vous l'appréciez, n'est-ce pas ?

Tamara cligna des yeux de surprise.

— Qui ?

— Mon frère.

Oh purée. Non... elle n'allait pas parler de ça.

— Bien sûr. Caleb est un homme bien et un bon père.

Dustin pencha la tête et lui lança un regard ironique.

— Ce n'est pas ce que je voulais dire, et vous le savez.

Elle ne put s'en empêcher. Elle ricana avant de hausser un sourcil et de lui lancer un regard sans équivoque.

— N'avez-vous pas des petites filles qui attendent d'être bordées par le Dust-man[2] ?

Il marqua une pause, son expression ressemblant bien plus

à celle de Caleb que d'habitude, avant d'abandonner et de se tourner vers le couloir.

Mais une seconde avant qu'il ne sorte de la pièce, sa flèche du Parthe l'envoya de nouveau vaciller.

— Ça ne me dérangerait pas s'il vous plaisait.

16

Le silence emplissait les quatre coins de la pièce comme une chute de neige sans vent. Avec les deux fillettes endormies et Caleb qui n'était pas encore revenu, Tamara était assise confortablement dans la salle de séjour, avec l'intention de se plonger dans son livre pour une soirée relaxante.

Mais pas un silence complet. C'étaient les sons de la tranquillité du foyer. Le feu crépitait. Le ventilateur de la chaudière démarra quelque part dans le fond, ajoutant un son bas et vrombissant dans la pièce. L'odeur de cacao de la dernière tasse de chocolat des filles s'attardait dans l'air ainsi que celle de la fumée de bois.

Cela aurait dû être parfait, mais ça ne l'était pas.

Elle jetait bien trop souvent un coup d'œil au fauteuil vide de Caleb, les germes de l'insatisfaction grandissants. Cela lui paraissait étrange d'être dans la pièce sans lui, et savoir qu'il était parti traiter avec la famille Talisman n'arrangeait rien.

Elle s'enorgueillissait de bien savoir juger les gens, mais elle ne voyait toujours pas pourquoi Luke était avec cette femme. Il avait l'esprit vif et était amusant, et il se dirigeait droit vers un désastre.

Il était temps de se dire d'arrêter d'être fouineuse. Luke était un adulte. Il pouvait commettre ses propres erreurs. Tout comme elle pouvait commettre les siennes.

Même si elle faisait de son mieux pour éviter la plus grosse des erreurs...

Un frisson remonta le long de son échine lorsqu'un affreux cri s'éleva dans le couloir, elle quitta son fauteuil et se précipita vers la chambre d'Emma. Il y avait de la peur et de la terreur dans ce cri, et elle n'était pas sûre de ce qu'elle trouverait quand elle entra dans la chambre.

Ce qui lui tomba dessus, ce fut une petite fille blottie dans ses bras lorsque Emma s'élança comme un missile, se pendant à son cou.

Tamara s'assit sur le lit et lui tapota le dos, l'apaisant du mieux qu'elle pouvait. Emma s'accrochait comme une teigne, pleurant comme si son cœur se brisait.

Tamara ne savait pas quoi faire. Elle vérifia que la fillette n'avait pas de fièvre, mais en dehors l'échauffement dû aux larmes, la petite fille allait bien.

Mais les larmes...

Les fausses larmes de Sasha avaient été faciles à ignorer parce qu'elle faisait du cinéma et recherchait l'attention. C'était comme si Emma ne pouvait pas s'arrêter, mais qu'il n'y avait rien qu'elle désirait davantage que de se cacher.

— Mon chou. Ça va aller. Je te tiens, et tu peux pleurer autant que tu veux.

Cela ouvrit encore plus les vannes qu'un instant plus tôt. Des larmes silencieuses et violentes secouaient le corps d'Emma.

— Oh bébé, je ne sais pas ce qui ne va pas, mais je suis là. Je suis là.

Elle serra Emma plus fort, plaçant une main à l'arrière de sa tête pour placer son petit visage contre son cou.

Il fallut longtemps avant que les pleurs ne s'apaisent en de lentes respirations chevrotantes.

Elles étaient pelotonnées l'une contre l'autre, pourtant Tamara entendit à peine le chuchotement d'Emma.

— Mauvais rêve.

Une si douce voix emplie de tant de chagrin.

— C'est fini, la rassura Tamara. Les mauvais rêves ne peuvent pas te faire de mal.

— Mal dedans, insista Emma.

Eh bien, c'était vrai.

— Tu as raison. Parfois les mauvais rêves nous font penser à des choses qui nous font du mal, ou nous rappellent des choses tristes.

Tamara pressa les lèvres contre la joue d'Emma et plaça la fillette dans une position plus confortable.

— Tu veux en parler ? ajouta-t-elle.

Ça avait peu de chance de réussir. Le fait qu'Emma en ait autant dit était déjà un miracle.

Effectivement, Emma secoua la tête, mais ses lèvres tremblèrent et son visage se plissa de nouveau.

Quel était le protocole pour gérer les mauvais rêves ? Tout ce que Tamara avait pour la guider, c'était la manière dont elle aurait géré ça à l'hôpital. Travailler dans le service des enfants avait toujours été autant un déchirement qu'une récompense. Leurs peurs avaient souvent été provoquées par leur ignorance de ce qui allait se passer. Ou par la douleur du traitement... Des horreurs réelles et saisissantes auxquelles aucun enfant ne devrait jamais avoir à faire face. Les apaiser et les réconforter, même un petit moment, avait mérité chaque minute des efforts de Tamara.

Elle glissa les doigts sous le menton d'Emma et le souleva jusqu'à ce que leurs yeux se croisent.

— Était-ce un rêve effrayant ou un mauvais souvenir ?

— Elle n'est plus maman, sanglota Emma avant que les larmes ne recommencent.

Oh Seigneur ! Tamara tint bon, la berçant doucement jusqu'à ce que la petite fille se calme suffisamment pour inspirer dans un autre hoquet tremblant.

— Ça va aller, répéta Tamara encore et encore, même si ça n'allait vraiment pas.

Quelles qu'aient été les raisons de Wendy de partir, Tamara ne l'aimait pas. Pas du tout.

Cela sembla prendre une éternité parce que les mots chuchotés arrivèrent entre de poignantes crises de larmes, mais au final Tamara apprit qu'à un certain stade, Emma s'était fait crier dessus par cette femme. Elle lui avait dit qu'*elle* ne voulait pas être maman, et d'arrêter de l'appeler comme ça, et qu'Emma devait *se taire*.

Le fait que l'agression verbale avait eu lieu dans le poulailler expliquait un autre mystère, mais le résultat final restait qu'Emma croyait fermement que Wendy était partie à cause d'elle.

— Elle m'a dit d'arrêter, dit Emma en refusant de lever les yeux vers ceux de Tamara. J'étais bruyante, et elle est partie.

Une étrange sensation de sang-froid total s'empara de Tamara, alors même que des flammes brûlantes et glacées s'agitaient dans ses tripes. Il était impossible de faire ça sans être directe, mais elle allait s'assurer qu'Emma comprenait la vérité.

Tamara lui parla gentiment.

— Les mamans ne partent pas quand leurs bébés sont bruyants. Tu te souviens, tu as entendu à quel point le bébé de tata Dare était bruyant quand vous leur avez rendu visite ? Penses-tu que tata Dare ou tonton Jesse laisseraient Joey ?

— *Elle* est partie.

— Pas à cause de toi. Les relations s'effondrent pour de nombreuses raisons. Une de ces raisons, c'est lorsqu'une personne est malade, elle ne réfléchit pas correctement. Elle part parce qu'elle est brisée à l'intérieur. Et tu n'as brisé personne.

Emma avait les doigts entremêlés dans le chemisier de Tamara, son visage sillonné de larmes. L'épuisement la gagnait enfin alors qu'elle posait la tête sur la poitrine de Tamara.

— Je suis sérieuse, Emma. Wendy était brisée, et ce n'était pas ta faute, ni celle de Sasha, ni celle de ton papa. Je suis désolée que cet épisode triste fasse partie de ta vie, mais ce n'est pas à cause de quelque chose que tu as fait.

Emma retira une de ses mains et lissa le chemisier de Tamara, comme s'il était d'une importance vitale de faire disparaître tous les plis.

Tamara attrapa les doigts de la petite fille entre les siens et lui souleva la main, embrassant gentiment ses jointures.

— Tu peux laisser partir ce mauvais rêve. Il n'est pas réel. Ce qui est réel, c'est que tu as un papa qui t'aime beaucoup, et la meilleure sœur du monde, et des tontons et des tatas, et Kelli, et Ashton, et *moi* qui aimons tous passer du temps avec toi. Et en ce qui nous concerne, tu peux être aussi bruyante que tu veux, même si je doute que tu puisses être aussi bruyante qu'Eeny et Meany quand ils se mettent à se plaindre que leur dîner est en retard.

Le plus petit des reniflements échappa à Emma, mais rien d'autre jusqu'à ce que ses paupières papillonnent et qu'un bâillement se libère.

— Tu es prête à te recoucher ?

Tamara se pencha en arrière comme pour l'allonger sur le matelas, mais Emma l'attrapa de nouveau d'une poigne de fer.

Ou peut-être pas.

La seule solution bien sûr était d'emmener Emma au lit avec elle. Mais dans quel lit ? Celui d'Emma était bien trop petit, et ce n'était probablement pas la nuit appropriée pour essayer de l'emmener dans l'ancienne chambre de Wendy.

Tamara se dirigeait vers le canapé pour s'y lover quand Emma tira sur son chemisier.

— Celui de papa.

Ce fut donc là qu'elles allèrent.

C'était étrangement intime de porter Emma dans le couloir puis dans la chambre de Caleb. Cet endroit était toujours propre comme un sou neuf, mais Tamara ne passa pas de temps à regarder autour d'elle. Elle tira simplement les draps et allongea Emma en lui posant la tête sur l'oreiller.

La petite fille avait dû utiliser tous ses mots parce qu'elle ne dit plus rien, elle s'agrippa simplement au chemisier de Tamara.

— Je vais rester avec toi, promit Tamara. Laisse-moi enlever mon jean.

Elle se mit au lit, et Emma se lova contre elle comme un chaton dans un panier. Sa respiration ralentissait, un hoquet s'attardait, secouant occasionnellement son corps alors qu'elle se nichait étroitement contre Tamara.

L'agitation précédente de Tamara avait été consumée par la tristesse, la colère et l'instant présent. Avec cette précieuse enfant dans ses bras, elle ignora toutes les pensées qui essayaient de la submerger. Elle se concentra à la place sur cette pulsation de chaleur qui battait dans son cœur, qui grandissait avec régularité.

~

Caleb gara sa camionnette puis lança un coup d'œil à son frère, qui avait été étrangement silencieux pendant tout le trajet du retour. Ajoutez à cela le manque habituel de conversation de Caleb, et cela avait produit un très long voyage silencieux.

Avait-il dit quelque chose ?

Aah, au diable tout ça.

— Tu sais ce que tu fais avec cette femme ?

Luke leva les yeux, les clignant en sortant de sa torpeur.

— Je suis désolé que Penny ait commis une erreur et que les ventes aient déjà été terminées.

— Elle a commis plus d'une erreur, mais je ne parle pas de ce soir et de notre chasse au dahu. Je parle du fait que tu sois fiancé avec elle. Pourquoi es-tu avec elle ? Tu n'es pas amoureux.

Luke détourna les yeux, fixant l'extérieur par la vitre donnant sur le lac.

— Je pense que tu as quelques dures réalités à accepter, dit Caleb prudemment. Elle ne semble pas être amoureuse de toi non plus. Vous vous entendez bien, et peut-être que vous êtes amis, mais on dirait que vous ne pouvez pas supporter de rester éloignés l'un de l'autre. Que vous ayez hâte de vous retrouver ensemble à la fin de la journée.

— Et c'est à ça que ça ressemble quand tu es amoureux ? demanda Luke. Parce que si c'est le cas, qu'as-tu prévu de faire au sujet de Tamara ?

C'est quoi ce bazar ?

Luke émit un reniflement malpoli.

— Ouais, ne me lance pas ce regard innocent. Tu as passé toute la soirée à regarder ta montre comme si tu avais hâte de rentrer. Tu es devenu un vrai pantouflard, et tu devrais voir ton visage quand elle est dans le coin.

— J'apprécie ce qu'elle fait. Ça a été un soulagement de l'avoir...

— J'aurais pu t'accuser de vouloir lui arracher son pantalon, mais c'est plus que ça. Et je ne dis pas que ce soit une mauvaise chose, mais tu sais, avant de commencer à t'occuper de ma vie, tu devrais rectifier la tienne d'abord. Parce que peut-être que *tu* as quelques dures décisions à prendre.

L'envie de dire à son frère de la fermer et de s'occuper de ses affaires ne passerait probablement pas très bien, puisque Caleb venait lui-même de jouer les fouineurs.

Tous deux sortirent de la camionnette, faisant claquer les portières avec une synchronisation à point nommé.

Caleb lança un coup d'œil à Luke au moment où celui-ci levait le regard, tous deux renfrognés, tous deux tapant du pied.

Tous deux sourirent soudain parce que c'était trop drôle pour ne pas le remarquer.

— Ducon, dit Luke nonchalamment.

— Tête d'âne.

C'était l'insulte la plus blessante à laquelle Caleb pouvait penser.

Les lèvres de son frère tressaillirent avant qu'il n'éclate de rire.

— Nous ne pensons pas très clairement ces temps-ci.

— Peut-être que c'est une chose que nous devons changer, suggéra Caleb.

— Peut-être, concéda Luke en se rapprochant pour lui poser la main sur l'épaule. Nous ne voulions aucun de ces chevaux de toute façon. Nous devrions faire profil bas sur les dépenses jusqu'à ce que les finances se stabilisent au printemps. D'une certaine manière, que Penny ait confondu les dates de vente a joué en notre faveur.

— Ce bon côté va te sortir par le derrière si tu continues à pousser aussi fort, l'avertit Caleb.

— Et j'y penserai. À ma relation avec Penny, même si je ne pense pas que ce soit aussi grave que tu le suggères. Nous sommes tous les deux un peu distraits dernièrement, c'est tout.

Luke attendit comme si c'était au tour de Caleb de lui faire une grande confession.

Bon sang, non. Ça n'arriverait pas. À la place, Caleb lui donna un coup sur l'épaule.

— Bien.

Il se retourna et s'en alla vers la maison, le rire de Luke flottant derrière lui.

Il était bien trop tard pour s'attendre à ce que Tamara soit encore debout, mais il fut surpris de voir qu'elle n'avait pas nettoyé la cuisine comme d'habitude, son mug et sa liseuse abandonnés dans la salle de séjour. La cheminée rougeoyait encore de braises, et le coupe-feu était ouvert.

Il avança lentement dans le couloir, jetant un coup d'œil à Sasha. Quand il ouvrit la porte et trouva le lit d'Emma vide, il se tint là un instant, stupéfait. Elle s'était endormie dedans et avait laissé les draps emmêlés et en pagaille, mais elle n'y était plus.

Et quand il entrouvrit prudemment la porte de la chambre de Tamara et la trouva également vide, il fut encore plus surpris. Le premier soupçon de peur s'insinua.

Il fila vers la fenêtre pour revérifier, mais la camionnette de Tamara était sur sa place de parking, et il ne pensait pas qu'elle aurait laissé Sasha sans surveillance si elles avaient dû partir précipitamment.

Les découvrir dans sa chambre fit retomber de trente centimètres le nœud qu'il avait dans la gorge, faisant palpiter son ventre comme si quelque chose s'y débattait alors qu'il fixait les deux visages endormis.

Les cheveux de Tamara reposaient sur son oreiller, et les boucles blondes d'Emma apparaissaient de sous les draps, là où elle était pelotonnée sous le menton de Tamara.

Peut-être était-ce mal d'avoir une réaction aussi viscérale quand il ne savait pas ce qui les avait amenées ici. Il ne pensait pas que Tamara échoue simplement dans son lit sans bonne raison.

Son lit. Seigneur, Tamara était dans son lit. Ce qu'il ne donnerait pas pour qu'elle soit là pour d'autres raisons ! Il voulait ce qui était le mieux pour ses filles, et il savait qu'ils devaient attendre, mais...

Il avait simplement *envie.*

Il s'approcha, avec l'intention de prendre silencieusement des vêtements de rechange et de s'éclipser, mais Tamara se réveilla. Ses grands yeux marron brillaient alors que la lumière du couloir tombait sur son visage. Elle croisa son regard, et le cœur de Caleb bondit dans sa poitrine parce qu'il était presque sûr que ce qu'il y voyait était également du *désir.*

Caleb s'approcha assez près pour pouvoir passer le dos de la main sur sa joue, tendrement. Lentement.

C'était interdit, et pourtant il n'aurait pas pu s'en empêcher même s'il l'avait voulu.

Tamara batailla pour se redresser, plaquée par le poids d'Emma lourde comme du plomb. Caleb s'assit sur le bord du lit, passa un bras autour de ses épaules et l'aida à s'asseoir.

— Laissez-moi la prendre, proposa-t-il doucement.

Elle se tourna, et Caleb tendit les bras vers Emma, frôlant de ses mains le corps de Tamara. Un petit bruit s'échappa de ses lèvres, et le corps de Caleb se tendit comme s'il avait été touché par un aiguillon à bétail.

D'une manière ou d'une autre, il réussit à se lever. Il se tint là un instant, les bras chargés de sa petite fille alors qu'il fixait la femme dans son lit. Les draps la couvraient, mais chaque courbe était dessinée s'il voulait regarder. Ses épaules douces, ses cheveux en cascade. Son corps réchauffé par le sommeil, vulnérable...

Suffisamment sexy pour donner envie à un saint de flirter pendant un moment.

Leurs yeux se croisèrent de nouveau, et il n'inventait pas l'éclat enflammant son regard. L'ardeur... le même désir urgent tourbillonnant dans ses tripes.

Elle s'humecta les lèvres, et les entrouvrit, comme si elle allait dire quelque chose, quand Emma gigota.

— Papa ?

Toute leur attention se dirigea sur sa petite fille.

— Je suis juste là, mon bouchon. Je te tiens.

— J'avais peur et j'étais triste.

— Tu es en sécurité maintenant.

— Tamara m'a câlinée.

— J'ai vu ça. Tu veux rester dans ma chambre avec moi ? Elle secoua la tête.

— Le Professeur G a besoin de moi.

Aah. Le singe en peluche.

— Il est dans ta chambre. Tu veux aller le câliner ? Elle fit un hochement de tête ensommeillé.

Elle était de nouveau endormie à quatre-vingt-dix pour cent quand il l'allongea dans son lit. Dès qu'il eut déposé l'animal en peluche sous son bras, elle respira longuement et profondément, les yeux clos.

Il resta assis avec elle une minute, l'écoutant s'apaiser. Réfléchissant aux petites phrases de conversation qu'elle avait glissées.

Le fait qu'elle ait accepté le réconfort de Tamara le stupéfiait.

Quand il se leva du lit et s'avança dans le couloir, il n'était pas sûr de ce qu'il trouverait, mais il savait ce qu'il espérait.

Hélas, il semblait que des anges n'apparaissaient dans son

lit qu'une fois par nuit. Les draps étaient remis en place, et Tamara était partie.

Il était prêt à la suivre... en fait, il fit deux pas vers sa chambre, avant de se rendre compte qu'il ne pouvait pas. Cela ne changeait rien.

Mais il en avait envie. Il voulait tellement la rejoindre que tout son corps lui faisait mal.

Et quand il se glissa sous les draps et découvrit qu'ils étaient encore chauds et que l'odeur de Tamara s'y attardait, cela le rendit fou au-delà des limites.

Il lui était impossible désormais d'ignorer la vérité. Il désirait Tamara. C'était une femme bien, et intelligente. Forte, sexy et têtue, et tout chez elle l'attirait comme un papillon vers une flamme...

Il aurait assez de courage pour l'admettre, au moins à lui-même. Il avait la trouille d'être sur le point de se brûler complètement les ailes.

Luke avait raison. C'était autre chose qu'un désir sexuel. C'était plus proche de ce qu'il avait ressenti au début avec Wendy, cet enchevêtrement plein d'espoir et d'envie d'un superbe futur.

Mais à quel moment le potentiel pour quelque chose *de plus* était-il devenu un rêve ? Les relations étaient un vrai tir au jugé en termes de durée, et il ne savait pas s'il était assez fort pour échouer encore.

Cependant, il ne pouvait pas ignorer cette situation, Caleb s'en rendait compte. À un certain stade, au cours des jours à venir, lui et Tamara devraient redéfinir leur relation. Il devrait être suffisamment courageux pour décider quel embranchement du chemin prendre.

Mais pas ce soir-là. Pas en cette minute. Peut-être pas avant la fin des fêtes...

Comme si fixer une date relâchait la pression, il put

soudain respirer de nouveau. Il était approprié d'attendre... il se passait trop de choses, et changer quoi que ce soit avant les fêtes était hors de question.

Mais désormais, forcé de regarder la situation bien en face, Caleb reconnaissait que ce pourrait être un énorme tournant.

Il désirait Tamara. Il lui confiait ses enfants.

Pourquoi était-ce si difficile de lui confier son cœur ?

17

— Elles sont enfin endormies.

Tamara parla doucement alors qu'elle se glissait dans la salle de séjour, marquant une pause devant l'expression de Caleb. Il fixait le sapin, et une douzaine de décorations étaient posées sur la table près de lui.

Tamara sentit un chagrin pur et dur lui arracher le cœur, l'écraser puis le remettre en place, bien plus abîmé. Elle recula lentement et fit plus de bruit, comme si elle arrivait à l'instant.

— Je suis prête pour être l'elfe du Père Noël, déclara-t-elle d'un ton malicieux, lui donnant le temps de se reprendre.

Deux semaines des plus étranges venaient de s'écouler. Depuis le cauchemar d'Emma, on aurait dit que la maison se remplissait lentement de pression. Elle avait fait part à Caleb de ce qu'Emma lui avait confié, et il avait été vraiment bouleversé, puis tendre à en pleurer avec sa petite fille.

Emma s'en était remise bien plus vite qu'eux. Une des raisons en avait été les distractions de la saison. Avec les programmes de Noël et la préparation des cadeaux, il y avait toujours quelque chose qui se passait et les emmenait, les filles et elle, hors de la maison.

Cependant, ils n'avaient pas décoré la maison, ce qui était étrange pour Tamara. Mais la tradition des Stone voulait que le sapin apparaisse magiquement le matin de Noël, et même si ne pas avoir de décorations accrochées était bizarre, elle comprenait la position de Caleb. Attendre le réveillon de Noël pour s'occuper le sapin avait signifié qu'il y avait une seule date butoir à respecter. Pendant les premières années, ça s'était probablement réduit à une ruée de dernière minute.

Les filles avaient été incroyablement patientes. Plus patientes que Tamara alors qu'elles s'activaient avec enthousiasme à préparer des cadeaux secrets pour toute la famille.

Désormais, ils y étaient, au réveillon de Noël, quand la magie devait arriver.

Caleb croisa son regard, et en cet instant, au lieu de redevenir réservé et reclus, il permit à sa tristesse d'apparaître. Puis il hocha vivement la tête et déposa d'autres décorations sur la table.

— Si vous voulez mettre la bouilloire en route, j'adorerais boire quelque chose.

Quel homme têtu et très bourru. Quoi qui l'ait blessé, il allait faire comme d'habitude et l'ignorer.

Bien. Elle ferait tout ce qu'elle pouvait pour l'aider.

— Est-ce une tradition de Noël ? Un chocolat chaud pendant que vous installez l'arbre ?

Il marqua une pause avant que le plus léger des sourires n'apparaisse furtivement.

— À la vérité, c'est vous qui m'avez habitué à prendre des boissons chaudes dans la soirée. J'aurais plus eu tendance à prendre une bière.

— Eh bien alors, je pense que c'est nous qui mettons de nouvelles traditions dans votre vie.

Elle alla vers la cuisine pour mettre la bouilloire en route comme demandé.

— Cette boisson chaude va faire de l'effet, l'avertit-elle.

Elle lui lança un coup d'œil et fut récompensée car, pendant une fraction de seconde, un grand sourire apparut sur le visage de Caleb. Tamara le chérit comme si on lui avait donné un énorme bouquet de fleurs.

Elle aimait le faire sourire...

Une vague de lucidité la frappa, et elle faillit tomber contre le plan de travail, prenant profondément conscience de ce qu'elle ressentait. Elle ne désirait pas simplement cet homme. Même si c'était le cas... totalement et complètement.

Elle *l'appréciait*. Elle pensait que son esprit de sacrifice avait besoin d'un bon savon la plupart du temps, et pourtant elle ne pouvait pas voir comme des défauts les choses dont il se souciait et dans lesquelles il mettait toute son énergie.

Un homme désintéressé, attentionné et *têtu*.

Elle s'agita alors à préparer les boissons pour dissimuler les émotions qui bouillonnaient en elle, apportant tout sur la table basse alors qu'il terminait d'enrouler la dernière rangée de guirlande électrique autour de l'énorme sapin.

Tamara hocha la tête avec approbation.

— Est-ce que le sapin provient de votre propriété ?

— De la plantation de Josiah. Il crée un chemin à travers un groupe d'épicéas bleus, mais il n'est pas pressé. Chaque année nous coupons deux arbres pour l'allonger un peu. En attendant, nous profitons des retombées.

Elle regarda la pile de décorations. Plus de la moitié d'entre elles étaient faites à la main.

— Je vois que les filles ont été productives.

— N'essayez pas de prétendre que vous ne les avez pas encouragées. Dare et Ginny avaient l'habitude de passer presque tout le mois de décembre à fabriquer des ornements avec elles également, dit Caleb en lui lançant un sourire pince-sans-rire. Et mes filles ne sont pas très douées pour garder des secrets.

— Vous avez raison. Il y en aura d'autres sous le sapin demain matin. Il y a un ordre particulier que nous sommes censés suivre ?

Elle fit un geste vers les décorations.

Il secoua la tête.

— N'importe où, ça va.

Les choses se passaient bien jusqu'à ce qu'elle ramasse un ensemble assorti de petits cadres ovales argentés. À l'intérieur, une jeune femme tenait un nouveau-né dans ses bras. La femme ne souriait pas vraiment, même si elle était très jolie, et il était clair que dans cet ornement le bébé était Emma et dans l'autre, Sasha.

Tamara les tenait dans sa main, fixant les premières photos qu'elle voyait de Wendy. Des cheveux blonds bouclés, une bouche en arc de cupidon. Sa première pensée avait été « magnifique », mais il y avait quelque chose dans les yeux de cette femme qui ne ressemblait pas du tout à ce que Tamara se serait attendue à voir chez une jeune mère.

Wendy avait l'air... perdue, comme si elle faisait semblant.

Tamara remonta le temps, se rappelant qu'elle avait vu cette expression sur le visage d'une autre femme. Elle ouvrit la bouche pour demander si Wendy avait souffert de dépression *post-partum*, mais décida que c'était bien trop personnel à lâcher, même pour elle.

— Je n'ai jamais su quoi faire de ces fichus ornements.

Les mots échappèrent à Caleb comme un aveu, doux et grave.

— Ce sont les premières photos que nous avons des filles, et

Dustin a économisé pour nous offrir ces cadeaux. Dare pensait que je devrais les garder à cause de ça, mais ça m'a toujours gêné. Je les cache toujours dans la boîte pour que les filles ne les voient pas chaque année et éviter que tout leur revienne.

Caleb fixa les ornements dans la paume de la main de Tamara. Elle déglutit péniblement, tant sa gorge se serrait. Les filles ne les voyaient peut-être pas, mais les garder signifiait que *lui* si.

Il continuait à baisser les yeux, loin de son regard à elle.

— Elle nous a quittés.

Elle le savait après la nuit avec Emma, mais il semblait parler de quelque chose d'autre. Tamara, qui s'était assise, resta immobile sur le canapé, près de l'endroit où il était agenouillé sur le sol.

— Emma a raison. Wendy est partie brusquement. Je savais qu'elle n'était pas heureuse. Bon sang, elle n'avait jamais été heureuse en dehors de brefs moments depuis l'instant où nous avions dit « Je le veux », et au lieu de partir pour une grande lune de miel, nous sommes revenus ici.

— Caleb.

Il secoua la tête.

— Non, vous devez entendre ça, parce que si les choses se passent mal demain, vous devez savoir pourquoi.

La panique traversa Tamara.

— Wendy ne vient pas ici, n'est-ce pas ?

Les yeux de Caleb s'écarquillèrent.

— Oh que non.

Absolument ferme.

— Elle n'a aucun droit sur les filles. Elle les a complètement abandonnées, mais parfois elle se met dans la tête d'appeler à Noël, ou pour leurs anniversaires, continua-t-il en faisant un signe vers les ornements dans sa paume. Comme un rappel dans une boîte que tout s'est écroulé. Je ne l'ai jamais laissée leur parler. Elle ne mérite pas de faire partie de leurs vies.

Tamara inspira profondément, enroulant les doigts autour de ce qui était de la douleur sous forme de bibelot. Elle posa son autre main sur l'épaule de Caleb.

— Vous voulez m'en parler ?

Elle s'attendait à un déni bourru, peut-être même à ce qu'il quitte la pièce.

Étonnamment, il hocha la tête.

— Elle voulait que je vende. Je pense que la réalité différait totalement de l'idée qu'elle se faisait de la vie de l'épouse d'un rancher. Ou en tout cas, de *notre* réalité. Je ne pouvais pas lui acheter toutes les fanfreluches qu'elle voulait. Je ne pouvais pas me permettre de rendre la maison plus chic. Mes sœurs ont essayé d'aider, mais elles finissaient le lycée, et Dusty était encore adolescent, et je devais être un père pour eux aussi, et...

Il pencha la tête.

— Je vous jure que j'ai essayé, vraiment...

Seigneur. Il se sentait aussi coupable de ça qu'Emma, avec aussi peu de raison.

— Bien sûr. Bon sang, Caleb, c'est la dernière chose dont vous ayez besoin de me convaincre. Je vous ai vu avec votre famille. Vous travaillez comme un fou pour essayer de les rendre heureux. Vous en avez tellement fait !

— Ça ne suffisait pas, marmonna-t-il.

Le tacite « Je ne lui suffisais pas » flotta dans l'air.

Dans une explosion d'énergie, Caleb bondit sur ses pieds. Il prit les ornements dans la main de Tamara et alla dans la cuisine, et elle le regarda ouvrir silencieusement la poubelle et jeter les souvenirs dedans, les épaules rigides, le corps tendu.

Tamara attendit qu'il revienne, s'installe sur le canapé à côté d'elle et regarde fixement le feu.

Elle était rongée de l'envie de trouver un moyen de le

réconforter, mais cela ne semblait pas être le moment pour elle de parler.

Ce fut lui qui continua à se confier.

— La dernière fois qu'elle a pris contact, elle était installée à Edmonton avec son nouveau mari. Un homme de soixante ans avec un compte en banque bien garni.

Tamara n'aimait pas penser du mal de quelqu'un sans jamais l'avoir rencontrée, mais les actions parlaient fort. Entre les âneries que Wendy avait sorties à Emma et le fait d'avoir quitté Caleb pour trouver un *sugar daddy*, il était assez clair que ce n'était pas un simple malentendu de relation.

Parfois, les gens étaient affreux. C'en était un exemple.

— Du moment qu'elle est complètement et légalement sortie de la vie des filles, et de la vôtre, je pense que c'est parfaitement bien d'avancer.

— J'aurais dû vous dire tout ça il y a des mois, grommela-t-il. Je ne sais pas si j'ai agi comme un idiot, ou si j'ai essayé de ne pas vous surcharger, ou de protéger mon ego.

La confusion l'envahit.

— Pourquoi aurais-je une mauvaise opinion de vous parce que votre femme a décidé qu'elle ne voulait pas être mariée ? Pensez-vous vraiment que je me soucie de l'opinion d'une femme qui a abandonné ses filles ?

— Je ne la rendais pas assez heureuse pour la faire rester, les filles non plus. Elle ne voulait pas être mère, elle ne voulait pas être ma femme, dit-il en fixant le sapin sans le voir. Bon sang, elle ne *voulait* pas de moi, point barre.

Il se tourna vers Tamara, comme s'il était choqué par tout ce qui lui avait échappé. Elle caressa sa joue, rugueuse d'un début de barbe, alors qu'elle l'examinait de près. Un petit pli s'était formé entre ses sourcils, les muscles sous sa paume tiquaient légèrement alors qu'il lui rendait son regard.

— Croyez-moi, Caleb, une femme qui ne *veut* pas de vous...

Ce n'est pas vous qui avez des problèmes. C'est elle. C'est elle à cent pour cent.

Elle caressa sa lèvre inférieure du pouce, tremblant alors qu'il sortait la langue pour en lécher la pulpe.

Le silence les entourait en dehors de la musique sortant des haut-parleurs et du crépitement du feu.

Il n'allait rien dire, et elle avait plus ou moins dit tout ce qui avait besoin d'être dit, alors elle se pencha et laissa leurs lèvres s'unir.

Une douce caresse tendre, une sorte d'amen et d'alléluia tout en même temps. Suffisamment pour que le papillonnement du cœur de Tamara monte d'un cran alors qu'elle se rapprochait très légèrement. Elle n'allait pas insister, mais alors que son goût glissait en elle, elle ne se sentait pas prête à s'arrêter.

Les doigts de Caleb glissèrent à l'arrière de son cou puis dans ses cheveux, alors qu'il approfondissait son baiser. Le durcissait. Utilisant ses lèvres et sa langue pour accaparer les sens de Tamara, et son rythme cardiaque palpitant... n'était plus une simple palpitation. Il s'emballait comme un piston de commande dans un train à vapeur à l'ancienne, le sang martelant à travers son corps, alors que le seul contact entre eux était leurs deux mains et leurs deux bouches.

Caleb empoigna ses cheveux, tirant dessus alors qu'il pivotait sur ses genoux et se plaçait entre ses jambes. Il redressa le haut du corps de Tamara pour que leurs poitrines se touchent, les méplats de son corps dur comme de la pierre frôlèrent ses seins.

Elle avait rêvé de reproduire cet instant, ce baiser... mais elle s'était trompée. Complètement trompée, parce que ça ne suffisait pas pour tout illuminer en elle, elle était en effervescence. Douloureuse de désir, sa peau se languissait de son contact.

Il continua à l'embrasser, et un gémissement grave de plaisir lui échappa lorsque son autre main contourna sa poitrine et sous son haut de pyjama. Il appuya sa large paume contre son dos nu et encouragea son corps à se plaquer plus étroitement contre le sien.

Elle était assise à l'extrême bord du canapé, les genoux largement écartés. Le corps de Caleb reposait entre ses cuisses, l'épaisse colonne de sa verge entrant en contact avec le centre palpitant de son être.

Le pyjama très sobre et convenable de Tamara était mignon et festif, avec de petits nœuds verts et rouges, mais il était fin, et le renflement du jean de Caleb se plaquait contre elle suffisamment fort pour qu'elle soit tentée de s'y frotter. Oh Seigneur, elle rêvait de s'y frotter.

Elle avait encore une main sur le visage de Caleb, quand elle laissa la seconde s'élever pour les glisser toutes les deux sur ses épaules et suivre ses muscles fermes. Elle passait les mains d'avant en arrière alors qu'elle se balançait contre lui.

Ou tentait de se balancer. Il ne la laissa pas bouger. Il les garda soudés l'un contre l'autre, ce qui était bien, mais pas assez bien. Elle voulait continuer ça à quelques pièces de là.

Dans le lit de Caleb, dans *son* lit... peu lui importait lequel, mais quand les doigts de Caleb se resserrèrent encore un peu et qu'il sépara leurs lèvres, ils respiraient comme s'ils venaient de terminer un marathon. Leurs fronts se touchaient alors qu'il regardait fixement son visage.

— La preuve par les faits, dit-il doucement.

Tamara avait la tête qui tournait suffisamment fort pour qu'elle ne sache pas de quoi il parlait.

— Caleb ?

— Je sais que tu as envie de moi. J'ai aussi envie de toi.

Il retira sa main de sous son haut de pyjama, et elle faillit geindre de déception.

Il émit un son doux pour la faire taire.

— Nous ne pouvons pas. Tu le sais.

Elle hocha la tête.

— Les filles.

Cette fois, ce fut Caleb qui prit sa joue dans sa paume. Un doigt caressa ses lèvres.

— Je ne peux pas leur faire de mal, souffla Caleb. Elles ont trop dérouillé à cause des adultes, et ce n'est pas juste. Je ne peux pas, même si, Seigneur, j'ai envie de toi. C'est trop rapide. Nous ne pouvons pas leur faire espérer...

Ils ne pouvaient pas quand il n'y avait rien d'officiel entre eux en dehors de cette chaleur diabolique et de cette envie intense. Le désir physique n'était pas suffisant pour blesser les deux petites personnes qu'elle en était arrivée à tellement chérir.

Cela piquait quand même.

— Je sais.

Elle posa la main sur la sienne, maintenant sa paume contre sa joue.

— Tu es un homme bien, Caleb Stone. Tu mérites d'être heureux aussi. Juste au cas où personne ne te l'aurait jamais dit.

Les commissures de ses lèvres se relevèrent.

— Je garderai ça à l'esprit.

— Bien.

Ils gardèrent les yeux rivés l'un à l'autre, partageant l'air, et même si elle mourait d'envie d'en avoir *plus*... ça suffisait. Ils étaient deux adultes prenant une décision d'adulte en faisant ce qu'il fallait.

Ils terminèrent de décorer le sapin et les chants de Noël qui passaient à l'arrière étaient affreusement joyeux étant donné le poids qui lui pesait sur l'estomac.

Parfois, faire ce qu'il fallait, ça craignait.

18

Caleb marqua une pause avant de sortir, les lumières clignotantes du sapin de Noël l'attirant aussi sûrement que lorsqu'il avait été môme.

Il se tenait là en silence, regardant la salle de séjour emplie de la lueur des bougies provenant d'une autre rangée de lumières sur le manteau de la cheminée. Un ruban argenté et brillant étincelait, et il ramena les yeux sur le sapin.

Un troisième coup d'œil... il ne savait pas comment il les avait remarqués parce que même, s'ils étaient visibles, ils n'étaient pas *si* gros que ça.

Il y avait de nouveaux ornements pendus à l'arbre. Juste là, à hauteur d'enfant, où Sasha et Emma étaient sûres de les voir. Un ruban argent avec des nœuds nets et précis qui déclaraient que c'était l'ouvrage de Tamara aussi bruyamment que si elle l'avait signé.

Il ne savait pas comment elle y était arrivée, mais elle l'avait fait. Entre l'heure tardive où d'un baiser elle avait ravi son âme et ce matin-là, Tamara avait trouvé des photos de bébé et avait fabriqué des ornements avec leurs noms en lettres majuscules, des étoiles, des rayures, des paillettes et tous les machins chatoyants qu'une petite fille pouvait vouloir. Ça n'avait pas d'importance qu'elles soient des bébés, et à peine différenciables de n'importe quels autres nouveau-nés, il était clair que *celle-ci* était Emma, *celle-là* était Sasha. Des nuances de rose et de violet, de bleu et d'argenté.

Caleb sentit sa gorge se serrer de nouveau.

La brume dans laquelle il flottait ne se dissipait pas, même alors qu'il effectuait ses corvées, avec la sensation familière des animaux qui se cognaient contre lui tandis qu'il ajoutait des aliments dans leur seau, une tâche agréable et machinale.

Les émotions tourbillonnaient bien trop dans son ventre pour qu'il y réfléchisse correctement. Il devait en quelque sorte s'en approcher de biais. Peut-être furtivement.

Il avait dit à Tamara la veille qu'ils ne pouvaient pas entamer une relation. Et c'était vrai... et une aventure était hors de question parce que la dernière chose dont il avait besoin, c'était que les filles tombent sous le charme de Tamara et qu'elle leur brise le cœur.

Ton cœur pourrait ne pas très bien le prendre non plus, lui signala son cerveau.

Mais si elle voulait être davantage ? Et si elle était prête à devenir une mère permanente pour les filles ?

Et s'il était prêt à risquer son cœur ?

Il tapota Stormy sur l'encolure.

— Qu'en penserais-tu ?

Stormy inclina la tête et poussa un hennissement.

Caleb sourit.

— Ouais. Moi aussi.

— Je croyais que c'était le travail de Josiah, de parler aux animaux, annonça Walker d'une voix traînante en posant les bras au-dessus de la grille. Mais je suppose que du moment qu'il ne répond pas, je ne vais pas trop m'inquiéter.

Caleb lança un coup d'œil à son frère.

— Tu n'as pas de travail à faire ?

Walker secoua la tête.

— C'est le matin de Noël, frangin. Juste les tâches qui ne peuvent pas attendre, et j'ai presque terminé. J'ai promis à Tamara que je viendrais à la maison pour aider à préparer le déjeuner.

— Ne t'en donne pas la peine. Je vais l'aider.

Walker s'écarta alors que Caleb passait à côté de lui, ramenant les seaux sur l'étagère où ils étaient stockés.

— Tu es au courant ? demanda Walker sans crier gare.

Caleb fit volte-face.

— Au courant de quoi ?

Une partie de l'agressivité de Walker disparut.

— Tu *es* au courant. C'est pour ça que ces temps-ci tu es un enfoiré aussi maussade.

Caleb envisagea de dire à son frère de s'occuper de ses oignons. Seigneur, ses frères étaient comme les vieux ranchers revêches qui traînaient sous le porche devant la supérette, c'est-à-dire le pire type de commères.

— Pourquoi es-tu rentré à la maison ?

Walker cligna des yeux de surprise.

— Oh, non ne fais pas ça. Il ne s'agit pas de moi...

— Et pourquoi pas ? Je m'attendais à te voir quelques jours avant les fêtes, et encore, puis à ce que tu repartes à la minute où tu le pourrais. Au lieu de ça, j'ai entendu dire que tu pourrais rester jusqu'au printemps, dit Caleb en regardant Walker de plus près. Que s'est-il passé ?

Walker croisa les bras alors qu'il s'appuyait contre les planches en bois brut de l'écurie.

— Tu n'as jamais grand-chose à dire sauf quand tu décides qu'il est temps de cuisiner l'un de nous. Je pense que c'est plutôt spécial. Tu sais ; quand tu libères la parole, et tout le reste.

Caleb attendit.

— Tu es un vrai enfoiré, se plaignit Walker.

Hum. Il n'en avait pas été sûr jusqu'à cet instant, mais il était évident que quelque chose *s'était* passé.

— Qu'est-ce qui ne va pas ? demanda Caleb plus doucement. Tu as toujours eu un foyer ici. Et s'il y a quoi que ce soit que je puisse faire pour t'aider, n'hésite pas.

Walker inclina la tête.

— Je sais. Et, hé ! je suis revenu, non ? Je sais à quel point tu te fais du souci, même si tu ne parles pas excessivement.

— Mais tu ne vas pas m'en dire plus...

— Tu es prêt à avouer tes secrets, frangin ?

Ils se regardèrent d'un air penaud. Ils étaient dans une impasse. Rien à avouer avant qu'il n'ait trouvé la prochaine étape, de préférence avec Tamara.

Le silence entourait Caleb alors qu'il retournait vers la maison, l'air hivernal glacé était tranchant dans ses poumons, aigu et douloureux. En même temps, le monde étincelait. Craquante et brillante, la neige fraîchement tombée repeignait le paysage.

Entrer dans la cuisine était comme se retrouver dans une étreinte, la maison était emplie de toutes sortes de délicieuses odeurs et de murmures.

Un cri perçant d'excitation accompagna Emma qui courait vers Caleb. Elle s'arrêta à un pas de lui, inspirant prudemment avant de lancer les bras autour de lui.

— C'est Noël.

Il la prit dans ses bras et la lança vers le haut, la joie le saisissant violemment alors qu'un rire s'échappait des lèvres de la fillette.

— Comment est-ce arrivé ? J'aurais pu jurer que nous

étions en été. Qu'est-ce que le père Noël fait ici au milieu de l'été ?

Sasha était là aussi, l'attrapant de l'autre côté en le serrant étroitement.

— Joyeux Noël, papa.

Il tendit la main et la souleva aussi, leurs cris perçants de joie faisant pratiquement disparaître la chaleur de la pièce parce que cela le réchauffait encore plus, à l'intérieur comme à l'extérieur.

— Joyeux Noël, ma puce. Y a-t-il vraiment des cadeaux sous le sapin ?

Elles hochèrent toutes les deux la tête. Elles se tortillèrent pour se libérer, et il les posa, marquant une pause pour retirer ses bottes alors qu'il regardait dans la salle de séjour.

— Ce sapin a fière allure, dit-il à Tamara, qui était assise, tout emmitouflée sous une couverture sur le canapé, un mug dans une main et un rire dans les yeux.

— Il est incroyable, répondit-elle. Un instant il n'était pas là, puis *pouf* ! le voici.

Emma marqua une pause au niveau des genoux de Tamara pendant deux secondes avant de grimper dessus comme si c'était sa place. Mais ce ne fut que lorsqu'elle mit la main en cornet contre l'oreille de Tamara que la gorge de Caleb menaça de se refermer pour de bon.

Alors qu'Emma lui chuchotait quelque chose, le regard de Tamara croisa celui de Caleb avec un doux sourire qui lui était destiné, avant qu'elle ne tourne son attention vers sa fille et hoche vigoureusement la tête.

— Je suis sûre que Papa Noël a trouvé les choses que tu as préparées. Tu devrais vérifier les paquets pour voir si l'un d'eux a le prénom de ton papa dessus.

Caleb se tint encore un instant là avant que ses pieds ne le portent dans le couloir, d'où il disparut dans sa chambre sans un mot.

Il appuya les mains sur la porte et lutta pour garder son sang-froid. C'était comme ça que c'était censé être quand on avait une famille. C'était comme ça que le matin de Noël *devait* être... et la pure anomalie du passé menaçait de l'étouffer.

Il prit quelques inspirations profondes, tentant de repousser le passé. Wendy ne faisait plus partie de la vie des filles. Plus depuis deux ans, et elle ne pouvait pas venir leur faire du mal.

Tamara lui avait montré qu'il avait ce droit.

Il changea ses vêtements de travail alors qu'un vrai mélange de plaisir et de douleur tourbillonnait dans ses tripes. Cela allait être le meilleur des Noëls pour les filles, mais il avait toujours...

Pourquoi avait-il l'impression d'un douloureux vide en lui ?

La maison légèrement bruyante devint plus assourdissante alors que la matinée avançait et que le reste de la famille arrivait, la porte de derrière s'ouvrant encore et encore alors que ses frères se joignaient à eux.

Dustin portait un bonnet de père Noël, Emma attrapa avec empressement le sac en papier contenant les cadeaux qu'il tenait à la main pour le placer sous le sapin. Sasha l'entraîna pour l'aider à mettre la table pour le repas imminent, et des secrets allaient et venaient sous la forme de chuchotements entre le jeune homme dégingandé et sa nièce énergique pendant qu'ils s'activaient.

Walker accrocha son chapeau de cow-boy sur un des crochets près de la porte avant de s'approcher avec de petits morceaux de papier aluminium torsadés qu'il posa à la place de chaque personne à table.

Luke entra directement alors qu'ils étaient prêts à s'asseoir pour le déjeuner, les bras pleins de paquets. Penny n'était pas avec lui.

Tamara le regarda.

— Où est ta fiancée ?

Luke cilla, levant les yeux alors qu'il était occupé à étreindre les filles.

— Penny ? Oh, elle m'a dit de vous transmettre ses excuses, mais elle ne pouvait pas venir. Elle essaiera de venir ce soir, mais son père avait besoin d'elle, alors elle ne peut pas partir avant.

Il haussa les épaules.

Caleb se demanda si ça ne dérangeait vraiment pas Luke, ou si son frère jouait la comédie pour cacher sa déception.

Tamara passa à côté de Caleb, marmonnant dans sa barbe.

— Je déteste cette femme. Crétine. Crétine, horrible et méchante.

Les lèvres de Caleb tressaillirent, mais il réussit à ne pas éclater de rire.

— Ce n'est pas une opinion très digne de Noël, murmura-t-il en retour.

— Elle ne génère pas beaucoup de pensées charitables de ma part, mais je me doutais bien un peu qu'elle ferait ça.

Elle se tourna, le frôlant accidentellement, serrant son bras avant de taper un numéro sur son téléphone. Il attendit avec une grande curiosité jusqu'à ce qu'elle aboie un ordre à quelqu'un.

— J'ai gagné. Ramène tes fesses ici.

Il leva un sourcil, mais Tamara rangea son téléphone et se tapota la poche avec un sourire suffisant.

— J'aime tellement avoir raison.

Caleb se demanda s'il devait donner un quelconque avertissement général, mais bon ce n'était pas à lui qu'elle jouait un mauvais tour, et il n'allait pas sauver son frère.

Quand Kelli passa la porte cinq minutes plus tard, lançant un regard mauvais à Tamara, Caleb ne put s'en empêcher. Il sourit ouvertement, surtout quand Luke marqua une pause au milieu de ce qu'il faisait. Son regard s'écarquilla avant que ses yeux ne reprennent leur taille et leur désinvolture habituelles.

Il semblait que la querelle amicale entre eux continuait.

— O.K., tout le monde à table, ordonna Tamara.

Les quelques minutes suivantes furent emplies du bruit des chaises qu'on déplaçait et de plateaux surchargés qu'on posait sur la table.

Un incroyable éventail de plats les accueillit. Caleb prit la première louche, et ce fut là qu'il remarqua qu'une moitié de la pile d'assiettes attendait à côté de Tamara. Elle travaillait à ses côtés, prenant une moitié de tout avant que les assiettes ne circulent, et lentement tout le monde fut servi.

Comme c'était leur tradition, Ashton s'était joint à eux, et il était assis là avec un énorme sourire sur le visage qui ne fit que s'élargir alors que le repas progressait.

Ils déjeunèrent jusqu'à ce que Caleb ne puisse plus avaler la moindre bouchée. À ce moment-là, Sasha apporta fièrement une tarte qu'elle avait préparée elle-même, et ils durent tous manger encore un peu.

Luke prépara le café, et alors qu'ils terminaient le reste des desserts, Ashton en guise de cadeau ouvrit son étui à violon et joua quelques chansons pour eux.

Les applaudissements qui suivirent furent le signal pour que Dustin se change en elfe géant et commence à distribuer les cadeaux qui se trouvaient sous le sapin. Le volume dans la pièce s'éleva, le papier cadeau vola, et pendant tout ce temps, Caleb se força à ne pas regarder fixement Tamara pendant qu'il découvrait ce qui déclenchait des couinements d'excitation chez ses enfants.

Ils terminèrent par la petite torsade de papier métallisé que Walker avait posée devant chaque assiette.

Caleb souleva le petit dispositif noir caché à l'intérieur.

— Quelque chose pour l'ordinateur ?

Sasha roula des yeux.

— *Papa.* C'est une clé USB. Ça veut dire que tonton Walker nous a donné des photos ou un truc comme ça. Tu la connectes à ton ordinateur, et tu peux les télécharger.

Caleb hocha la tête devant les expressions sérieuses sur les visages d'Emma et de Sasha.

— C'est une bonne chose de vous avoir pour m'aider avec ça, dit-il en se tournant vers son frère. Des photos de rodéo ?

Walker était occupé à redresser ses couverts.

— Un truc comme ça.

Caleb referma les doigts autour et hocha la tête.

— Merci.

Emma se glissa à côté de Walker et l'étreignit vivement, et il la serra fort un instant, les yeux fermés, le visage réjoui.

On sortit les jeux de société, et la musique continua. L'après-midi passa, et le soir tous ceux qui voulurent dîner remplirent une assiette de restes et la réchauffèrent dans le micro-onde. Dustin y retourna trois fois.

Chacun leur tour, ils sortirent par deux pour finir les corvées, avant de revenir dans la chaleur de la maison comme s'ils ne pouvaient pas supporter l'idée que Noël se termine.

Vingt minutes après l'heure habituelle de leur coucher, deux petites filles commençaient à s'endormir dans le coin du canapé, mais leurs yeux brillaient de bonheur et Caleb n'était pas encore prêt à les envoyer dans leurs chambres. Alors elles restèrent assises, blotties l'une contre l'autre, fixant les lumières de Noël et la famille qui était encore présente.

Luke, Kelli et Ashton parlaient vivement, ce dernier était installé sur la banquette de la cheminée alors que Kelli était assise sur le sol et agitait les mains avec animation. Dustin jouait prudemment avec le violon d'Ashton pendant que Walker le taquinait.

Caleb s'approcha de Tamara, qui était occupée à reconstituer le puzzle que Dustin lui avait offert, s'installant sur l'accoudoir de son fauteuil.

— Merci.

Il voulait lui en dire tellement plus. Comme merci pour l'avoir asticoté et avoir fait de lui un meilleur père. Merci de prendre soin de sa famille et de s'assurer qu'ils étaient tous aussi heureux que possible.

Il n'arrivait pas à faire sortir les mots.

Elle écarta le puzzle, penchant la tête alors qu'elle levait les yeux.

— Ç'a été une bonne journée.

— Demain, vous allez revoir votre famille.

— Et la vôtre, signala-t-elle.

Eux et les filles allaient se diriger vers le nord jusqu'à Rocky Mountain House pour le rassemblement annuel du clan Coleman pour Boxing Day[1], qui incluait la nouvelle famille de la sœur de Caleb et la famille de Tamara.

Étonnamment, il avait hâte, ce qui ne lui ressemblait pas. L'idée d'une foule, avec autant d'étrangers, le mettait habituellement en boule et faisait s'emballer ses instincts protecteurs. Emmener ses petites filles dans cet environnement ? Jamais... jusqu'ici.

Parce que quand bien même ce serait bruyant, tapageur et plein de monde, il était assez sûr que tout le monde prendrait soin de ses filles, les taquinerait et les *adorerait*, et qu'elles se sentiraient les bienvenues.

Éprouver une telle confiance était addictif d'une certaine manière. Il semblait qu'à chaque fois qu'il s'était un peu ouvert aux autres, il avait été récompensé...

Il se demanda s'il devait prévoir d'esquiver bientôt, parce que rien ne se passait aussi bien pendant aussi longtemps sans qu'il s'en prenne plein les dents.

Mais ce vide en lui s'était rempli au cours des dernières heures, et il en connaissait la raison.

Plus particulièrement, *la personne* qui en était la raison, et elle le regardait de près. Son visage était doux et ravi, mais une question se lisait dans ses yeux.

Il brisa le contact visuel, espérant que ses sentiments n'étaient pas trop clairement inscrits sur son visage. Il hocha la tête poliment, puis se leva et se joignit à Walker et Dustin, qui essayaient de convaincre Ashton de jouer encore un peu de violon.

Peut-être...

Peut-être que Tamara avait raison sur autre chose. Peut-être qu'il était temps pour lui de faire quelque chose qui le rendrait heureux lui. Il n'avait pas besoin de savoir ce qui arriverait dans un an.

Le lendemain serait un point de départ bien suffisant.

19

———

C'était la première fois que Caleb avait plus de secrets le lendemain de Noël que la veille.

— Est-ce qu'il y aura d'autres petites filles comme Emma et moi ? Les jumeaux ne sont pas aussi grands que nous, mais ils sont gentils, dit Sasha en bondissant en avant pour s'appuyer contre le dossier du siège de Caleb. On pourra aller dans l'écurie ? Je veux voir les chatons. Ils ont des chèvres ?

— Est-ce que ta ceinture de sécurité est bouclée ? l'interrompit Tamara.

Sasha ne s'arrêta pas sur sa lancée, mais recula bien les hanches de quelques centimètres. Caleb entendit le « clic » lorsqu'elle remit sa ceinture.

— On pourra aller faire de la luge ? On aura des corvées pendant qu'on sera là-bas ? Et si oui, et qu'il y a des poules, je pourrai aider pour qu'Emma n'ait pas à le faire. D'accord, Emma ? Qu'est-ce que tu aimerais faire si on doit faire des corvées ?

Caleb jeta un coup d'œil dans le rétroviseur pour pouvoir

regarder Emma parler discrètement à Sasha avant de se tourner et tapoter Tamara sur l'épaule.

Tamara se tourna sur son siège.

— Oui, mon chou ? Est-ce qu'il y a des corvées auxquelles tu voudrais participer ? Mais je ne pense pas que tu aies à t'inquiéter, parce que nous y allons pour une fête. Nous ne serons pas là-bas assez longtemps pour aider aux corvées.

Caleb détourna un instant les yeux de la route lorsqu'un chuchotement arriva d'Emma, trop faible pour qu'il l'entende.

— Non, tu n'as pas besoin de parler à qui que ce soit si tu ne veux pas. Parfois, ma sœur Karen passe des jours entiers sans dire un mot, mais c'est davantage parce qu'elle essaie d'être casse-bonbons.

— Tamara !

L'indignation résonna dans la voix de Sasha, du haut de ses neuf ans.

— Ce n'est pas gentil, ajouta-t-elle.

Tamara eut l'air sincèrement surprise.

— Casse-bonbons ? Les mots, ou l'opinion ? J'adore ma sœur, mais parfois c'est ce qu'elle est, expliqua Tamara en se tournant vers Caleb pour le solliciter. Dites-moi que je peux dire « casse-bonbons ».

— Il me semble l'avoir entendu trois fois en moins d'une minute, alors je ne pense pas que vous ayez du mal à le dire.

Des gloussements jaillirent des sièges arrière.

Tamara lui lança un clin d'œil avant de se tourner de nouveau vers l'arrière.

— Souvenez-vous, tata Dare vit avec ma famille maintenant, alors je suis sûre qu'elle a parlé des merveilleuses petites filles que vous êtes, mais si quelqu'un oublie ses manières, ou si vous avez besoin d'une pause, venez me trouver, ou papa, ou tata Dare. Et hé, vous pourrez revoir votre nouveau cousin Joey. Il sera beaucoup plus grand que la dernière fois.

— Il ne pourra pas parler, l'informa Sasha comme si c'était la fin de la discussion. Moi, je veux jouer avec les jumeaux.

Tamara se retourna, un profond soupir de satisfaction s'échappa avant qu'elle tourne son sourire vers Caleb.

— Je suis contente que vous ayez accepté de faire le voyage. C'est un long trajet pour une journée, mais ce sera agréable de voir tout le monde. Je sais que Dare appréciera également.

Avant de pouvoir s'en empêcher, Caleb lui attrapa la main, posée entre eux.

— J'ai pensé que c'était à peu près le meilleur cadeau de Noël que nous pouvions vous offrir. Les garçons s'occupent de mes corvées, alors il n'y a pas d'urgence pour revenir.

Il lui serra les doigts, puis se força à la lâcher, agrippant le volant et regardant droit devant lui comme si c'était la première fois qu'il voyait cette portion d'autoroute au lieu de la millionième.

Caleb pouvait la sentir le regarder, mais il était trop tôt pour dévoiler ses cartes. Il resta concentré jusqu'à ce que Tamara abandonne, distraite par autre chose.

— Hé, j'ai apporté quelque chose, dit-elle en secouant ce qu'elle tenait dans la main. Attendez d'entendre ça.

C'était la clé USB que Walker lui avait donnée, et elle la glissa dans le tableau de bord de la camionnette et tripota les boutons alors que Caleb l'observait avec amusement.

— Vous vous moquez de moi. Je ne savais pas que cette camionnette pouvait faire ça.

— Ouais, enfin, je ne savais pas que votre frère pouvait faire *ça*.

Elle appuya sur lecture, puis monta le volume. Ils étaient au milieu d'une chanson country, avec des paroles familières, accompagnées d'une simple guitare à l'arrière au lieu d'un groupe de musiciens, mais l'air était entraînant et l'interprétation solide, et il tapota les doigts en rythme avec la musique.

— Pas mal. J'espère que ce n'est pas piraté.

— *Papa.* C'est tonton Walker, le réprimanda Sasha.

Caleb écouta, stupéfait, mais après quelques secondes il fut clair que sa fille disait la vérité.

— D'accord, c'est un mystère. Je savais qu'il chantait, mais ce n'est pas mal.

— C'est mieux que pas mal. Vous ne m'aviez jamais dit que Walker était chanteur.

— Il ne l'est pas. Enfin... se corrigea-t-il en faisant un geste vers la radio et la musique provenant des haut-parleurs. D'accord, il *l'est*, mais il n'a jamais rien fait de plus que nous aider à chanter « Joyeux anniversaire » jusqu'au bout sans éclater les tympans des gens.

Tamara lui adressa un grand sourire.

— Bien alors, je pense que c'est un cadeau de Noël parfaitement merveilleux.

— Moi aussi, intervint Sasha. Peut-être que je pourrai avoir tonton Walker et Ashton pour chanter et jouer à mon anniversaire l'année prochaine.

Caleb lança un coup d'œil à Tamara.

— C'est dans longtemps. Tu prévois déjà ta fête ?

— Kelli dit qu'il est important de prévoir longtemps à l'avance et de ne pas courir plusieurs lièvres à la fois. Kelli dit qu'un manque de préparation de la part des autres n'était pas une raison pour qu'elle soit furibonde.

Son expression perplexe était claire dans le rétroviseur.

— Papa, qu'est-ce que ça veut dire furibonde ?

Dieu merci, c'était l'expression sur laquelle elle voulait des explications.

— Ça veut dire que Kelli devrait se souvenir que les petites personnes ont de bonnes oreilles.

Tamara ricana et le dissimula sous une toux.

Caleb était tellement tenté de tendre la main pour prendre de nouveau la sienne que c'en était brutal.

Il n'avait toujours aucune idée de ce qui allait se passer dans les prochaines vingt-quatre heures, mais si les choses se passaient comme il l'espérait, ils auraient tous les deux un très agréable cadeau d'après-Noël.

C'ÉTAIT agréable de revoir toute la famille, tout le clan rassemblé chez les Moonshine Coleman.

L'oncle et la tante de Tamara les accueillirent, mais comme n'importe quel rassemblement de Boxing Day, il y avait d'autres invités en plus de la famille.

Après s'être assurée que les filles étaient présentées aux autres enfants de leurs âges, Tamara se retrouva kidnappée par ses sœurs, placée dans un coin où elle verrait les filles, mais où elle, Lisa et Karen pourraient parler ouvertement sans être entendues.

— Tu affiches un sourire niais, signala Lisa. Tu passes toujours du bon temps à Heart Falls ?

Karen émit un son malpoli.

— C'est une question inutile. Tenons-nous-en aux basiques, auxquelles nous avons besoin de vraies réponses. Que se passe-t-il ? Tu as l'air d'avoir des secrets, et c'est inadmissible. Dis-les-nous maintenant, ou nous te les arracherons par la torture.

Elle le jurait devant Dieu, Tamara allait trouver une raison de leur tirer dessus à un moment ou à un autre.

Heureusement, elle pouvait répondre plus ou moins honnêtement, parce que rien ne « se passait ». Pas vraiment.

— Rien en dehors du fait que je suis une excellente nounou.

Karen et Lisa échangèrent un coup d'œil avant de la regarder et de se rapprocher.

— Définis « excellente ».

— Non, d'abord définis « nounou », exigea Karen. Est-ce que la description de ton travail implique un temps considérable en tête à tête avec qui que ce soit au-dessus de l'âge de dix ans ?

Tamara fit un geste négatif de la main.

— Vous êtes terribles. Il ne s'est rien... passé.

Son aveu sortit avec juste assez d'hésitation pour qu'elle soit fichue. Ses sœurs bondirent comme des oiseaux de proie sur un mulot sans défense. Voulant savoir qui, quoi et surtout quand.

Sauf qu'une seconde après avoir commencé, Karen s'arrêta brusquement.

— Nous te taquinons, mais c'est parce que nous t'aimons. Quelque chose ne va pas ?

Tamara hésita. C'étaient ses sœurs. Si elle ne pouvait pas leur parler de la chose la plus importante qui se passait dans sa vie, c'était que ça allait mal.

— Je ne sais pas ce qui se passe, avoua-t-elle. Attendez, si, je sais. Caleb et moi craquons sérieusement l'un pour l'autre, mais ce serait mal d'agir seulement d'après ça. Les filles n'ont pas besoin de davantage de chaos dans leur vie, alors même s'il y a une sacrée alchimie entre nous, nous faisons ce qu'il faut et l'ignorons pour l'instant.

Elle s'exprima fermement, pensant chaque mot, mais plus elle se rapprochait de la dernière phrase, plus il devenait difficile de parler, jusqu'à ce qu'elle s'arrête parce que sa gorge se coinçait et que les larmes montaient.

À sa grande horreur, un sanglot lui échappa, et elle tourna la chaise pour que personne ne puisse la voir se ridiculiser.

Karen s'éloigna comme si elles parlaient de quelque chose

d'anodin. Lisa tourna également sa chaise, la bloquant par l'autre côté, entourant d'un bras, de manière décontractée, les épaules de Tamara tout en la serrant fort.

Tamara inspira difficilement, luttant pour rester discrète.

— Je suis désolée. Je ne comprends pas ce qui se passe.

— Peut-être que cette brûlante passion provoquée par l'alchimie entre vous deux est quelque chose d'autre ?

Tamara prit un mouchoir dans sa poche et s'essuya les yeux.

— Je ne connais cet homme que depuis octobre. À peine assez de temps pour qu'autre chose que du désir ne se développe.

— Tu l'as officiellement rencontré en juillet, lui signala Lisa, ce qui signifie que tu rêvasses sur lui depuis plus de six mois. Admets-le, frangine, peut-être que c'est un de ces cas où quand c'est bon, c'est bon.

— Le coup de foudre ? Ça n'arrive pas dans la vraie vie.

Karen se pencha en avant sur sa chaise et poussa un lourd soupir.

— Ouais, bien sûr. Tu as raison, personne n'a *jamais* eu le cœur brisé par quelqu'un qu'il ne connaissait que depuis peu de temps.

Lisa et Tamara la regardèrent, sous le choc.

Karen leur offrit un pâle sourire.

— Au cas où ça t'aiderait à te sentir mieux... c'est la seule raison pour laquelle je partagerais une vérité aussi destructrice pour l'ego et l'âme.

Lisa lança un regard à l'une et l'autre.

— D'accord, nous devons organiser une retraite pour les Whiskeytaires pour que je puisse vous arracher la vérité, mais, dit-elle en levant un doigt, ça devra attendre après la saison des fêtes parce que, pour l'instant, Tamara a d'autres chats à fouetter que de satisfaire notre curiosité. Et je pourrais obtenir les détails de Karen quand nous serons seules.

— Tu peux essayer, dit Karen d'un ton dédaigneux.

Lisa posa les mains sur les épaules de Tamara.

— Et si je te disais quelque chose qui devrait t'aider à te sentir un peu mieux au sujet de ton amour non réciproque ?

Tamara lui chuchota rageusement de se taire.

— On pourrait croire que tu aurais appris comment parler sans crier à ce stade de ta vie.

Lisa leur fit signe de se rapprocher.

— Quand ton patron m'a contactée hier soir pour connaître les détails de l'événement du Boxing Day des Coleman, il s'est aussi arrangé pour que les filles restent ici pour quelques jours.

Toutes ces étranges discussions concernant les corvées et qui allait dormir où devinrent claires.

— Oh. C'est de *ça* qu'elles parlaient. C'est génial. Dare manque aux filles, alors si nous restons un moment...

— Non, l'interrompit Lisa en secouant la tête. *Écoute.* Les filles restent quelques jours, mais toi et Caleb vous rentrez quand même ce soir.

La stupéfaction la figea.

— Pourquoi ?

Lisa souffla bruyamment.

— Oh, parce qu'il adore bosser, et qu'il a oublié en deux mois et demi comment préparer du café lui-même depuis que tu vis avec eux. Je ne sais pas pourquoi, il ne me l'a pas dit spécifiquement, mais il s'est *bien* arrangé pour que les filles restent ici, et que lui et toi rentriez à Heart Falls *sans* deux petits chaperons.

Après un nouveau passage prudent sur ses yeux pour s'assurer qu'elle n'avait plus l'air larmoyante, Tamara se tourna pour regarder dans la pièce. Seule la moitié du clan était dans le coin, l'autre moitié, visible par la fenêtre, dehors à jouer dans le paradis des neiges, ou assise autour du feu de camp géant que ses cousins avaient allumé.

Caleb était à l'intérieur et parlait avec sa sœur Dare et le cousin de Tamara, Jesse.

Leurs yeux se croisèrent à travers la pièce.

Rien.

Ce n'était pas comme si c'était un moment magique. Les yeux de Caleb ne s'illuminèrent pas de flammes passionnées. Il ne lui fit pas de clin d'œil, ni ne lui fournit d'indication la raison pour laquelle il se serait donné du mal pour changer leurs plans sans le lui dire.

— Je pense en fait que tu pourrais bien avoir raison là-dessus, marmonna Tamara. Qu'il me veut avec lui pour cuisiner et faire le ménage. Ne serait-ce pas le comble ? Je m'emballe, puis j'ai le droit de profiter d'une maison vide pour me masturber pendant deux jours.

Lisa ricana.

Karen avait l'air un peu scandalisée.

— Mon Dieu, je n'arrive pas à croire que tu viens de dire ça.

— Quoi, « masturber » ? demanda Tamara en regardant sa sœur aînée avec stupéfaction. Tu es tellement prude, mais je vais te pardonner, parce que les cœurs brisés, ça craint à fond.

— Éloquente comme toujours.

— Peu importe qu'elle soit douloureuse, la vérité est magnifique.

Tamara ferma les yeux un instant, considérant ce nouveau développement. C'était merveilleux et terrifiant en même temps.

Que *voulait*-elle ?

Elle regarda de nouveau de l'autre côté de la pièce, examinant Caleb avec soin. Ses larges épaules ressortaient sous la chemise élégante en jean qu'il portait, il avait les bras croisés sur son torse alors qu'il écoutait Jesse et son oncle Mike débattre.

Les trois hommes étaient des exemples parfaits de la force et de la beauté masculine qu'on trouvait dans la communauté des ranchers. Avec son apparence de beau brun, Jesse avait une mâchoire ferme et l'espièglerie étincelait dans ses yeux. Les cheveux d'oncle Mike étaient striés d'argent, mais la ressemblance familiale entre eux était si forte que c'était comme regarder des photos avant/après du même homme.

Et là, au milieu, se trouvait Caleb, pas tout à fait aussi jeune, loin d'être aussi vieux, mais les années de responsabilité lui avaient donné cet air de maturité et de fiabilité solide qu'elle admirait chez un homme.

Fiable, mais sérieusement sexy. Impossible de le nier.

Mais le voulait-elle pour une passade, ou pour quelque chose de bien plus durable ?

Et mince... elle n'allait pas se mentir à elle-même. Elle savait ce qu'elle voulait.

La question était : *lui*, qu'en pensait-il ? Était-ce simplement une occasion, si Lisa avait raison, d'éliminer la tension sexuelle qui les rendait dingues ?

Ou voulait-il davantage ?

Elle ouvrit les yeux et sourit à ses sœurs.

— Eh bien, dans tous les, cas je vais forcément me sentir plutôt satisfaite pendant les prochains jours. Ne me téléphonez pas, ne m'envoyez pas de textos, et pour l'amour du Ciel, Lisa, ne choisis pas cette semaine pour profiter de ma remarque sur le fait que *ma porte est toujours ouverte*. Parce que si tu te pointes quand je suis pile poil en train de m'éclater ? Tu dormiras avec les chèvres.

Lisa inclina la tête.

— Je vais accepter toutes tes conditions, sauf une. On s'attend à ce que tu envoies au moins un texto, parce que si je me trompe... dit-elle en faisant la grimace. D'accord, ce n'est pas possible. Je ne me trompe jamais, alors oublie ce que j'ai dit. Envoie-nous quand même un texto.

Karen lui donna une tape sur le bras.

— Quelle morveuse.

— Tu m'adôôres, hein ?

Tamara les adorait toutes les deux.

— Pourquoi est-ce que ces trucs sont si difficiles ? Ces trucs de couple, je veux dire.

Les yeux brillants de Karen et de Lisa croisèrent les siens.

— Pour que nous sachions si ça en vaut la peine au final ? suggéra Lisa.

— Pour que nous ayons une raison de manger de la glace, même en plein hiver, fut la suggestion de Karen.

Tamara regarda de l'autre côté de la pièce l'homme qu'elle espérait pousser dans une situation où ils seraient davantage que patron et nounou avant la fin de la nuit. Elle avait toujours sauté à pieds joints en avant.

Peut-être que l'eau serait froide, mais avec un peu de chance ça en vaudrait la peine.

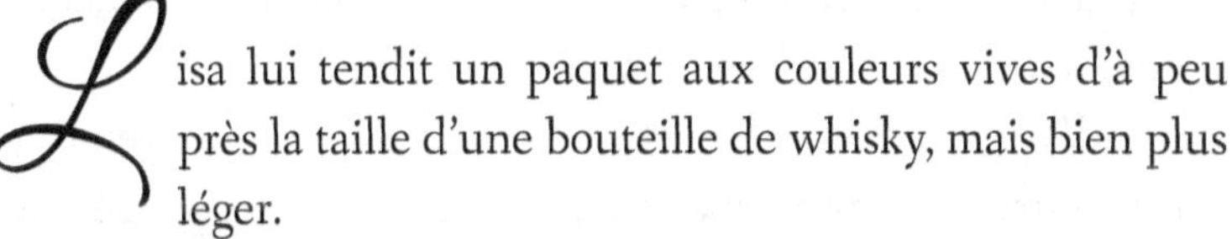

*L*isa lui tendit un paquet aux couleurs vives d'à peu près la taille d'une bouteille de whisky, mais bien plus léger.

— Ne l'ouvre pas avant d'être dans la voiture sur le trajet du retour, ordonna-t-elle en glissant les bras autour de Tamara pour l'étreindre. Tu mérites d'être heureuse, lui dit-elle farouchement.

— Merci, petite sœur. Quand tu auras trouvé quelle idée fixe asticote Karen, fais-le-moi savoir, d'accord ? Nous, les souris de Whiskey Creek, nous devons nous serrer les coudes.

Lisa roula des yeux avant de lui donner un baiser et de reculer. Elle regarda la pièce jusqu'à repérer Emma, fondant sur elle, pour la soulever.

— À mon tour pour les câlins.

Caleb et Tamara firent leurs adieux à Sasha et Emma, qui vibraient d'excitation à l'idée d'avoir une soirée pyjama avec leur grande famille. Des bisous de bonne nuit, des étreintes et des gestes de la main suivirent, puis ils sortirent. Il était vingt et une heures et un long trajet les attendait.

Une grande question planait.

Caleb lui tint la portière et elle grimpa à l'intérieur, ressentant une impression un peu surréaliste. Pour une fois où elle aurait aimé avoir le courage de tirer une conclusion hâtive, elle ne le pouvait pas.

Et s'il voulait vraiment rentrer et passer du temps tranquille dans la maison, sans les filles ?

Ils étaient à peine sortis de la ville en direction du sud quand Caleb se racla la gorge d'un air gêné.

— Désolé de ne pas vous avoir avertie plus tôt.

— Je suis surprise que les filles aient gardé le secret aussi longtemps. Maintenant, je comprends mieux toutes ces questions sur les corvées.

Elle regarda son profil et son cœur commença à s'emballer lorsqu'il déglutit et qu'elle vit sa gorge s'agiter.

— J'ai réfléchi. J'ai réfléchi intensément, et je ne veux pas vous mettre la pression, mais vous savez, ce problème que nous avons eu au réveillon de Noël ?

« Problème ? »

— Pouvez-vous clarifier ce que vous voulez dire ? Parce que je me souviens d'un tas de choses qui se sont passées au Réveillon.

Il se racla de nouveau la gorge.

— Je pense que vous et moi voulons la même chose quand il s'agit de protéger les filles.

Il tendit la main et s'empara de ses doigts, et cette fois le rythme cardiaque de Tamara tripla.

— Mais il y a autre chose que vous et moi désirons follement. Je pensais que nous pourrions répondre à certains de ces besoins sans compliquer les choses pour les filles.

Oh la vache.

— Vous voulez qu'on se bécote ?

Les doigts de Caleb la serrèrent fort.

— « Se bécoter. » On dirait une chose que nous faisions au lycée, et je ne voulais pas dire qu'on s'arrêterait aux baisers, ni au pelotage.

Oh la vache, encore une fois.

Ça tombait sous le sens, parce que ce truc entre eux était si énorme et inflammable qu'elle ne pensait pas qu'ils pourraient le gérer en se voyant en douce et en croisant les doigts. Mais elle ne cherchait pas simplement à se soulager.

— Caleb, j'étais sérieuse. Je ne veux pas faire de mal aux filles, j'en suis arrivée à tenir à elles, et si vous et moi cédons à…

— Cette violente envie de baiser ? coupa-t-il.

Une bouffée de chaleur la frappa droit entre les jambes.

— Ouais, c'est une façon de dire ça. Je ne veux pas faire quelque chose qui vous donnera envie de me virer. Les filles ne méritent pas ça.

Elle ne méritait pas ça, mais ils allaient s'en tenir aux filles pour l'instant.

Caleb lui caressa le dos de la main avec son pouce.

— Je n'ai aucune intention de vous virer. Mais nous ne sommes pas prêts pour passer de là où nous en sommes à là où nous voudrions être en un jour, seulement, je ne vais plus pouvoir me retenir très longtemps car j'ai très envie de vous montrer à quel point j'ai envie de vous.

Un charmant afflux d'endorphines déferla dans le corps de Tamara. Elle pensait n'avoir jamais aussi bien plané.

— Donc nous allons rentrer à la maison pour que ce truc qu'il y a entre nous se résolve naturellement.

Il lui lança un coup d'œil, et ce qu'elle avait espéré voir plus tôt, tout ce feu, ce désir et cette passion, la brûla comme si elle était du petit bois, et avec un *pfff*, elle s'enflamma.

— Ça me convient, répondit Tamara.

Puis, chose incroyable, ils restèrent là. Se tenant la main dans la voiture alors qu'ils roulaient sur l'autoroute. Tamara s'agita sur son siège alors qu'elle envisageait la marche à suivre. Parce que, oui, ce serait un peu grossier d'arrêter simplement la camionnette, de se garer sur le bord de la route et de s'y mettre.

D'un autre côté, ce n'était pas la pire idée qu'elle ait jamais eue.

Une distraction. Elle avait besoin d'une distraction.

Son regard tomba sur le cadeau emballé dans des couleurs éclatantes que Lisa lui avait donné, et elle déchira le papier, découvrant, comme elle s'y attendait, une boîte qui contenait habituellement une bouteille de whisky Jameson.

Seulement, quand elle ouvrit le couvercle et retira le papier de soie festif, ce qui tomba sur ses genoux, ce furent des douzaines d'emballages de préservatifs. Aux couleurs vives, aromatisés, nervurés... *larges*.

Elle les fourra dans la boîte aussi vite que possible, les faisant crisser sous ses doigts.

Il semblait que désormais non seulement elle avait la motivation, mais également les moyens.

— Caleb ?

Il grogna en réponse. Si elle ne le connaissait pas mieux, elle aurait présumé qu'il faisait quelque chose d'aussi ennuyeux que de regarder un magazine de tracteurs ou de prévoir combien de ballots de foin empiler dans le champ sud.

Mais un rapide coup d'œil sur sa gauche lui montra la vérité. Ses doigts sur le volant avaient blanchi, sa prise si serrée qu'elle pouvait pratiquement entendre le cuir protester. Peut-être que le sang-froid légendaire de Caleb n'était pas tout à fait aussi inébranlable qu'il l'aurait souhaité.

Oh, elle l'espérait vraiment.

— Pourriez-vous vous arrêter, s'il vous plaît ?

Il fronça les sourcils.

— Vous avez déjà besoin d'une halte ?

Elle secoua joyeusement la tête. Puis elle agita en l'air un des cadeaux de Noël de Lisa, pour qu'il puisse le voir.

— Je pense que nous devrions commencer cette petite aventure maintenant, plutôt que d'attendre d'être rentrés.

Caleb jura, ramena brusquement la tête vers l'avant et se concentra sur la route comme si elle avait pointé une arme sur sa tête.

— Tamara. Je ne vais pas vous prendre dans cette fichue camionnette.

Elle posa la main sur son bras, remonta jusqu'à son épaule, la serra avant de laisser glisser ses doigts sur son biceps, pour le caresser.

— Pourquoi pas ? Je n'ai aucun problème à me donner à vous dans la camionnette. Ou si ça peut vous aider à vous sentir mieux, je pourrais vous prendre.

Le moteur rugit une seconde lorsqu'il appuya trop fort sur l'accélérateur avant qu'il ne gronde vers elle.

— Nous pouvons attendre.

Mais l'imperturbable Caleb se troublait.

Tamara avança les hanches sur le siège et défit son pantalon.

Il lui lança un coup d'œil de côté.

— Ne faites pas ça.

Tamara souleva son tee-shirt pour exposer son ventre puis leva la main vers sa bouche et se lécha les doigts avant de les glisser dans son pantalon. Incurvant les jointures pour qu'elles apparaissent contre le tissu de son jean.

— Je ne fais que m'échauffer.

Il se sentait partagé, elle pouvait le voir. Même si ses yeux regardaient la route, il lui lança suffisamment de regards en biais pour qu'elle sache qu'elle le rendait fou. Bon sang, elle *se* rendait folle, ses doigts frôlant son clitoris de manière régulière jusqu'à ce qu'un son doux de plaisir s'échappe spontanément de ses lèvres.

Caleb dirigea la camionnette hors de la route principale, la faisant rebondir sur une route transversale et sombre vers un groupe d'arbres.

Tamara laissa un sourire lui échapper, tendit la main en présentant ses doigts à Caleb.

— Tu veux goûter ?

Caleb écrasa le frein, faisant déraper la camionnette, qui vira à quatre-vingt-dix degrés pour finir garée de l'autre côté de la voie sans issue. Puis il fit le tour du véhicule, ouvrit brusquement la portière et détacha la ceinture de Tamara pour l'attirer vers lui. Il prit ses lèvres, l'embrassa durement, profondément et rapidement jusqu'à ce qu'elle en soit étourdie.

Caleb tendit la main et baissa son pantalon, jusqu'à hauteur de ses bottes, avant de faire glisser également sa petite culotte. Il la repoussa sur le siège, tira brusquement ses hanches en avant et couvrit son intimité de sa bouche.

De zéro à cent kilomètres heure – le peu d'échauffement qu'elle avait eu n'était rien comparé à la caresse de sa langue sur son sexe. Festoyant comme un homme affamé, avec le début de barbe sur ses joues qui irritait l'intérieur de ses cuisses. Un papier de verre sensuel la contraignant au plaisir alors qu'il déplaçait rapidement sa langue contre elle. Ses doigts forts serrèrent ses fesses alors qu'il la soulevait contre sa bouche.

Il lui avait arraché un orgasme en moins de deux. Le corps de Tamara tremblait alors que Caleb attrapait la boîte sur le plancher. Il arracha le couvercle, et des carrés colorés volèrent dans tous les coins. Il ouvrit un préservatif, couvrit sa verge. Puis il monta sur le marchepied, se mit en position et se glissa à l'intérieur de Tamara.

Lentement. Il avait les yeux fixés sur son visage alors qu'il la pénétrait. Dur, chaud et épais, et oh, *oui*, c'était bon.

Tamara jura en relevant les genoux. Elle avait eu l'intention d'attraper ses chevilles pour lui donner plus de place, mais son jean était coincé autour de ses bottes, alors elle finit dans une étrange position de papillon asymétrique alors que leurs corps se joignaient, la comblant plus qu'elle ne l'avait jamais été.

Caleb ferma les yeux, et un frisson secoua tout son corps alors qu'il agrippait les hanches de Tamara et les maintenait l'un contre l'autre.

Intime et impeccable. Même s'ils s'étaient brièvement embrassés, même s'ils avaient encore tous leurs vêtements et que le lieu de leur première relation sexuelle était peu pratique, c'était parfait.

L'impact de deux mois et demi de préliminaires ne pouvait pas être écarté.

Et quand Caleb recula les hanches, la perfection se confirma. Tamara tendit la main et s'empara de son poignet pour pouvoir participer. Elle se resserrait lorsqu'il donnait un coup de reins, arquait le dos et soupirait de contentement alors qu'il effectuait des va-et-vient en elle.

Encore et encore.

L'air froid se déversait par la portière et tourbillonnait autour d'eux alors que le vent de décembre balayait les montagnes Rocheuses. La brise touchée par les glaciers et l'odeur de glace, qui lui auraient normalement fait chercher un abri précipitamment, ne la gênait pas, car elle avait chaud. Une chaleur brûlante et torride alors qu'il baissait les yeux sur elle, avec sa prise sans faille qui contrôlait ses hanches.

Le plaisir monta de nouveau, jamais silencieux après son premier orgasme, et elle lâcha sa main pour titiller son clitoris avec ses doigts, pour l'assister. Plus fort, plus haut...

Mais pas complètement avant que Caleb ne se tende de la tête aux pieds, s'arquant contre elle pour mieux la pénétrer alors qu'il jouissait. L'orgasme le prit et le secoua, et elle ne pouvait même pas se sentir déçue de ne pas en avoir eu un deuxième.

C'était malgré tout tellement bon, et à moins qu'elle ne se trompe, ce n'était que le premier round.

La tête de Caleb se pencha en avant, son torse frissonnant alors qu'il respirait avec difficulté.

— Bon sang.

Tamara soupira joyeusement.

— Ça résume bien les choses.

Il la regarda de sous ses sourcils avec un petit sourire satisfait qui incurvait ses lèvres. Il n'ajouta rien d'autre, se pencha simplement et pressa ses lèvres contre les siennes en un doux et tendre baiser. L'air froid tourbillonnait autour d'eux, sa verge était suffisamment dure pour qu'elle la sente dans son sexe qui la picotait, et elle ne pouvait rien imaginer de mieux.

Sauf de savoir que ça ne faisait que commencer.

Il n'allait pas s'excuser.

Si cela avait été n'importe quelle autre femme, à n'importe quel autre moment, Caleb aurait été consterné par son manque de contrôle. Mais alors qu'il les ramenait sur l'autoroute pour rentrer, Tamara jubilait presque sur le siège à côté de lui.

Étant donné à quel point lui se sentait bien, ce n'était pas le moment de s'excuser.

Mais il se demanda presque s'il rêvait, parce qu'elle avait acquiescé bien plus facilement à sa proposition qu'il ne s'y était attendu. Ce n'était pas comme s'il ne voulait cela que pour ce jour-là... mais ça suffirait pour l'instant. Il avait encore besoin de faire ce dernier pas pour rendre leur relation plus officielle. Y arriver donnait l'impression que la distance entre les deux était sérieusement plus longue qu'elle n'aurait dû.

C'était comme l'endroit à Silver Stone où la rivière traversait le chemin, même si les étables qu'on lui avait dit d'aller vérifier étaient à moins de cinq minutes de marche l'une de l'autre, à cause de cette rivière, cela prenait une heure à moins de vouloir se mouiller.

À moins qu'il ne veuille se confronter aux rapides qui pourraient le faire tournoyer et peut-être le laisser sous le choc.

Tamara n'est pas Wendy.

Tamara était franche, toute en énergie et en audace alors qu'elle tendait la main vers la sienne, entrelaçait ses doigts aux siens et lui lançait un sourire plein de satisfaction. Il se sentit sourire en retour.

— Je peux faire mieux que ça, l'informa-t-il. Je me sens comme un blanc-bec, à essayer de te séduire dans la ruelle derrière une boîte de nuit.

— Caleb Stone. Est-ce quelque chose que tu as fait souvent ? Séduire d'innocentes jeunes filles derrière des tavernes ?

Il secoua la tête.

— Honnêtement ? Je n'ai jamais été du genre à fréquenter les bars. Luke, Walker et moi avions l'habitude d'y aller à l'occasion, et après que Josiah a emménagé dans le coin, lui et moi y allions. Mais j'ai plus ou moins arrêté après...

Elle caressa ses doigts entre les siens.

— Dis-moi d'aller me faire voir si tu veux, mais as-tu quelqu'un à qui tu peux parler de Wendy ?

Sa bonne humeur disparut en partie.

— J'essaie de ne pas penser à elle.

— Ce qui est logique, et je comprends. Je suis beaucoup plus heureuse quand je ne repense pas à tout ce qui m'a amenée à être virée, mais il y a des moments et des situations où il serait bien plus facile de... je ne sais pas. Je suppose que je veux simplement que tu saches que tu peux me parler d'elle. Je ne vais pas te juger parce que tu as fait une erreur, *si* tu en as commis une, et je ne dis pas que c'était le cas.

Elle serra sa main puis changea de position. Retirant ses bottes, elle ramena ses pieds près d'elle, les posant sur le siège alors qu'elle lui faisait face.

— Pourquoi as-tu été virée ?

C'était hors sujet, et ouais, cela revenait à botter en touche. Mais il voulait savoir comment elle allait répondre.

Apparemment, avec une complète honnêteté.

— La raison sur le papier, c'est que j'ai ignoré le secret médical quand j'ai dit à mon amie que sa mère avait un cancer en phase terminale. La vraie raison est que j'ai énervé un homme en position de pouvoir en refusant de vénérer sa queue.

Caleb retira vivement la bouteille d'eau de ses lèvres, toussant alors qu'il venait de prendre une gorgée. Dieu merci, il n'avait pas tout craché sur le pare-brise intérieur.

— C'était un peu trop direct ? Je suis sortie avec un des médecins quelquefois, mais il s'est avéré qu'il n'était pas aussi amusant qu'il le croyait. Et je n'ai pas pu m'empêcher de faire la maligne quand il est devenu clair qu'il pensait qu'il avait le droit de me harceler.

Caleb s'essuya les lèvres avant de lui lancer un coup d'œil.

— Toi ? Faire la maligne ?

— Choquant, n'est-ce pas ?

Il resta silencieux un instant. Ce n'était pas une broutille, ce qu'elle avait fait de travers.

— Est-ce que ça en valait la peine ? Pas de jouer la maligne, mais de l'avoir dit à ton amie.

Tamara hocha la tête.

— Elle avait déjà perdu son père d'un cancer. C'était cette longue maladie interminable qui avait été un enfer pour toute la famille, la raison pour laquelle sa mère gardait le secret sur son diagnostic. Mais je connais Allison. Je sais qu'elle aurait été encore plus dévastée d'être à des heures de là au lieu de passer ces derniers jours avec quelqu'un qu'elle aimait.

Dans la cabine, le silence régna pendant quelques instants, on entendait juste les roues sur la chaussée et l'air qui défilait alors qu'ils roulaient dans les ténèbres.

— Même en sachant que je serais virée, je le referais.

Tamara parla doucement, fixant le pare-brise. Il n'y avait pas grand-chose à voir à l'extérieur en dehors des lignes blanches sur le côté de la route, une voie de dépassement jaune pointillée passant par intermittence comme un battement de cœur, et par moments des feux arrière rouge pâle au loin.

Si silencieuse soit-elle, la cabine semblait être remplie de vie, d'énergie et d'émotion puissante. Tout ça était grâce à *elle*... Tamara.

Peut-être que ce fut pour ça que Caleb se retrouva à lui raconter plus qu'il ne s'y attendait pas.

— Wendy n'aimait pas aller au bar. Je pense qu'il y avait peut-être trop de gens, ce qui voulait dire qu'elle ne pouvait pas se démarquer dans la foule. Ça ne me dérangeait pas que ça lui plaise quand je l'emmenais déjeuner, quand nous sortions ensemble. Ginny, Dare et Dustin étaient à l'école à ce moment-là, alors je n'avais pas besoin de dégotter une baby-sitter ni de me coordonner avec quelqu'un pour cuisiner les repas à la maison. Wendy et moi sommes sortis ensemble pendant trois mois avant de nous marier.

Tamara siffla doucement.

— C'était un peu rapide.

Il soupira lourdement.

— Elle est tombée enceinte.

— Oh.

Peut-être que cette affaire d'aveu soulageait l'âme.

— C'est en partie pour cette raison que je n'étais pas trop ravi quand ma sœur s'est retrouvée enceinte. Je savais que ça pourrait mal finir.

Tamara secoua la tête.

— Je ne pense pas que tu aies besoin de t'inquiéter pour ta sœur. Jesse et Dare s'investissent tous les deux à cent pour cent dans cette relation. Est-ce que tu voulais que ton mariage fonctionne ?

— Bien sûr. À la base, je suis sorti avec elle parce que je pensais que nous serions bien ensemble.

D'autant plus stupide de sa part.

— Et de ce que je sais sur toi, tu te démenais pour faire en sorte que ça soit le cas. Je ne pense pas que le fait qu'elle soit tombée enceinte aurait dû sonner le glas de votre relation si elle avait voulu que ça fonctionne. C'est ce qui a manqué entre toi et Wendy, en tout cas à mon avis. Tu as donné encore et encore, et pas elle.

En effet. Caleb n'allait pas contester ce fait.

Ce n'était pas là qu'il s'était attendu à ce que la conversation aille, et pourtant ça semblait approprié. Puis, Tamara étant Tamara, elle replongea droit dans la conversation précédente.

— Tu n'as pas couché avec quelqu'un depuis qu'elle est partie, n'est-ce pas ?

Inutile de mentir.

— Ça explique pourquoi j'ai démarré au quart de tour.

Tamara ricana.

— Une séance de bécotage qui se finit pour moi en un orgasme au moins est une victoire. Ne te dévalorise pas. Je me suis amusée.

— Moi aussi.

Puis, bon sang, elle continua.

— Tu t'envoyais en l'air à quelle fréquence avant ça ?

— *Tamara.*

— Quoi ? J'essaie de me préparer aux prochaines quarante-huit heures.

Il lutta pour s'empêcher de sourire. Il considéra sa question et c'était simple.

— Pas beaucoup.

— Définis « pas beaucoup »… ?

— Bon sang, qu'est-ce que tu veux ? Quelle différence est-ce que ça fait ?

Il n'avait jamais dit ça même à Josiah.

— Emma a eu sept ans fin avril. Ajoute neuf mois. C'est toi qui fais des maths pour moi.

Il devait admettre que le flot de jurons que cet aveu provoqua était satisfaisant.

Elle tendit la main et s'empara de la sienne, entrelaçant fermement leurs doigts.

— Bien alors. C'est une bonne chose que je me sois mise à prendre des vitamines.

Il n'y avait vraiment rien à répondre à cela.

Puis elle arrêta les questions scandaleusement directes. Il s'inquiéta que le reste du trajet de trois heures ne devienne gênant, ou pire, une tentation constante de s'arrêter et de la prendre de nouveau.

Au lieu de ça, elle décida de lui demander son opinion sur tout un tas de questions domestiques qu'ils devaient rattraper, sortant un petit carnet de son sac à main et passant en revue une liste détaillée. Des activités pour les filles, des questions à propos du ranch et sur le côté financier. Bon sang, elle avait même la fête d'anniversaire d'Ashton sur la liste.

Pendant tout ce temps-là, ils se tenaient la main. Il ne s'était pas attendu à ce que cette simple action lui semble si importante. Si intime.

Une heure plus tard, Tamara referma son carnet avec un claquement satisfait.

— Considère ça comme une réunion de travail réussie. Et la fête est prévue.

— Kelli va être contente.

Tamara se mit à rire en lui serrant les doigts, puis le lâcha un instant pour pouvoir ranger son carnet.

— Quelle est son histoire ? On dirait qu'elle travaille à Silver Stone depuis longtemps.

Il hocha la tête.

— Elle s'est pointée un printemps quand nous étions en sous-effectif. Je pensais que Luke l'avait engagée, il pensait qu'Ashton l'avait fait et lui pensait que je l'avais embauchée. Aucun de nous ne l'avait fait, mais elle était là, sur le dos d'un cheval à faire le travail d'une journée complète, alors nous l'avons laissé continuer.

— C'est un peu bizarre, non ? Enfin, pas qu'elle soit ouvrière dans un ranch, mais elle devait à peine sortir du lycée.

Caleb lui lança un coup d'œil, mais Tamara n'avait pas l'air inquiète, plutôt intriguée et curieuse.

— Ne le lui dis pas, mais j'ai fait faire une recherche par la police sur elle. Elle est revenue négative. Je me suis dit qu'elle avait ses raisons, et Ashton a décidé qu'il voulait jouer les mères poules avec elle, alors nous avons lâché l'affaire. Nous n'avons jamais eu de raison de le regretter.

— Je l'aime bien, admit Tamara. Elle me rappelle ma sœur Lisa. Il y a peu de choses qu'elles ne feraient pas par défi, mais on sait que lorsqu'elles vous soutiennent, c'est jusqu'au bout.

— Elle fait autant partie de Silver Stone que n'importe lequel d'entre nous.

Le silence retomba. Tamara se pencha en avant et mit la musique, et la voix de Walker emplit la cabine.

Caleb se sentit un peu gêné de ne pas avoir su quelque

chose d'aussi important sur son frère. Et pourtant, comme l'histoire de l'arrivée de Kelli à Silver Stone le lui avait rappelé, cela arrivait souvent qu'il ne sache pas exactement ce qui se passait.

Et il avait été bien trop ignorant s'agissant des dégâts que Wendy avait provoqués dans la vie de ses petites filles.

Tamara n'est pas Wendy. Il se rappela cette évidence, mais c'était dur de s'empêcher de douter. Et s'il commettait une autre erreur ? Quels dommages risquaient d'être faits cette fois ?

Mais en jetant un coup d'œil à côté de lui, il fut frappé par l'honnêteté dans les yeux de Tamara. Directe dans ses paroles, vivant sa vie en montant le son, choisissant de faire ce qui était le mieux pour une amie malgré les dommages dévastateurs que cela avait causés à sa propre vie... ce n'était pas les actes d'une femme avec une idée derrière la tête.

Il jeta un coup d'œil à sa montre. Presque minuit. Il devrait être assez tard pour que leur arrivée à la maison ne soit pas remarquée. Parce que, quelles que soient les autres décisions qui devaient être prises, Caleb Stone n'en avait pas eu encore assez.

Les pensées de Tamara semblaient s'accorder aux siennes lorsqu'il se gara sur la place de parking la plus proche de la porte d'entrée. Il éteignit rapidement les phares et ils se retrouvèrent dans l'obscurité.

Une espièglerie totale illuminait son visage lorsqu'il lui lança un coup d'œil.

— Est-ce que nous nous cachons ? demanda-t-elle.

— Notre temps est limité, expliqua-t-il avant de sortir de la camionnette pour l'attirer derrière lui. Je ne veux pas le gâcher.

Elle le prit par la main et fonça dans l'allée. Ils se glissèrent par la porte, et il l'attrapa par les épaules, la repoussa contre le mur le plus proche et posa un doigt sur ses lèvres.

Ils se tinrent dans les ténèbres, à écouter.

Un silence merveilleux et incroyable leur répondit.

Tamara pressa ses deux mains fraîches contre le visage de Caleb et dirigea son regard vers lui.

— Notre temps est limité, répéta-t-elle. Et je ne veux pas en gâcher une minute.

Il s'attendait à ce qu'elle se mette sur la pointe des pieds pour l'embrasser, alors il faillit tomber quand elle fit l'opposé. Son dos glissa le long du mur, les mains appuyées contre son torse, puis plus bas, plus bas. Jusqu'à ce qu'elle se retrouve à genoux et que ses doigts s'agrippent à sa ceinture, ses yeux brillants vers lui derrière ses lunettes à monture rouge.

Il jura, la faible lueur de la lumière de la cour extérieure brillait par la fenêtre de devant pour atterrir sur le visage de Tamara alors qu'elle lui souriait et défaisait rapidement la boucle de sa ceinture. Elle l'ouvrit et dézippa son jean avant d'utiliser ses deux mains en une prise ferme pour tout descendre sur ses hanches, ce qui laissa son érection bien visible.

Caleb appuya un coude contre le mur.

— Oh oui.

Elle ne répondit pas, glissa simplement les doigts autour de son membre et le caressa. Le taquinant au ralenti, elle ajouta sa bouche, lécha le gland sensible en en faisant le tour, l'humidifiant.

Rien d'autre que des sensations. Absolument aucune pensée. Le plaisir remonta le long de son échine lorsqu'elle le suça profondément, prenant la moitié de son membre. Elle recula, sa langue passant sur la base du gland. Elle s'avança de nouveau, ses doigts comprimant ses fesses alors qu'elle l'encourageait à faire des va-et-vient un peu plus loin à chaque fois.

Caleb glissa les doigts dans ses cheveux, enroulant les

mèches autour de son poing. Veillant à contrôler la profondeur de ses coups de reins, et sidéré que ce soit si époustouflant.

Tamara resserra les mains et le repoussa assez pour que son membre ressorte de sa bouche.

Elle pencha la tête.

— Prêt pour un défi ?

Caleb émit un petit rire. Seule Tamara penserait à ajouter un jeu au sexe.

Puis elle le stupéfia en lâchant son postérieur et en levant les mains pour tirer sur son poignet.

— Sans les mains, lui ordonna-t-elle.

Il retira lentement ses doigts, les mèches des cheveux de Tamara glissèrent comme de la soie sur ses articulations. Il appuya son second coude contre le mur au même niveau que le premier, les paumes au-dessus pour former un triangle et lui donner quelque chose sur quoi s'appuyer alors qu'il baissait les yeux vers elle.

Tamara s'y remit, et après avoir posé le gland de sa verge sur sa lèvre inférieure ouverte, elle plaça ses paumes de chaque côté de ses hanches contre le mur.

En fait, Caleb était encore plus dur. Tout dépendait de lui désormais, il fit pénétrer sa verge dans la bouche de Tamara et la regarda glisser à l'intérieur. Elle resserra les lèvres, le suçant fortement alors qu'il reculait, et cette impression d'explosion imminente décupla.

Il essayait de continuer lentement. Il essayait de ne pas s'emballer comme un obsédé sexuel incontrôlable, mais elle avait fermé les yeux et émettait des bruits des plus délicieux. L'encourageant à y aller plus fort, plus profondément. La pression monta rapidement jusqu'à ce qu'il se retrouve à quelques secondes du désastre.

— *Tamara...*

Elle avait dû comprendre sa question parce qu'elle ouvrit

les yeux, et même étirées autour de sa verge, il était clair que ses lèvres étaient incurvées en un sourire. Quand elle le suça encore plus fort lors du coup de reins suivant, Caleb perdit la tête. Il s'immobilisa, enfoui profondément dans sa bouche. Les mouvements rythmiques de Tamara alors qu'elle avalait son sperme lui fit perdre le moindre contrôle.

C'était une bonne chose qu'il ait les deux mains plaquées contre le mur, autrement, il se serait directement retrouvé par terre. Ses jambes vacillaient si violemment que la maison aurait pu être au cœur d'un tremblement de terre.

Il récupéra finalement assez de ressources intellectuelles pour reculer les hanches, libérant sa verge avec un bruit sec. Tamara souriait en se relevant, et passa ses bras autour de son cou. Elle l'embrassa, hésitante au début comme si elle ne savait pas comment il réagirait à cette idée, mais au diable tout ça.

Caleb la pressa contre lui, la clouant contre le mur alors qu'il l'embrassait voracement. Le pantalon encore sur ses chevilles, les fesses à l'air, et une vague après l'autre d'endorphines joyeuses lui emplissant le corps.

Le meilleur dans tout ça ? C'était qu'il n'avait aucune intention de la laisser sortir de son lit avant longtemps.

Une lumière s'alluma derrière eux, et le plancher grinça à l'autre bout du couloir.

21

Tamara et Caleb tournèrent brusquement la tête sur le côté, juste à temps pour voir Dustin arriver, une batte de base-ball levée d'un air menaçant.

Le jeune homme les repéra, ses yeux s'écarquillèrent, et il pivota sur place pour leur tourner le dos.

— Bon sang, c'est quoi ce bazar ? lança-t-il.

Caleb attrapa son pantalon et le remit brusquement en place. Le cœur de Tamara bondit, quelque part entre la surprise et l'amusement.

— Qu'est-ce que tu fiches ici ? demanda Caleb.

— C'était trop bruyant dans le dortoir, alors j'ai décidé de dormir dans mon ancienne chambre en bas. J'ai entendu des bruits bizarres, et je ne vous attendais pas avant demain, expliqua-t-il en jetant un coup d'œil par-dessus son épaule. Est-ce que je peux regarder sans risque ou pas ?

Tamara posa une main sur sa bouche pour s'empêcher de rire ouvertement. Pauvre gamin.

Caleb ne semblait pas être aussi diverti par toute cette affaire.

— Bonne nuit, Dustin.

— Je vais retourner au dortoir, répondit-il.

— Fais ça.

— Dustin, l'interpella Tamara avant que le gamin ne puisse s'échapper.

Elle attendit qu'il regarde dans le couloir, et même dans la faible lumière, il était clair que ses joues étaient cramoisies.

— Nous n'avons pas à te demander de ne rien dire, n'est-ce pas ?

Il hocha rapidement la tête. Une touche de son habituelle attitude juvénile réapparut ainsi qu'un sourire prétentieux.

— Je savais que vous l'appréciiez.

Cette fois, ce fut elle qui pointa le bout du couloir.

— Vas-y.

— J'y vais.

Dustin disparut.

Tamara et Caleb restèrent debout dans le couloir, jusqu'à ce que le son de la porte de la cuisine qui se fermait résonne à travers la maison de nouveau silencieuse.

Elle se tourna vers Caleb, qui se tenait à quelques centimètres d'elle, avec une expression méfiante.

— Eh bien. C'était inattendu, dit-elle.

Il se passa la main dans les cheveux.

— Ça complique les choses.

Elle secoua la tête, glissa les mains autour de sa taille pour pouvoir nicher son corps contre le sien.

— Pas vraiment. Ces moments sont encore à nous, et nous n'avons pas à prendre d'engagement sur ce que nous faisons. Ça me convient. Pour les deux prochains jours, nous continuerons comme nous avons commencé.

— Ce n'est pas une passade.

— Nous n'avons pas besoin de tout décider immédiatement, lui répéta Tamara.

Caleb inspira profondément.

— Tu ne penses pas que Dustin dira quoi que ce soit ?

Si elle connaissait bien Dustin, il aurait probablement plein de choses à dire, mais ça ne serait à personne d'autre qu'à Caleb ou elle.

— Parle-lui demain. Il est assez grand pour savoir tenir sa langue.

Son cow-boy sexy avait toujours l'air inquiet, mais il prit son visage entre ses mains et se pencha pour l'embrasser, et la douce pression de ses lèvres contre les siennes suffit à faire disparaître les inquiétudes que leur escapade soit trop vite révélée.

C'était une sensation complètement différente de se tenir au milieu d'un lieu familier, pressée contre son corps chaud et de s'embrasser d'une manière aussi lente et paisible. Ils avaient eu leur coup rapide dans la voiture, et la pipe qu'elle lui avait taillée quelques instants auparavant avait été chaude et déchaînée.

Ça, c'était intime d'une manière qui touchait différemment son cœur. Son pouls ne s'emballait pas même s'il battait fort. Elle ne se tortillait pas sous un incendie sexuel, mais le besoin qu'elle ressentait pour l'homme contre qui elle était pressée n'était pas moins intense bien qu'il soit calme, doux, lent et il étourdissait quand même ses sens.

Caleb recula, déposa des baisers sur sa tempe puis le long de sa mâchoire et derrière son oreille. Quand il lui mordit le cou, tout son corps trembla, elle sentit s'élever une nette chair de poule. Elle gémit de plaisir.

— Je veux te voir nue, chuchota-t-il.

Elle lui attrapa les mains et recula vers sa chambre, maintenant le contact entre leurs corps alors qu'ils traînaient les pieds.

— Moi aussi.

Il lui adressa un grand sourire.

— Tu veux me voir nu, ou tu veux que je te voie nue ?

— Les deux. Tout de suite, terriblement.

Elle tendit la main derrière elle et poussa la porte, et quelque chose dans les yeux de Caleb s'enflamma de douleur pendant une seconde.

Oh mince. Il semblait qu'Emma ne soit pas la seule qui ait des difficultés avec cette chambre.

Elle glissa les doigts autour de sa ceinture et attira son corps contre le sien.

— Il y a plus de place ici, et un matelas bien plus grand. Mais si ça doit te déprimer...

Caleb secoua la tête, répondant à une partie de sa question en se pressant contre elle et en la forçant à entrer dans la chambre. Il ferma la porte derrière eux.

Elle se déplaça vers le chevet et alluma la lampe.

Un doux rire échappa à Caleb.

— Je ne sais pas pourquoi ça devrait me surprendre.

— Quoi ? Que je veuille coucher avec toi sur le plus grand lit possible ?

Il pointa le doigt derrière elle.

— Que tu allumes la lumière pour que je puisse mieux te voir.

Son amusement s'accentua.

— Ouais, je ne joue pas très bien les jouvencelles timides et réservées.

— Bien.

Il s'avança jusqu'à ce qu'ils soient l'un en face de l'autre, séparés d'un peu plus d'un mètre. Ils avaient retiré leurs bottes dans le vestibule, et ils se tenaient tous les deux là en chaussettes.

Il commença par le bas et l'examina lentement et minutieusement alors que son regard remontait sur son corps.

Quand il atteignit son visage, le rire gronda depuis le fond de son torse.

— Tu gardes tes lunettes ?

Instinctivement, Tamara leva la main pour les réajuster. Ce jour-là, elle portait une délicate paire à armatures rouges assortie à son chemisier festif.

— Je ne vois pas sans, tu te souviens ? Et je n'ai aucune intention de rater le spectacle.

Caleb se rapprocha d'elle, lui tapotant brièvement le nez du doigt.

— Je croyais que c'était les mecs qui étaient excités visuellement.

— Les filles aiment regarder aussi.

Il passa un doigt sur les boutons du chemisier de Tamara.

— Tu regardes des choses sexy, Tamara ?

— Tu veux dire du porno ? Tout le temps, répondit-elle en se laissant aller doucement contre lui. Tu as l'air choqué. Est-ce que ça te scandalise ?

Il commença à lui enlever son chemisier, le regard fixé sur ses doigts alors qu'il défaisait les boutons et que le tissu s'écartait.

— Un peu, mais ça me plaît. J'ai l'impression que je devrais te regarder pendant que tu te touches. Peut-être que j'apprendrai un truc ou deux sur ce que tu aimes.

— Eh bien, nous pourrions faire ça. Ou tu pourrais me demander. Ou mieux encore, nous pourrions tout essayer et voir ce qui nous correspond.

Elle connaissait déjà certaines choses qui correspondaient bien, merci beaucoup. Et même s'il était amusant qu'il lui retire son chemisier, ce qu'elle voulait c'était le regarder.

Tamara appuya une main contre son torse et le repoussa d'un demi-pas.

Elle défit son pantalon et le laissa glisser, retirant ses pieds du tissu amassé sur le sol, se tenant en sous-vêtements, hors de portée.

Quand il tendit le bras vers elle, Tamara leva la main.

— Pas si vite. À ton tour. Retire ta chemise. Et le reste.

Caleb ne se donna pas la peine de déboutonner quoi que ce soit. Il ôta sa chemise de son jean et la passa par-dessus la tête, croisant les bras alors qu'il la retirait. Les muscles de son abdomen se bandaient quand il bougeait, la ligne de poils sous son nombril s'agitait avant de disparaître de façon séduisante sous la ligne de sa ceinture.

Ses avant-bras puissants étaient couverts d'une couche de poils, et ses biceps se bandèrent lorsqu'il croisa les bras sur son torse solide.

— Puisque nous le faisons à tour de rôle, c'est à toi.

— Tu portes encore ton pantalon, protesta Tamara.

— Plus que deux vêtements, lui signala-t-il. Oh, désolé. Avec les chaussettes, ça fait trois.

— Nous ne pouvons pas oublier les chaussettes.

Tamara tendit la main derrière elle et dégrafa son soutien-gorge, agitant les épaules pour le faire tomber entre ses mains et le jeter sur la chaise la plus proche.

Le regard de Caleb se fixa sur sa poitrine et elle inspira profondément, arquant le dos pour voir le feu s'embraser dans ses yeux.

Il ne détourna pas le regard lorsqu'il fit tomber son jean, l'écartant du pied, se tenant juste là dans son boxer. Son érection formait une grosse protubérance clairement visible en contraste aigu contre le tissu tendu.

Tamara ne put s'empêcher de combler la distance entre eux. Elle lui caressa les hanches du bout des doigts avant de glisser la main sous l'élastique de son boxer et de saisir sa verge.

Caleb ferma les paupières.

— Je croyais qu'on regardait d'abord et qu'on touchait après ?

Il écarta largement les jambes alors qu'elle le masturbait. Elle appréciait trop le poids dans sa main pour s'arrêter.

— Oups ?

Tamara le pompa encore deux fois avant qu'il n'enroule la main autour de son poignet et ne se retire de sa prise. Caleb la souleva et la plaça sur le lit, reculant alors qu'elle se redressait.

Un instant plus tard, il avait perdu son boxer aussi, et elle remonta les jambes contre sa poitrine, les entoura de ses bras et regarda avec admiration sa statue vivante d'Adonis. Il avait des hanches minces, avec des muscles qui s'élevaient de son aine en formant un V profond. Ses muscles obliques étaient visibles, ceux de ses pectoraux étaient légèrement déséquilibrés, comme si à un moment de sa vie il s'était cassé des côtes. Chaque ombre, chaque creux soulignaient son corps, que le travail de la terre avait transformé en œuvre d'art. Le dur labeur physique et une farouche détermination ne lui avaient pas laissé un gramme de graisse en trop.

Une ombre marquée colorait son menton et ses joues. Ses yeux la regardaient avec une intensité qui déclenchait sa lumière intérieure.

Enfin, Tamara baissa les yeux. Le membre de Caleb était complètement en érection, et magnifiquement proportionné. Elle aurait pu écrire un article médical sur la perfection de son équipement, mais puisque l'époque de la paperasse médicale était derrière elle, elle l'apprécierait simplement pour le merveilleux cadeau que c'était. En tout cas, la manière dont il l'utilisait.

— Tu as fini de regarder ou pas ?

Il ne lui laissa pas le temps de répondre. Rampant sur le lit, se redressant sur ses genoux, il la fixa intensément.

Tamara tendit la main vers sa petite culotte, avec l'intention de la retirer en se tortillant, quand il secoua la tête.

— C'est mon boulot.

La soirée était loin d'être terminée. Elle se rallongea contre les oreillers et attendit.

Caleb n'avait aucune intention de se dépêcher. Cela lui avait pris bien trop longtemps d'en arriver à ce stade, et même s'il devait gérer le problème avec Dustin qui avait découvert que lui et Tamara avait une...

Il ne savait pas comment qualifier ça en dehors d'incroyablement fantastique.

Elle était allongée là, nue en dehors d'un bout de tissu sur son intimité et de ses chaussettes en laine ridicules qu'elle adorait, et il n'allait pas s'inquiéter de la sémantique appropriée pour cet événement. Il allait s'assurer qu'ils passaient tous les deux du très bon temps.

Même après la partie de jambes en l'air dans la camionnette et la pipe particulièrement obscène qu'elle lui avait taillée, ils avaient à peine commencé. C'était la première fois qu'il pouvait voir les doux renflements de ses seins, et ses mamelons qui se tendaient sous son regard.

Caleb ajusta sa position pour s'allonger près d'elle, et pendant un instant il fut figé par l'indécision. Par où devait-il commencer ?

Tamara posa une main sur sa joue et cela lui sembla un assez bon début alors qu'il s'approchait de sa bouche pour un autre baiser. Ils avaient échangé des baisers violents et surprenants, et des baisers doux et lents, mais c'était la première fois qu'ils s'embrassaient avec leurs corps pressés l'un contre l'autre, presque nus. Ses doux seins avec ses boutons tendus taquinaient son torse alors qu'il se penchait contre elle. Ils se goûtaient l'un l'autre, encore et encore, leurs lèvres s'effleurant et se dévorant tour à tour.

Tamara passa les doigts dans les cheveux de Caleb alors qu'ils continuaient à s'embrasser, la chaleur s'élevant tranquillement.

Caleb glissa la main sur la hanche de Tamara et remonta jusqu'à ce qu'elle couvre le renflement de son sein. Sa paume taquina son mamelon en un lent mouvement circulaire. Il fit de même avec l'autre, et quand il réussit enfin à détacher ses lèvres des siennes, il plaça sa main en coupe et, faisant remonter son sein pour lui donner du volume, il changea de position et suça son mamelon en en taquinant l'extrémité avec sa langue.

Les ongles de Tamara lui grattaient le crâne, plus fort alors qu'il la suçait plus intensément. Elle frissonna lorsqu'il se mit à la mordiller.

Il n'avait aucune idée du temps qui s'était écoulé depuis qu'il avait commencé à se régaler en passant d'un sein à l'autre avant de glisser une main sur ses côtes, la suivant de sa langue. Il descendit sur son corps centimètre par centimètre, la léchant, la suçant et la mordillant.

Il s'arrêta sur son nombril, passant la langue dans le creux avant de glisser vers une hanche. Enfin, il passa les doigts sous le bord de sa petite culotte et l'abaissa assez pour pouvoir taquiner son aine.

Tamara tenta de plier un genou, mais Caleb le repoussa, écartant ses jambes en V alors qu'il s'installait entre elles. Sa petite culotte recouvrait toujours son intimité et il attrapa l'avant entre son pouce et son index. Son autre main descendit plus bas et il enroula un doigt autour du tissu recouvrant son entrejambe. Étirant le tissu pour en une mince bande, il le fit aller et venir sur son sexe.

Tamara laissa échapper un petit gémissement haletant alors que le tissu agaçait son clitoris, glissant entre ses lèvres.

Elle était mouillée, tellement mouillée qu'il ne put s'empêcher d'écarter le tissu et de glisser un doigt dans ses profondeurs.

— Caleb.

— Je regarde toujours.

Ses petits halètements d'excitation furent ravagés par un ton plaintif lorsqu'il ajouta un deuxième doigt et continua à faire de lents va-et-vient.

— *Caleb...*

Il lui arracha sa petite culotte, la jetant sur le sol. Il lui souleva les genoux et lui écarta les jambes jusqu'à ce qu'elle soit largement ouverte, son intimité étincelant d'humidité.

— Reste comme ça, lui ordonna-t-il.

Tamara saisit ses genoux et baissa les yeux vers lui, ses lunettes perchées sur le bout de son nez alors qu'elle lui souriait, les joues rosies.

— Tu es un observateur très minutieux, le taquina-t-elle.

Il ne répondit pas, remonta simplement pour pouvoir retirer une chaussette en laine puis déposer un baiser sur la voûte de son pied.

Elle gloussa, faisant trembler tout le lit alors que son rire s'élevait. Il l'ignora, même s'il avait le sourire aux lèvres alors qu'il suçait un à un ses orteils. Puis vinrent d'autres baisers, à l'arrière de sa cheville, remontant jusqu'à ce qu'il puisse tourmenter de la langue la peau sensible à l'arrière de son genou.

Les gloussements de Tamara s'arrêtèrent à cet instant, se transformant en gémissement d'extase.

Il fit de même sur son autre jambe, et le rire revint alors qu'il retirait sa seconde chaussette.

— Caleb Stone. Serais-tu un fétichiste des pieds ?

Il agrippa sa cheville plus fermement, puis sa langue la taquina entre les orteils. Les yeux de Tamara s'écarquillèrent, le visage transformé de plaisir.

Il s'amusait trop pour s'arrêter. Cette fois, il n'hésita pas plus d'une seconde à l'arrière de son genou pour remonter l'intérieur de sa cuisse. Sa joue rendue rugueuse par les poils râpait sa peau douce. Repoussant les genoux de Tamara plus loin vers sa tête, il fit décoller ses hanches du lit.

Elle était ouverte et prête pour ce moment, il se laissa tomber sur les coudes et la lécha délicatement.

— *Oh...*

Caleb prit son temps, la goûtant et la taquinant. Guettant les sons qu'elle émettait à chacun de ses gestes, il apprenait ce qu'elle aimait et ce qu'elle adorait.

Et chaque fois qu'il levait les yeux, elle l'observait toujours, le regard posé sur sa bouche, dérivant sur ses traits. Ses yeux papillonnaient alors que son corps se tendait, se rapprochant de son moment le plus intense.

Il recula avant qu'elle ne puisse jouir, avalant son doux gémissement de protestation d'un baiser avant de rouler sur le côté, cherchant un des préservatifs qu'il avait mis de côté dans son jean.

Il fut de retour sur le lit en quelques secondes, la repoussant alors qu'elle allait se redresser pour le rejoindre.

Mais quand il leva l'emballage vers sa bouche pour le déchirer, Tamara lui vola le préservatif.

— Pas de ça. Pas de dents à proximité des préservatifs à moins de le faire correctement.

Ses paroles étaient assez déroutantes pour le faire hésiter. Il se retrouva bloqué sur le lit, la prise ferme de Tamara autour de son membre aussi efficace qu'un anneau nasal sur un taureau.

— Correctement ?

Tamara retira le préservatif puis le plaça sur le gland de sa verge, et la seconde suivante, elle était penchée en avant et utilisait ses lèvres pour le dérouler sur son membre. De lents mouvements répétitifs, qui menaçaient de l'envoyer voler au septième ciel bien trop rapidement.

— Bon sang.

Elle recula et s'essuya la bouche.

— À la fraise. Mon préféré.

Caleb se mit à rire, l'attira dans ses bras et lui attrapa les fesses. Il la remonta vers lui, mais elle roula sur le côté. Se déplaçant avec elle pour se mettre en position, il la pénétra profondément, la jambe de Tamara crochetant sa hanche lui donnait l'angle parfait pour être entouré d'un plaisir incandescent.

Il y avait trop de choses à ressentir. Trop à apprécier. Tamara écorcha son dos et glissa la main sur son postérieur alors qu'il s'activait en elle. Il prit un de ses seins lourds entre ses doigts, le massant avant de clouer de son pouce l'extrémité de son mamelon contre ses doigts et de le faire rouler.

Un autre baiser, une autre caresse. Et durant tout ce temps, le mouvement de leurs corps qui allaient et venaient l'un contre l'autre était parfaitement huilé, bien trop brut pour y résister.

Tamara s'arc-bouta contre lui alors qu'un cri guttural lui échappait. Son sexe se serra, et il jura, luttant contre son orgasme pour lui donner un autre coup de reins. Et encore un autre, puis encore quelques-uns pendant assez longtemps pour étirer le plaisir de Tamara jusqu'à ce qu'elle tressaille à chaque fois qu'il plongeait en elle.

Caleb perdit toute finesse, la faisant rouler sur le dos, coinçant son coude autour du genou de Tamara pour qu'elle s'ouvre encore davantage et qu'il puisse s'enfoncer profondément pour ses derniers coups de reins.

L'orgasme commença quelque part près de ses orteils et remonta jusqu'en haut, transperçant son corps comme une électrocution, la puissance déferlant jusqu'à ce que son crâne soit prêt à décoller et que des étoiles se forment devant ses yeux.

Ils s'agrippèrent l'un à l'autre, respirant bruyamment. Il ne voulait pas se retirer, mais il se débarrassa rapidement du préservatif avant de revenir vers elle et de l'attirer de nouveau dans ses bras.

Elle se lova contre lui, et il se rendit compte que, à un moment ou à un autre au cours des dix dernières secondes, elle avait enfin retiré ses lunettes.

— Tu n'as plus besoin de voir ? la taquina-t-il.

Elle secoua la tête, une caresse contre son torse. Les bras de Tamara l'entourèrent et leurs jambes s'entremêlèrent.

— J'ai besoin de dormir.

Il était assez tard, alors cela tombait sous le sens. Pas de discussion sérieuse après l'orgasme, pas de questions sur la direction qu'ils prenaient à partir de là.

Il roula juste assez loin pour éteindre la lumière avant de se rapprocher et de la serrer tendrement. Fixant autour de lui la chambre qui avait autrefois été celle de son épouse.

Non. Avant, cela avait été *leur* chambre. L'endroit où lui et Wendy avaient commencé leur vie maritale, avant que tout ne devienne un enfer.

Encore avant, autrefois, cela avait été celle de ses parents. Un endroit où l'amour avait vécu.

Il s'agissait juste d'une pièce. C'était les gens à l'intérieur qui comptaient.

Un doux ronflement échappa à Tamara, et Caleb se surprit à sourire. Le sommeil de l'innocence, dans le meilleur sens du terme. Tamara n'avait aucun plan. Aucune raison de retenir ou de marchander son affection. Juste un plaisir honnête et un lien entre eux deux.

Il s'endormit en se demandant s'il était possible d'appuyer sur le bouton « *reset* » et de vraiment recommencer.

Se réveillant moins de quatre heures plus tard à son horaire habituel, il était suffisamment sonné pour se demander ce qui se passait avant de se souvenir qu'il était au lit avec Tamara.

À un moment, pendant la nuit, ils avaient roulé et étaient maintenant en position de cuillère. Le postérieur de Tamara était contre son aine, la main de Caleb en travers de son corps tenait son sein.

Se lever pour gérer les corvées était la forme la plus pure de l'enfer qu'il ait jamais vécue. Le forcer à s'éloigner d'une femme chaude et douce pour sortir dans le froid était simplement cruel.

Les animaux se fichaient totalement que ce soit injuste. Bon sang, il aurait juré que sa jument se moquait cruellement de lui quand il alla la seller.

Caleb aurait dû savoir qu'il ne passerait pas toute la matinée sans être abordé par son cadet. Dustin, qui survivait habituellement aux tâches du petit matin en consommant des quantités massives de Coca, l'attendait près du silo à grain. Il tentait d'avoir l'air décontracté mais il avait quelque chose à l'esprit.

Peut-être que le gamin serait trop gêné pour dire quoi que ce soit si Caleb n'abordait pas le sujet en premier.

— Bonjour.

— Qu'est-ce que vous faites, Tamara et toi ?

Au temps pour esquiver le problème.

Caleb lança un coup d'œil dans l'écurie avant de faire signe à son frère de se joindre à lui. Il s'appuya contre le mur solide en bois et réfléchit à ce qu'il allait répondre.

Il était surtout tenté de ne rien dire, mais l'inquiétude sur le visage de Dustin était réelle, et tous ces vieux réflexes pour faire de son mieux et apprendre à son frère ce dont il avait besoin dans la vie... bon sang, Caleb avait sérieusement foiré là-dessus quand il s'agissait de montrer l'exemple par son premier mariage. Ne rien dire n'était pas une option.

Alors il choisit la vérité.

— Je ne sais pas.

Dustin ne s'était pas attendu à cette réponse.

— Oh.

Ils se fixèrent pendant une bonne minute avant que Caleb ne continue.

— On ne s'attendait pas à tomber sur toi hier. On est encore en train de déterminer ce qu'on veut, alors il est important que tu ne dises rien à personne.

Son frère secoua la tête.

— Je ne dirai rien, mais Caleb...

Dustin leva les yeux, et au lieu d'un jeune garçon taquin, Caleb vit quelqu'un au bord de l'âge adulte, l'inquiétude assombrissant ses traits.

— J'aime bien Tamara, continua-t-il. Et je veux que tu sois heureux, et si la raison pour laquelle vous restez à distance l'un de l'autre, c'est parce que tu penses que te remarier n'est pas une bonne idée, eh bien, alors je pense que tu as besoin de savoir que c'est différent. Elle n'est pas comme Wendy.

— C'est vrai, acquiesça Caleb.

— Et tu n'es plus le même qu'avant, continua précipitamment Dustin.

O.K., ça c'était un peu plus déroutant.

— Qu'est-ce que ça veut dire ?

Dustin haussa les épaules.

— Je veux dire que tu es dans un état d'esprit différent que lorsque toi et Wendy vous vous êtes mis ensemble. Je sais que tu as Emma et Sasha, mais le reste d'entre nous... nous sommes des adultes maintenant. Tu n'as pas besoin de prendre soin de nous.

— Vous restez ma famille. Et nous avons toujours besoin que Silver Stone tourne bien et subvienne à nos besoins.

— D'accord, mais tu nous as tous pour t'aider avec tout ça. Alors si être avec Tamara te rend heureux, et si elle veut être avec nous...

Les joues du gamin rougirent presque autant que le soir précédent quand il les avait interrompus.

— Si elle veut être avec *toi*, alors j'espère que vous finirez ensemble.

Pour la première fois depuis longtemps, ce fut Dustin qui abandonna la conversation avant que Caleb n'en ait l'opportunité.

Des conseils amoureux de la part d'un garçon de dix-neuf ans. Hum. Caleb regarda son petit frère disparaître à l'angle de l'écurie.

Le comble, c'était que... ce n'était pas un mauvais conseil.

22

———

— Comment veux-tu faire ? demanda Tamara.

Il était à peine plus de midi, deux jours plus tard, et ils étaient encore au lit, seule une douce chaleur s'attardant entre eux.

Caleb traçait un chemin sur ses seins, son regard suivant ses doigts.

— Je viens de te montrer comment on fait. Tu as besoin d'une autre démonstration ?

Elle couvrit son intimité avant qu'il ne puisse y arriver le premier.

— Arrête ou je ne vais plus pouvoir marcher, dit-elle en dirigeant ses lèvres vers lui pour l'embrasser. Même si je ne me plains pas vraiment de cette éventualité.

Les deux jours précédents s'étaient déroulés dans une brume splendide de plaisir sexuel. Chaque matin, ils se réveillaient entremêlés, puis Caleb revenait pour le déjeuner, qui se transformait en rapides galipettes. Avant le dîner, ils prenaient leur pied sous la douche.

Assis devant le feu dans la soirée, ils se lançaient des coups d'œil de plus en plus insistants. Finalement, ils bouclaient tout une heure plus tôt que d'habitude et s'éclipsaient dans la chambre de Tamara pour remettre ça.

Tamara pensait que cet homme avait plus de sept ans d'abstinence à rattraper. Elle n'allait pas lui dire non. C'était tellement altruiste de sa part, d'être prête à avoir une relation sexuelle au pied levé.

Dans son imagination, ses sœurs roulaient tellement des yeux que c'en était audible. *Altruiste, ha !*

Cela en valait la peine, parce que Caleb affichait l'expression d'un homme comblé.

— Quelle est ta question ?

— Qu'est-ce que tu veux qu'on dise aux filles ?

Ils avaient ignoré cette conversation jusque-là, comme convenu, mais ça ne pouvait plus être reporté.

— Elles seront là dans deux heures.

Il n'hésita pas.

— Nous leur disons que nous allons nous marier, et que tu es...

— Caleb Stone.

Elle était complètement sous le choc, mais les réflexes se déclenchèrent. Elle lui donna une claque sur l'épaule.

— D'une, dit-elle, ce n'est *pas* ce que nous allons faire, et de deux, tu ne me l'as pas demandé.

Un froncement de sourcils plissa les traits de Caleb.

— J'aurais pu jurer que si.

Tamara y repensa.

— À moins que « oh mon Dieu, oh mon Dieu, oh ouais » soit du langage de cow-boy qui veuille dire : « Tamara, veux-tu m'épouser ? », tu sembles avoir raté ce détail.

Il haussa ses larges épaules, ce léger mouvement les déplaçant contre les draps emmêlés.

— Épouse-moi.

O.K., super au lit, sexy et fiable, et pas une fibre de romantisme dans le corps. Tamara haussa un sourcil et ignora le petit poing levé de bonheur à l'intérieur d'elle, parce qu'au moins il avait fait sa demande.

Une fois qu'il y avait été incité. Hummm.

Elle campa sur ses positions.

— Bien essayé, mais non. Étant donné que tu t'es déjà mis à genoux, je n'accepte pas ça.

Pendant une seconde, les yeux de Caleb se troublèrent, mais elle refusait que son passé reste un sujet interdit entre eux.

— Je comprends que tu aies de mauvais souvenirs, mais tu dois penser à la vue d'ensemble là, mec.

— J'apprécie très bien la vue de là où je suis, ronchonna-t-il.

Tamara se redressa brusquement pour le foudroyer du regard. Même si elle avait accepté que ce ne soit que physique pendant ces deux jours, ça ne suffisait pas pour baser un mariage là-dessus. Et elle était presque certaine qu'elle n'était pas la seule dans cette relation à ressentir quelque chose.

Faire en sorte qu'il admette qu'il avait des sentiments pour elle pourrait bien être le plus rude combat.

D'un autre côté, elle-même n'avait aucun problème pour exprimer ses sentiments, en tout cas en ce qui concernait l'agacement qui l'envahissait. Oui, il lui avait demandé de l'épouser, et un frisson sincère lui traversait le corps, mais...

Mais...

Ça ne suffisait pas, et ce n'était juste envers aucun d'eux de ne pas se battre pour *tout* avoir.

D'où la moutarde qui lui montait au nez et s'échappait.

— Que tu ne parles pas beaucoup pourrait bien être une bonne chose, parce que tu réussis très bien maintenant à mettre les pieds dans le plat.

Le visage de Caleb marqua la confusion.

— Quoi ? Veux-tu une bague ? Parce que nous pourrons en avoir une d'ici à demain. Peut-être un peu plus tard aujourd'hui.

— Une bague fait partie du lot, mais ce n'est pas le plus important.

Elle croisa les bras sur sa poitrine. Soit il était délibérément obtus, soit cet homme n'y connaissait honnêtement rien. Tamara examina son visage, mais il était de nouveau indéchiffrable. Il s'était fermé et coupé d'elle, et *pas question* qu'elle soit d'accord avec ces réactions.

C'était une chose qu'elle soit stupidement amoureuse de cet homme, mais était-ce trop en demander qu'il ressente la même chose pour elle ? Non, bien sûr que non.

Il *était* probablement amoureux d'elle aussi mais trop têtu pour l'admettre.

Bien. Elle allait ramener ça sur un terrain où elle savait qu'ils étaient d'accord à cent pour cent. Les filles.

— Je ne pense pas que ce soit une bonne idée de lâcher une bombe pareille. Elles m'apprécient vraiment pour l'instant, mais je suis leur nounou. Si tu leur annonces simplement que nous sommes ensemble, elles pourraient bien avoir très peur que les mères soient différentes des nounous, et elles doivent savoir que je suis toujours *moi*, et pas le titre derrière mon nom. Que les choses ne vont pas retourner à ce qu'elles étaient avec Wendy.

Il hocha la tête et recula sur le lit.

— Des idées ?

— Nous allons y aller lentement.

Pour son bien à lui également. Peut-être qu'un peu de temps suffirait pour qu'il comprenne ce qui avait manqué à ce piètre exemple de demande en mariage.

— Donnons-nous encore un mois environ. Changeons les choses vers la Saint-Valentin.

AUCUN *sous-entendu.*

Il hocha la tête, mais elle pouvait voir qu'il n'était pas ravi à cette idée.

— Nous pourrons parfois filer en douce pour nous retrouver ensemble, lui suggéra-t-elle.

— Je croyais que tu voulais que nous restions discrets. C'est impossible si nous sommes surpris à nous cacher.

— Je n'ai aucune autre idée, dit-elle.

Il l'embrassa, durement. Exigeant une réponse, et avant qu'il ne quitte son lit elle serait redevenue une nouille cuite, comblée et heureuse.

Mais il quitta également la chambre, emportant ses vêtements avec lui, et elle fixa la porte close en se demandant combien de temps cela allait prendre pour abattre ses dernières barrières. Wendy avait blessé les filles, mais elle en avait également fait de belles à Caleb. Cela pourrait leur prendre un moment pour en finir avec le processus de guérison.

Tamara passa à la suite. Elle se leva et prépara une triple fournée de cookies afin d'en avoir assez pour pouvoir en donner à la personne qui ramènerait les filles avant qu'elle ne reparte. Puis elle se retira dans le bureau pour terminer de mettre à jour les comptes en utilisant les informations qu'elle avait reçues de Caleb durant le trajet du retour.

Gérer le côté financier était une distraction d'un genre très différent. Le commentaire de Caleb, quand il lui avait demandé de prendre le relais de cette tâche, lui revint – qu'il engagerait probablement un comptable seulement pour se rendre compte qu'il n'y avait pas assez d'argent pour le garder.

Après une heure de paperasse, elle était forcée d'en convenir. Silver Stone allait devoir sérieusement se préparer. Rien de terrible, en tout cas pas encore, mais quand elle compara le bilan comptable de cette année avec les précédents, les dépenses avaient augmenté et les revenus baissé juste assez pour que rester créditeur soit gênant.

Un coup à la porte du bureau lui fit lever les yeux pour croiser le regard de Walker. Elle lui fit signe d'entrer.

— Quoi de neuf ?

Il entra d'un pas nonchalant, jetant un coup d'œil dans la pièce.

— Waouh, tu as nettoyé les dommages de l'ouragan.

— Ce n'était pas aussi grave que ça, mais ouais. Il y a un sol. Qui l'eût cru ?

Il lui lança un large sourire.

— Hé, Caleb a oublié son téléphone. Il voulait que tu saches qu'il faudra amener les filles dans les écuries quand elles arriveront. Il travaillera avec Josiah.

— C'est une bonne idée, dit-elle en le regardant. J'ai apprécié ton cadeau de Noël, au fait. Tu es doué.

Un rougissement apparut sur ses joues.

— Merci.

— Tu as l'intention de faire quelque chose de ta musique ? C'était une maquette, n'est-ce pas ?

Pour un homme adulte, Walker se dandinait soudain comme un enfant.

— En quelque sorte. Juste un enregistrement correct qu'un ami a fait. Je ne sais pas... Entrer dans l'industrie musicale est assez chronophage, et le rodéo aussi. Ce n'est probablement pas une bonne idée d'essayer de combiner les deux. Je dois également apporter mon aide à Silver Stone.

— Il n'y a pas de raison que tu ne puisses pas le tenter. Le ranch sera toujours là. Tu sais que tes frères ne voudraient pas que tu abandonnes ton rêve parce que tu te sens obligé de rester dans le coin.

Il inclina la tête.

— Je ne sais pas si c'est mon rêve, ou juste un passe-temps

en amateur. J'y réfléchis encore. Ce qui est important, ce qui est amusant. Quels sont mes objectifs sur le long terme. Tu sais, les dures décisions à prendre.

Ouais, elle pouvait comprendre ces difficultés plus qu'il ne l'imaginait probablement.

— Eh bien, j'espère que tu t'amuses en attendant de te décider.

— Pas de problème de ce côté-là. Je m'amuse toujours.

Il inclina son chapeau puis quitta la pièce, et elle se remit au travail.

Mais elle attendait sous le porche quand une des camionnettes de sa famille se gara dans la cour. Tamara l'admit... les filles lui avaient manqué. Autant qu'elle ait apprécié le temps passé seule avec leur père, la sensation de bonheur montant dans son ventre lorsque Sasha et Emma descendirent de la camionnette et foncèrent vers elle était puissante et addictive.

Lisa s'avança d'un pas nonchalant, un panier à la main.

— Hé, est-ce le bon endroit ? Je cherche le zoo de Heart Falls. J'ai deux singes à livrer.

Sasha s'arrêta juste avant de se jeter dans les bras de Tamara, se retournant pour lancer à Lisa une expression disant : « Ha ha, très drôle. »

— Je ne suis *pas* un singe.

— Un lion ? Un tigre ? proposa Lisa, laissant ses yeux s'écarquiller. Est-ce que je transportais des dinosaures sans permis ? Je suis contente de ne pas avoir été arrêtée par la police montée.

Tamara se laissa étreindre par Emma, profitant du bref câlin tandis que Sasha se mettait à imiter des griffes avec ses doigts et à rugir vers Lisa.

— Ouais. Fais attention, Tamara, nous avons un dangereux Piétinosaure en liberté, l'avertit Lisa.

— Dommage. J'ai préparé des cookies, mais puisque les dinosaures ne sont pas autorisés dans la maison...

Sasha s'arrêta en plein rugissement.

Tamara tendit la main vers le sac de Sasha.

— Est-ce que votre visite chez tata Dare s'est bien passée ?

— C'était génial, sauf que Joey avait un rhume alors elle ne voulait pas l'emmener sur un long trajet, donc tata Lisa a dit... je veux dire *Lisa* a dit qu'elle nous ramènerait. On peut avoir des cookies, maintenant ?

Le retour de Sasha signifiait que la maison n'était plus silencieuse. Tamara sourit.

— Oui. Dépose tes sacs dans la buanderie, prends un cookie, puis nous irons à l'écurie.

— Je parie qu'on a manqué à Eeny, Meany et Miney, dit Sasha à Lisa. Tu devrais venir leur dire bonjour aussi.

— Tu as le temps ? demanda Tamara.

— Oh, je n'irai nulle part avant de t'avoir aidée à retrouver ton téléphone. Tu dois l'avoir perdu depuis que tu as quitté Rocky.

Lisa lui lança un regard éloquent avant de les suivre dans la maison.

Oups.

— C'est vrai. J'étais censée vous envoyer un texto, dit Tamara en souriant. J'étais... occupée.

Un sourire éclaira le visage de Lisa, suivi d'inquiétude, mais elle retint ses questions jusqu'à ce que toutes les quatre traversent le jardin, Emma et Sasha ouvrant la voie, cookies à la main.

— Tu as passé deux jours *agréables* ? demanda Lisa hors de portée des petites oreilles.

— Oui.

— Et... ?

Tamara répondit doucement.

— Il m'a fait une demande en mariage foireuse.

— Je le savais, jubila Lisa. La partie sur le mariage, pas la foireuse. Laisse-moi deviner, tu lui as dit que vous devriez attendre, n'est-ce pas ?

Sérieusement ?

— Comment... ? Comment se fait-il que tu le saches ?

Lisa haussa les épaules.

— Parce que tu es toi. Ces deux gamines sont incroyables, et même si je sais que tu es amoureuse du gars, tu veux tout. Qu'il t'aime, *elles* aussi... Ça viendra.

L'espoir grandit.

— Tu ne penses pas que j'ai tort de ne pas simplement accepter et d'en finir ?

— Oh que non. Je suis fière de toi, répondit Lisa en s'arrêtant pour l'étreindre. Tu as un cœur de la taille d'Alberta, mon chou, mais tu en utilises une grande partie pour rendre les autres gens heureux. Tu ne fais pas toujours ce qui *te* rendrait heureuse. Il y arrivera, tu verras. Ce sera mieux pour vous deux de savoir que c'est plus que du désir ou de la commodité.

Tamara la serra contre elle.

— Comment es-tu devenue aussi intelligente ?

— Je te dirais bien que je l'ai appris de mes grandes sœurs, mais en fait, j'ai commandé une boîte extra-large d'intelligence chez Amazon. Livrée directement à la porte, très pratique.

— Sale gosse, la taquina Tamara.

— Toujours.

Lisa siffla vers les fillettes qui rampaient dans l'enclos des chèvres et produisaient des bruits horrifiants.

— Hé, pas de dinosaures à proximité des chèvres, leur dit-elle.

Les rires s'élevèrent. Tamara se sentit un peu mieux. Sa sœur l'avait rassurée, elle ne venait pas de gâcher son futur. Parce que Lisa avait raison.

Ces petites filles étaient dans son cœur autant que leur père. Elle voulait tout.

Maintenant, si ce futur pouvait se dépêcher d'arriver...

Pour la énième fois cet après-midi-là, Caleb se retrouva à regarder fixement dans le vide. Et encore une fois, il se força à retourner à la tâche, aidant Josiah à vérifier et à limer les dents des chevaux.

Il avait été aussi stupéfait que Tamara par sa demande. Il était presque tombé à la renverse quand les mots étaient sortis de sa bouche.

Peut-être qu'au fond de lui il avait espéré faire passer sa demande en douce. Si elle avait accepté, il en aurait eu terminé, et la seule chose qui aurait changé par la suite aurait été le lit où elle passait ses nuits.

Seulement, elle avait raison... Changer leur relation n'allait pas être aussi simple que ça.

Il la désirait physiquement. Il la voulait pour ses filles. Il était encore effrayant d'admettre qu'il la voulait pour autre chose, mais maintenant qu'il avait mariné dedans pendant presque tout l'après-midi, il avait compris. C'était exactement ce qu'elle avait laissé entendre.

Elle voulait qu'il lui dise « je t'aime ». Et il ne savait pas encore s'il le pouvait.

Attendre était la seule solution.

La voix de Josiah transperça ses pensées.

— Bien sûr, tu pourrais cultiver des pastèques.

Caleb cligna des yeux. Non, cela n'avait pas plus de sens la seconde fois que la première.

— *Quoi ?*

Son ami lui tapa sur l'épaule.

— Je t'ai dit trois fois que nous étions prêts à passer au cheval suivant, et tu n'as pas bougé. Tu rêvasses, ce qui me rend soupçonneux.

Impossible qu'il admette quoi que ce soit.

— À propos de quoi ?

Josiah le regarda de près.

— Les filles te manquent.

— Ouais.

Ça irait comme diversion. Caleb admettrait n'importe quoi à cet instant pour éviter d'avouer qu'il tenait plus à Tamara qu'il ne s'y était attendu.

Qu'il pourrait être en train de tomber amoureux.

— Ça a dû être bizarre, de ne pas les avoir à la maison pour la première fois de ta vie.

— C'était plus calme.

— Je suis surpris que tu ne m'aies pas appelé. Je serais venu, je t'aurais aidé à passer le temps. C'était calme pour moi à la clinique.

Caleb se sentit mal. Mais très brièvement, étant donné ce qu'il avait fait au lieu de rendre visite à Josiah pour jouer aux cartes.

— La prochaine fois.

— Bonjour, les interpella Tamara, les interrompant. J'ai deux petites personnes avec moi qui ont une tonne d'énergie à dépenser après être restées assises dans une camionnette trop longtemps. Quelqu'un ici veut les adopter ?

Caleb n'eut pas besoin de feindre quoi que ce soit alors qu'il sortait de l'enclos pour accueillir ses filles.

Un instant plus tard, toutes les deux dans ses bras, le serrant fort, elles lui déposaient des bisous sur les joues.

— Nous avons nourri les chèvres, papa. Tamara a dit qu'elle avait fait nos corvées pendant qu'on n'était pas là. Est-ce que tu as mangé tous les sucres d'orge ? Salut, Josiah.

Sasha la tornade se laissa glisser au sol et courut pour retourner à côté de Tamara, mais elle tendit la main derrière elle vers la main d'une autre femme.

Elle fit apparaître la sœur de Tamara, la tirant en avant.

— Lisa nous a ramenées. Lisa, voici Josiah. C'est notre parrain. Kelli dit qu'il est trop mignon pour passer ses journées à parler aux animaux.

Josiah s'esclaffa, mais son rire se transforma rapidement en toux alors que Caleb lançait un regard sévère à sa fille.

Seule Lisa souriait alors qu'elle lui tendait la main.

— Je ne sais pas. Peut-être que des yeux bleu vif et des sourires ravageurs rendent les chevaux heureux. Bonjour, Mr Café.

— Bonjour, Femme aux Opinions Arrêtées sur les Usages de l'Élevage. Ravi de vous rencontrer officiellement.

Caleb lança un coup d'œil à Tamara, qui essayait de garder un air sérieux sans y parvenir.

— Tu sais pourquoi mon meilleur ami a perdu la boule ? demanda-t-il.

Elle cligna innocemment des yeux.

— Josiah ? Oh, il va bien. Il a eu droit à un petit avant-goût de ma sœur il y a quelque temps, et elle est un peu piquante pour un palais non préparé.

— Certaines personnes aiment leur nourriture épicée, lança Lisa malicieusement.

— J'aime les choses piquantes, dit Josiah en même temps.

Tous deux se mirent à rire comme s'ils venaient de faire une plaisanterie drôle à se rouler par terre.

Caleb regarda Tamara en quête d'explications, mais elle haussa simplement les épaules.

Emma glissa ses doigts dans la main de Caleb et tira dessus pour attirer son attention.

— Oui, mon bouchon ? demanda-t-il, se rapprochant.

— Tu m'as manqué.

Il sentit de nouveau son cœur battre à tout va.

— Tu m'as manqué aussi.

Elle passa un bras autour de ses hanches et s'y accrocha. Elle était trop grande pour sucer son pouce, mais il voyait bien qu'elle avait besoin de quelques câlins supplémentaires. Il la prit dans ses bras, hochant la tête vers Josiah qui discutait avec Lisa.

— Je m'arrête pour aujourd'hui. Ça ne te dérange pas ?

— Pas de problème, lui assura Josiah. Les soins dentaires peuvent attendre demain.

— Vous voulez un coup de main ? proposa Lisa.

Josiah cligna des yeux.

— Vous voulez m'aider à limer les dents inégales des chevaux de Caleb ?

Elle haussa les épaules.

— Pourquoi pas ? Je viens de passer trois heures à conduire, et je reste dans le coin un moment. Ça me laissera du temps pour me dégourdir les jambes.

— À vous de voir, je suppose. Et à Caleb. Qu'en penses-tu ?

Emma avait posé la tête contre l'épaule de son père et chantonnait doucement, et il était plus concentré sur elle tout en s'assurant de ne rien faire d'incroyablement stupide, comme s'approcher de Tamara et l'attirer dans ses bras pour l'embrasser.

Deux jours de contact physique illimité avaient créé une habitude difficile à perdre.

Il croisa le regard de Lisa.

— C'est vous qui choisissez. Si ça peut vous aider à vous détendre, allez-y.

Tamara ajouta par-dessus l'épaule de Caleb :

— Pourquoi vous ne vous joindriez pas tous les deux à nous pour le dîner quand vous aurez terminé ?

— Ça me convient, répondit Lisa gaiement.

Lui et Tamara retournèrent donc à la maison avec les filles. Sasha discutait sans s'arrêter, et Emma lançait l'occasionnel commentaire presque silencieux.

Tamara marchait à ses côtés, sans rien dire. Elle ouvrit la porte de la maison et se mit rapidement à préparer le dîner. Les filles attirèrent leur père à part, et même s'il adorait les entendre parler de leur voyage, il lui semblait étrange que Tamara ne se joigne pas à eux.

Quand elle invita Josiah à s'asseoir à côté de lui au dîner, et qu'elle s'installa de nouveau de l'autre côté de Sasha, il sembla à Caleb qu'elle le punissait un peu. Créant une barrière physique assortie à celle, émotionnelle, qui subsistait entre eux.

Patron et nounou au lieu d'amants.

C'était peut-être nécessaire, mais ça ne lui plaisait pas du tout. Et en soi, c'était le commencement d'une réponse, supposa-t-il.

23

Le Nouvel An arriva, et l'école reprit, cette fois avec toute une série d'activités qui la faisait sortir avec les filles de la maison.

Lors d'un samedi après-midi, Tamara était en train de les emmitoufler quand Caleb arriva sous le porche, s'arrêtant avec surprise en rencontrant trois personnes habillées de pied en cap pour sortir dans la neige.

— Je suppose que mon idée de rentrer pour jouer à un jeu ne va pas fonctionner, dit-il.

— Nous allons faire de la luge, annonça Emma de manière inattendue, filant dans le débarras extérieur pour prendre un bonnet et l'enfoncer résolument sur sa tête.

— Viens avec nous, papa, l'implora Sasha.

Emma hocha la tête et les deux petits visages le fixèrent d'un air suppliant.

Tamara était également fichue. Seulement, elle réussit à sourire d'un air amical au lieu de révéler trop clairement ce qu'elle ressentait.

— On a trouvé l'emplacement parfait la semaine dernière,

et maintenant que le ruisseau est gelé, on n'a pas à s'inquiéter de finir à nouveau dans l'eau !

Le regard de Caleb dériva vers le visage de Tamara alors qu'il hochait la tête.

— J'allais prendre le reste de l'après-midi. J'adorerais me joindre à vous, ensuite peut-être que je pourrais emmener dîner mes filles préférées.

Emma et Sasha bondirent d'excitation alors qu'elles acceptaient de tout cœur. Une chaleur semblable à celle d'une journée d'été enveloppa Tamara depuis ses orteils. Il avait gardé le contact visuel pendant qu'il disait *ses filles préférées*, et maintenant son regard se baissait vers ses lèvres, et les pupilles de Caleb se dilatèrent alors qu'elle les humectait, non pas parce qu'elle essayait de le rendre fou, mais parce que se retrouver à proximité de cet homme faisait réagir chaque parcelle de son être.

Mais cet instant n'était pas sexuel, il était *davantage*. Alors qu'il changeait de veste et attrapait une paire de mitaines épaisses, Tamara se prépara pour un après-midi de bonheur douloureux.

Ils grimpèrent dans la camionnette de Caleb pour avoir de la place pour quatre, mais il insista pour qu'elle prenne le volant.

— Vous savez où nous allons.

Une collection de véhicules s'était rassemblée à côté de leur destination, et Caleb tendit la main à l'arrière de la voiture et en sortit les luges qu'il avait transférées du véhicule de Tamara dans le sien. L'une était à l'ancienne, longue avec une courbe douce à l'avant. Et l'autre avait un volant, comme un mini-quatre-quatre sans moteur.

Ce fut là, pendant qu'ils montaient la colline et que les enfants couraient autour d'eux, que Tamara se rendit compte qu'elle n'avait pas bien réfléchi, parce que le choix des luges avait été parfait pour trois personnes. Pas vraiment pour quatre.

Sasha bondissait comme un ressort alors qu'elle pointait du doigt l'endroit où elle voulait qu'on pose sa luge.

— Pousse-moi, papa, ordonna-t-elle après s'être installée sur le siège.

— Tu as besoin qu'on te pousse ? C'est une colline plutôt raide, l'avertit-il.

Sasha roula des yeux.

— J'aime aller vite.

Caleb lança un coup d'œil à Tamara tandis que ses lèvres tressaillaient.

— C'est un peu ce qui me fait peur.

Tamara ricana en alignant l'autre luge et s'assit dessus pour qu'Emma puisse se mettre devant elle. Avec un cri perçant, Sasha dévala la pente après que Caleb l'eut lancée d'une petite poussée avant de se redresser pour la regarder piloter sur la pente.

Puis il se tourna vers Tamara et Emma.

— Vous êtes prêtes pour que je vous pousse ?

Emma secoua la tête, puis formula gentiment une requête.

— Descends avec nous.

Tamara avait la gorge serrée. Depuis Noël, Emma s'était mise à parler à voix haute bien plus souvent quand elle était présente, et à chaque fois que cela arrivait, elle avait l'impression d'être privilégiée d'avoir sa confiance.

Seulement, alors que Caleb s'apprêtait à répondre à la requête de sa fille, Tamara était sur le point de se retrouver enveloppée dans ses bras.

— Pousse-toi, dit Caleb en la tapotant familièrement sur le derrière.

Tamara jeta un coup d'œil autour d'elle, mais aucune des familles allant et venant à toute vitesse sur la colline ne leur jetait plus qu'un bref regard d'intérêt. Elle s'avança, plaçant les pieds à l'avant de la luge et entoura Emma pour que Caleb ait la place de monter derrière elles. Il s'installa, les jambes de chaque côté des jambes de Tamara.

Il y avait peut-être un million d'épaisseurs de tissu entre eux, mais Tamara s'en moquait. Caleb leur donna de l'élan, puis tendit les bras autour de la taille de Tamara et s'y accrocha, soudant leurs corps pour guider la luge.

Ils arrivèrent sans encombre près de l'endroit où Sasha se tenait, les bras levés bien haut en signe de victoire. Pendant une fraction de seconde après qu'ils se furent arrêtés, Tamara s'appuya contre Caleb, se pressant aussi près qu'elle l'osait. Le menton de celui-ci était posé sur son épaule, le début de barbe sur sa joue frôlait la sienne et son souffle chaud créait un nuage dans l'air froid hivernal.

Un petit moment de plaisir intime au milieu d'une activité enfantine et innocente.

Emma se retrouva debout comme un diable à ressort, laissant échapper des gloussements alors qu'elle essayait d'aider Tamara à se lever. La petite fille la tira en avant, mais ce fut la main de Caleb sur son postérieur qui l'aida à se mettre à la verticale, sa paume s'attardant pendant une très brève seconde. Un sourire dans les yeux, il attrapa la corde de la luge et s'approcha à grands pas de Sasha pour l'aider à remonter aussi la sienne sur la colline.

Il y avait d'autres familles qui s'amusaient, des rires enfantins et des cris perçants de joie résonnaient, et plus cela continuait, plus Tamara savait que c'était ce qu'elle voulait de tout son cœur.

Maintenant, si un homme horriblement têtu pouvait se ressaisir et *dire* quelque chose, ils pourraient avancer pour faire en sorte que cela devienne une réalité à plein temps.

L'après-midi de luge parfait fut suivi d'un rapide dîner à

l'extérieur dans un *diner* du coin... rapide parce que les deux filles s'endormaient à table.

Tamara et Caleb continuaient à travailler ensemble, partageant les soirées. Mais ses frères commencèrent à passer beaucoup plus souvent, et elle se demanda si Caleb les encourageait activement à venir jouer les chaperons. Presque tous les soirs, c'était elle qui disait bonne nuit avant que la salle de séjour ne soit vide.

Elle essayait de se dire qu'y aller lentement était positif, mais la présence de Caleb dans son lit lui manquait.

C'était drôle... ils n'avaient eu que deux jours pour eux, mais elle le désirait éperdument. Elle ne pouvait qu'imaginer ce que cela lui faisait à lui de savoir qu'elle était au bout du couloir et pourtant hors de portée.

Mais en attendant, elle travaillait.

Le casse-tête que représentait l'aide à apporter à Silver Stone était devenu sa nouvelle obsession silencieuse. Elle parlait à toutes les personnes possibles, restant prudente pour ne pas révéler pourquoi elle posait des questions.

Ashton hocha lentement la tête quand elle mentionna que les commandes d'aliments semblaient plus importantes que par le passé.

— Les inondations qui se sont produites il y a quelques années ont été dures, mais nous allons nous remettre sur pied. L'homme doit travailler avec la terre, pas contre elle. Elle prendra soin de nous. Elle le fait toujours.

Elle avait appelé Josiah pour que Stormy passe un bilan complet, ce qui était un peu excessif étant donné la manière dont tous les chevaux étaient traités à Silver Stone, mais cela lui avait donné une occasion de l'interroger sur les tendances concernant l'élevage et sur ce qu'il avait observé récemment.

Heureusement, Josiah avait arrêté de flirter avec elle. Il était bien plus bavard que son meilleur ami, et avant que

Stormy ne se soit fait examiner de la tête aux pieds, Tamara en savait assez pour avoir son propre ranch dans la région. Elle en savait également assez sur l'état actuel de l'économie pour savoir qu'elle serait folle d'y penser.

— Les temps sont durs partout, termina-t-il franchement, tapotant Stormy sur le garrot avant de rejoindre Tamara à l'extérieur de la stalle. Mais tout ce qu'il faudrait, c'est un bon coup de chance et tout s'inverserait.

Ce qu'il ne disait pas, c'était qu'un coup de malchance pourrait tout aussi bien être la fin, ce que Tamara ne voulait désespérément pas. Silver Stone était le foyer de Caleb. C'était le foyer d'Emma et de Sasha, et de tous ceux qui étaient devenus incroyablement importants pour elle.

Karen lui donna la première véritable impulsion vers le germe d'une idée. Un matin, elles s'envoyèrent des textos, Tamara emmitouflée dans son manteau le plus chaud, avec un bonnet sur la tête et une couette enroulée autour d'elle, cachant son téléphone sous la pile massive pour empêcher ses doigts de geler entre deux messages.

Karen : *Devine ce qui va arriver aujourd'hui.*

Tamara : *Un troupeau d'éléphants ?*

Karen : *Plus petits, et bien plus laineux.*

Cela ne pouvait pas être quelque chose d'aussi simple que des moutons parce qu'ils avaient déjà un certain nombre de troupeaux sur les terres Coleman.

Tamara : *Des lapins à poils longs ?*

Karen : *Tu as droit à des cookies pour t'en être rapprochée. Des alpagas.*

Tamara : *Arrête !*

Karen : *Sérieusement.*

Tamara : *S'il te plaît filme-toi la première fois que tu monteras dessus, et poste la vidéo sur YouTube.*

Karen : *Ha ! Ne me tente pas. Non, c'est la faute de Hope.*

Elle a convaincu la famille que la laine d'Alpaga pouvait être un bon gagne-pain, alors nous allons essayer.

Ça tombait sous le sens. Les Coleman avaient assez de terres et d'ouvriers à ajouter à l'opération.

Tamara : *Peut-être que j'aurai besoin que tu m'en envoies quelques-uns à Silver Stone.*

Karen : *Oh que non. C'était déjà assez grave que nous ayons apporté des chèvres sur la propriété. Les chevaux sont trop précieux pour gâcher ça en introduisant d'autres animaux. La seule diversification que Silver Stone devrait essayer, c'est les droits miniers.*

Est-ce que Karen savait quelque chose qu'elle ignorait ?

Tamara : *Des diamants ? Des rubis ?*

Karen : *De l'or noir*

Une déception soudaine la frappa.

Tamara : *Je pense qu'ils le sauraient, s'il y avait du pétrole sur leurs terres.*

Karen : *Ils n'ont jamais testé. J'ai demandé à Ashton quand j'étais là, et il a dit qu'ils n'avaient jamais eu le temps ni l'envie de s'en inquiéter après le décès des parents de Caleb.*

La conversation dériva vers d'autres sujets après ça, mais Tamara était intriguée par cette idée.

Elle fit une petite recherche sur Google plus tard ce jour-là, creusant ce qu'impliquerait de faire des tests, mais elle tomba sur beaucoup d'impasses et des informations pas très claires.

Au final, elle décida qu'avant de dire quoi que ce soit à Caleb, elle devait avoir trouvé des solutions possibles pour lui. Elle envoya un e-mail à Karen lui demandant si elle avait des contacts dans l'industrie. Puis la porte de la cuisine claqua, et le son de Sasha qui se plaignait bruyamment et d'Emma qui pleurait la tira de sa chaise pour aller découvrir le sujet de dispute des filles.

Heureusement, c'était une broutille facile à résoudre avec

quelques excuses à voix basse suivies de lait et de cookies. La quête de Tamara pour aider à améliorer le futur de Silver Stone fut mise de côté au profit de la routine quotidienne pour gérer les filles et ne pas accidentellement lâcher à Caleb qu'elle l'aimait.

Il y avait peu de choses que Caleb détestait. La cruauté, la fainéantise... il n'aimait pas penser que c'était une liste de reproches dénigrant le caractère de son ex-femme, mais le seul défaut qu'il n'avait pas dû gérer dans sa vie privée était la jalousie.

Il travaillait dur, et il était doué dans ce qu'il faisait, si bien que, quand il était dehors avec les lassos et qu'un de ses frères réussissait à tirer plus vite et à pousser plus fort, il pouvait dire qu'il en ressentait également surtout de la fierté. Ce n'était pas lui qui accomplissait la tâche, mais c'était la famille, et c'était tout aussi bien.

Alors cette étrange bête à l'intérieur de son ventre qui voulait tailler, déchirer et déchiqueter était vraiment inconfortable.

Caleb jeta un coup d'œil au camion de livraison toujours garé devant la maison, et finalement, ne pouvant plus le supporter, il abandonna ses corvées et traversa la cour, ralentissant pour marcher plus doucement sur la terrasse et ne pas donner l'impression d'être un fou fonçant dans la maison.

Alors qu'il approchait, il aperçut clairement par la fenêtre Tamara qui riait, le jeune homme blond qui avait apporté le meuble de classement qu'elle avait commandé appuyé sur son chariot alors qu'il lui lançait un sourire assorti d'un regard admiratif.

C'était comme si ses pieds avançaient tout seuls et, un

instant plus tard, il avait passé la porte. Tous deux lui lancèrent un coup d'œil, Tamara avec un sourire accueillant. Quant au jeune homme, il attrapa son équipement et s'éloigna subtilement de Tamara.

Ouais, l'expression de Caleb était peut-être un peu plus hostile que la politesse ne l'exigeait, mais bon sang...

— Vous avez besoin d'aide ?

Son ton était presque civilisé.

O.K., peut-être pas.

— Nous avons terminé.

Le gamin alla vers la porte, mais plus important encore, il s'éloigna de Tamara qui regardait maintenant Caleb avec un sourcil levé.

Il ouvrit la porte avant que le gamin ne puisse seulement remettre ses chaussures, et désormais Tamara avait les bras croisés et lui lançait un regard assassin.

Elle se retourna pour dire au revoir au livreur avec une parole gentille.

— Merci pour votre aide. Je m'assurerai de m'arrêter au magasin une fois que j'aurai parlé aux filles de la bibliothèque.

Le jeune homme ne fit rien de plus que lui adresser un rapide sourire avant de partir, faisant une embardée loin de Caleb comme pour rester hors de sa portée.

Caleb referma la porte avec un « clic » audible avant de se retourner vers Tamara.

Les lèvres de celle-ci tressaillirent.

— Quoi ?

Elle prit une profonde inspiration puis la relâcha, son amusement transparaissant.

— Ce n'est qu'un gamin. Et il était serviable. Fallait-il que tu marques ton territoire à ce point ?

Il se rapprocha d'elle.

— Personne ne sait que tu es à moi, alors excuse-moi de trouver ça un peu frustrant.

— Tu ne penses pas que je reçois des gamins à peine sortis du lycée ici même dans la maison, n'est-ce pas ? Parce que si tu le penses vraiment, nous avons un problème.

— Je ne m'inquiète pas pour toi, mais je sais ce que c'est d'avoir cet âge et d'être en présence d'une femme suffisamment sexy pour me donner des rêves érotiques.

Les yeux de Tamara s'illuminèrent.

— Oh. Je suis le genre de femme qui inspire des rêves érotiques ? Ça me plaît.

Caleb sentit son sang-froid faiblir.

— Tu sais très bien que tu m'inspires davantage que des rêves érotiques. Bon sang, je bande tout le temps près de toi, c'est incroyable que je puisse marcher. Je sais que j'ai dit « pas de bécotage », mais ça me tue, mince.

Tamara regarda la pièce autour d'elle avant de jeter délibérément un coup d'œil sur sa montre puis de revenir à lui.

— Les filles ne seront pas rentrées avant deux heures, dit-elle en se rapprochant, levant les mains devant le corps de Caleb pour ouvrir le premier bouton de son manteau. Je ne le dirai à personne.

Seigneur, il n'aurait pas dû faire ça, mais il était incapable de s'arrêter. Il se colla contre elle, ignorant la faible voix de la raison qui suggérait qu'il l'emmène au moins dans sa chambre avant de la déshabiller.

Au diable la raison. Il la voulait ici. Maintenant. La marquer au fer rouge et laisser minutieusement assez de traces pour qu'à chaque fois qu'elle regarderait la pièce autour d'elle, elle se souvienne d'*eux*.

Il attrapa le bas du tee-shirt de Tamara et le passa par-dessus sa tête, tendant la main derrière elle vers les agrafes de son soutien-gorge. Ses doigts cafouillèrent pendant un instant avant qu'il ne le défasse. Elle l'aida, retirant les bretelles de ses épaules, le tissu doux tombant sur le sol.

Dans les yeux de Tamara, nue devant lui, avec ses courbes féminines et plantureuses, une étincelle brillait. Caleb l'attrapa par les cuisses et la souleva. Un couinement de surprise échappa à Tamara alors qu'elle s'accrochait ses épaules pour garder l'équilibre, le regardant à travers ses lunettes à la joyeuse monture jaune.

Les seins de Tamara étant à hauteur du visage de Caleb, il lui lécha un mamelon avant de prendre l'autre dans sa bouche, les suçant à tour de rôle pendant qu'il trébuchait à l'aveugle en se rendant à la salle de séjour.

Les ongles de Tamara s'enfoncèrent dans ses épaules alors qu'un gémissement vif lui échappait. Elle remonta ses doigts, les passant dans les cheveux de Caleb pour l'attirer plus près de ses seins.

Il voulait la déposer sur le canapé, la déshabiller et s'enfoncer en elle. Il voulait prendre son temps, et taquiner chaque centimètre de sa peau. Étrangement, il ne pouvait rien faire de tout cela, parce qu'elle l'agrippait étroitement, le tirant là où elle le voulait, et soudain il sut ce dont il avait besoin.

De reprendre le contrôle. Sur elle, parce qu'il semblait qu'il n'en avait plus du tout sur lui-même.

Il installa les hanches de Tamara sur le dossier du canapé, attrapa ses poignets entre ses doigts, les éloignant de lui, puis lui tira lentement les bras derrière le dos. Le mouvement poussa sa poitrine en avant, et le plaisir grandissait en lui alors qu'elle se tortillait sous sa prise.

— Reste immobile, ordonna-t-il.

Il la repositionna jusqu'à ce qu'il puisse serrer ses deux poignets d'une main, laissant son autre main libre de prendre l'un de ses seins généreux dans sa paume. Il le serra, puis encore une fois, le malaxa tout en titillant son mamelon du pouce. L'extrémité durcit, se tendant vers lui.

Son gémissement d'approbation devint plus bruyant, et elle laissa tomber sa tête en arrière alors qu'elle se pressait plus fort contre lui.

Essayant toujours de prendre le contrôle.

Caleb tira de nouveau sur ses poignets. Il plaça son autre main contre le creux de ses reins et la força à s'arc-bouter pour que son équilibre reste précaire. Complètement offerte alors qu'il se rapprochait et fixait son visage rougi.

— « Reste immobile » signifie que je suis aux commandes. Ne bouge pas.

Ses yeux s'écarquillèrent pendant un instant et un éclair brûlant s'y refléta... pas de colère, mais de désir.

C'est tout ce qu'il lui fallut pour continuer. Baissant la tête pour s'activer sur un mamelon puis sur l'autre, il les suça et les mordilla jusqu'à ce que ses seins soient devenus rouge rosé sous la caresse de sa joue rugueuse et la pression de ses lèvres.

— Oh mon Dieu, Caleb. *Encore*, le supplia-t-elle.

Qu'il soit d'accord ne signifiait pas qu'elle obtiendrait ce qu'elle avait demandé. Pas tout de suite.

Il la fit se pencher davantage en arrière, jusqu'à ce que ses épaules reposent sur le siège, ses hanches toujours relevées sur le dossier rembourré. Il plaça une main sur son ventre pour la maintenir immobile avec les mains sous son corps.

— Reste comme ça, et je pourrais bien te laisser jouir.

Il reçut un grondement follement délicieux en retour.

Il ouvrit brusquement le jean de Tamara et la déshabilla. Les mains sous ses fesses, il ajusta la position de la jeune femme jusqu'à ce que son postérieur dépasse légèrement du bord du dossier. Il lui posa un pied près d'une de ses hanches, il plaça son autre jambe sur le dossier du canapé, l'écartant largement.

Elle était désormais exposée à son regard, des gouttes s'accrochant aux boucles de sa toison.

Lentement, très lentement, il glissa un doigt entre ses poils bouclés pour l'ouvrir.

— Je bande, mais tu mouilles sérieusement, n'est-ce pas, chérie ?

— Oui, répondit-elle en prenant une brusque inspiration alors qu'il se laissait tomber au sol, plaçait sa bouche sur elle et enfonçait profondément la langue. Oh *oui*.

Son goût ne fit rien pour apaiser les flammes, mais les bruits qu'elle émettait suffirent à lui permettre de ralentir légèrement. Il avait besoin de l'entendre trembler au bord du gouffre, aussi excitée que lui. Taquin maintenant, il passa la langue sur son clitoris en mouvements circulaires, encore et encore, jusqu'à ce qu'elle se tortille. Ses hanches remuaient sous la prise ferme qu'il maintenait pour la clouer sur place. Quand il aspira son clitoris dans sa bouche, le faisant rapidement vibrer avec sa langue, Tamara serra les fesses, planant au bord de l'orgasme.

Il ralentit, appréciant le bruit de ses jurons alors qu'il se redressait un peu plus pour regarder son visage rougi.

— Ouvre la bouche, lui ordonna-t-il.

Les yeux vitreux sous un voile de passion, elle obéit. Il glissa les doigts entre ses lèvres et sur sa langue, les faisant aller et venir comme s'il prenait sa bouche.

Un autre gémissement échappa à Tamara, et sa poitrine se souleva et retomba rapidement. Le pouls à la base de sa gorge palpitait, reflétant son état.

Il retira ses doigts et s'empara de son mamelon, le laissant humide après l'avoir pincé légèrement.

Encore une fois, leurs yeux soudés, entre ses lèvres, il badigeonna son autre mamelon avec davantage d'humidité, les extrémités se dressant, avides de son contact.

Pour la troisième fois, il laissa traîner ses doigts vers le bas de son corps jusqu'à finir entre ses jambes, tant sa chaude humidité l'attirait. Juste le bout des doigts, un mouvement circulaire, puis il les enfonça légèrement. Un mouvement circulaire, et il les enfonça un peu plus. Un mouvement circulaire, et jusqu'à la première articulation.

Tamara s'arqua contre lui, essayant de bouger, mais il l'en empêcha, la taquinant encore et encore jusqu'à ce qu'il plonge ses doigts en elle et que leur douce pulpe frôle l'intérieur de son intimité.

Il toucha le bon endroit et ses yeux s'écarquillèrent.

— Oh là là...

C'était trop bon pour s'arrêter. Caleb se pencha et ajouta sa langue à la fête, et Tamara se cabra comme si elle cherchait à accomplir un rodéo de huit secondes avec score maximal. Des bruits délicieusement obscènes s'échappèrent juste avant que son sexe ne se resserre autour de lui comme un piège, et que l'orgasme ne s'empare d'elle et l'envoie violemment au septième ciel.

Quelques secondes plus tard, le pantalon de Caleb avait atterri sur le sol et sa verge était recouverte d'un préservatif. Il se laissa tomber sur le canapé et attira Tamara sur ses cuisses.

Elle attrapa ses épaules et, alors qu'il guidait son entrejambe vers sur lui, elle baissa la main et l'aida à viser.

Il adorait le travail d'équipe.

Il l'adora encore plus quand elle se redressa et qu'il n'y eut pas de raison pour lui d'y aller lentement. Il l'empala brusquement, profondément et rapidement, déclenchant une autre série de contractions avec son sexe humide et étroit autour de lui.

Ce fut là qu'il l'arrêta et apprécia la chevauchée, son corps serrant sérieusement sa verge alors qu'elle se tortillait et gémissait, en proie à un violent orgasme. Sa poitrine tremblait follement, et chaque fois qu'elle s'immobilisait légèrement, il se pressait plus profondément, déclenchant à nouveau son plaisir.

— Caleb. Oh mon Dieu, arrête, *arrête...*

Il marqua une pause, aussi difficile que ce soit, mais elle agrippait ses mains, le chevauchant désormais. L'attirant encore plus fort au fond d'elle.

— Tamara ? Oui ou non ? demanda-t-il.

— *Ouiiiiiiiii...*

Dieu merci. Il serra les poings sur ses hanches, lui donnant des coups de reins comme un piston. La pression de son corps autour de lui l'envoya tourbillonner alors qu'elle prenait tout, et rendait tout autant. Le plaisir, l'excitation douloureuse et le désir d'en avoir encore plus. Son corps était à lui. Ses mains sur ses épaules s'agrippaient comme si elle ne voulait plus le lâcher.

Plus jamais.

Caleb explosa, le contact léger des doigts de Tamara caressant son visage était un contraste doux et tendre face à l'accès extrême de plaisir qui glissait le long de son échine et éclatait dans son corps.

Il tremblait encore, et elle l'embrassait. Ses doigts caressaient ses cheveux, ses lèvres touchaient les siennes, puis remontaient sur ses tempes. Le caressant comme si elle n'arrivait pas à se rassasier.

Le touchant comme si elle l'aimait.

Et en cet instant, Caleb osa rêver. Peut-être qu'il était prêt pour que commence une nouvelle éternité.

24

La vague de froid était terminée. Un chinook avait soufflé et enveloppé Heart Falls dans l'illusion du printemps. Partout, il y avait des flaques d'eau de neige en train de fondre, de l'herbe jaune qui pointait entre deux tas de neige, et les odeurs caractéristiques des changements de saisons jetaient leurs souvenirs au visage de Caleb comme une meule de foin qui s'écroulait.

Ses parents étaient décédés en février, il y avait presque onze ans maintenant, et pourtant, alors qu'il approchait de l'endroit où ils étaient enterrés, il avait encore un peu l'impression que c'était hier.

Tout ce qui s'était passé au cours des années suivantes n'avait plus d'importance – son mariage, ses enfants, ses frères et sœurs qui étaient passés de l'enfance à l'âge adulte –, c'était comme si rien de tout ça n'existait, et qu'il était encore cet homme obstiné et pourtant innocent qui s'était retrouvé avec des responsabilités le dépassant tellement que, par moments, il en avait eu du mal à respirer.

Caleb se laissa glisser du dos de Lacey, s'avançant vers les pierres tombales toutes simples à flanc de coteau. Il s'agenouilla pour dégager les fleurs séchées qu'un des membres de sa fratrie avait laissées la dernière fois qu'il ou elle était venu.

Sa famille le taquinait parce qu'il était un homme de peu de mots, mais dans cet endroit, il semblait qu'il pouvait parler et parler sans jamais en finir. Bon sang, parfois il venait sur les tombes et criait, déchiré à l'intérieur, quand il avait l'impression d'avoir échoué dans tous ses devoirs.

Peut-être que c'était plus facile parce qu'ils ne répondaient jamais, et pourtant il savait qu'aussi sûrement que s'ils avaient été en vie, ses parents le guidaient toujours.

— Je l'aime, leur avoua-t-il. Je pense que vous l'auriez appréciée. Tamara est intelligente, et elle est drôle, et sa manière de voir ce qui doit être fait avec Sasha et Emma fait que je l'aime encore plus.

Il se mit à rire, fixant les champs et les chaînes montagneuses. Le Big Sky Lake étincelait au centre, là où l'eau coulait encore librement, le vent faisait frémir la surface et envoyait des éclairs de lumière vers lui comme si c'étaient des feux d'artifice filant dans le ciel.

— Mais c'est plutôt stupide, que je sois ici à vous le dire au lieu de rentrer à la maison pour le lui dire à elle. Peut-être que j'avais juste besoin d'un peu d'entraînement, expliqua-t-il. Je me souviens que vous aviez l'habitude de vous dire « je t'aime » tout le temps. Luke, Walker et moi, nous faisions tous ces bruits malpolis quand nous vous surprenions, mais secrètement, nous pensions que c'était plutôt cool. J'aimais bien le voir aussi. Vous ne disiez pas simplement les mots, vous le montriez...

Et comme si ses parents lui avaient lancé un regard éloquent, Caleb se sentit pris en faute exactement comme s'ils lui avaient parlé.

— Ah bon sang. Vous avez raison. Je suis navré de vous le dire, mais votre fils aîné se comporte parfois comme un idiot.

Il se leva, frappant ses gants contre sa jambe.

— Mais il apprend encore. Avec un peu de chance, ça suffira.

Il était temps d'arrêter de tergiverser. Il était peut-être un idiot, mais dernièrement, il avait observé attentivement, et ses filles devaient aimer beaucoup Tamara, maintenant. Elles auraient le temps pour l'aimer vraiment...

À l'extrémité de la route menant à l'arrière du Little Sky Lake, une camionnette était garée, et un homme marchait dans les collines. Ce n'était pas une zone où l'un des membres de l'équipe de Silver Stone aurait dû se trouver, et Caleb était suffisamment préoccupé pour avoir besoin d'aller voir et d'en savoir plus.

Il lui fallut un moment pour descendre la colline. Il ramena Lacey à l'écurie, puis roula sur les petites routes jusqu'à finir par garer sa camionnette près de l'étranger.

L'homme descendait à sa rencontre, un lourd sac en toile jeté sur son épaule, une paire de jumelles à la main.

— Puis-je vous aider ? demanda Caleb.

L'homme lui tendit la main.

— Finn Marlette. Vous êtes un des ouvriers de Silver Stone ?

— Le propriétaire. Caleb Stone.

Le visage de l'homme s'illumina.

— Ravi de vous rencontrer. Je ne m'attendais pas à vous voir avant un moment.

Caleb réfléchit un instant. À moins qu'Ashton n'ait oublié de lui dire quelque chose, il y avait une sorte de malentendu.

— Désolé, pourquoi êtes-vous ici ?

— Je fais un peu de repérage préliminaire. Nous ne pourrons pas venir faire des tests avant le printemps, mais j'étais dans le coin, et j'ai pensé que je pourrais aussi bien jeter un coup d'œil.

Non. Caleb ne voyait toujours absolument pas.

— Quel genre de tests ?

Le visage bronzé de Finn se plissa d'amusement.

— C'est drôle combien ça arrive souvent. Le propriétaire est toujours le dernier au courant. La viabilité pour la production de pétrole. Il est probable que vous serez agréablement surpris. Je sais que vos voisins les plus proches n'ont pas de puits, mais vous avez une fascinante...

— Vous voulez mettre un puits de pétrole sur nos terres ?

Finn secoua la tête.

— *Vous* voulez louer vos droits pour que ma compagnie puisse mettre un puits de pétrole sur vos terres, s'il y a quelque chose à produire. Je suis l'homme qui détermine si l'investissement est viable.

Même si l'idée de trouver du pétrole quelque part sur les terres de Silver Stone présentait un intérêt potentiel – il n'était pas ignorant, il savait l'argent que ça pourrait rapporter –, Caleb avait besoin que la conversation revienne sérieusement en arrière.

— Je ne vous ai pas engagé.

— Personne ne m'a engagé, en tout cas pas encore. J'ai promis que je ferais les vérifications préliminaires pour rendre service à une vieille amie.

La seule personne que Caleb connaissait qui soit vaguement mêlée au pétrole était le père de Penny Talisman, mais l'idée qu'elle imagine une chose pareille ne lui ressemblait pas.

— Donnez-moi un nom.

— Karen Coleman.

La chaleur du chinook disparut en un instant, et un souffle glacial le transperça. Karen, ce qui signifiait Tamara. Ce qui signifiait qu'elle avait pris des dispositions pour que quelqu'un vienne sur leurs terres sans l'en informer.

Il se méfiait de tout ce qu'il pourrait dire à Finn en cet instant, il inclina simplement la tête puis lui offrit un au revoir sec.

— N'installez rien d'autre avant que je ne vous le dise.

Caleb marina pendant tout le trajet du retour au ranch, la frustration et la colère montant, bien plus bouillantes qu'il ne s'y attendait. Comme Tamara n'était pas à la maison pour qu'il lui demande ce qu'il se passait, cela le mit d'autant plus en colère.

— Quelqu'un a vu Tamara ? demanda-t-il après être entré dans l'écurie.

Kelli et Walker réparaient une selle de concours. Ils levèrent les yeux vers lui.

— Elle est partie à cheval, dit Kelli.

— Dans quelle direction est-elle allée ?

Caleb s'apprêtait déjà à seller sa jument.

— Pas sûr, mais la plupart du temps elle va vers les chutes, répondit Walker cette fois.

— Comment sais-tu ça ? demanda Caleb, alors que le volume de sa voix s'élevait à un volume parfaitement inédit chez lui. Pourquoi est-ce que tout le monde sait ce qui se passe, et que moi je suis le dernier à l'apprendre ?

Il ignora les expressions de stupéfaction sur leurs visages et termina de seller sa jument. Il se mit en selle et se dirigea vers les chutes pendant que sa colère continuait à bouillir.

Il repéra son cheval avant toute chose. Stormy errait tranquillement tout en grattant sur le sol les plaques de neige les plus fines pour atteindre l'herbe en dessous.

Tamara était allongée sur les rochers où ils s'étaient rencontrés. La surface noire absorbait la chaleur du soleil et empêchait la neige de s'installer. Caleb abandonna sa jument et marcha vers elle.

Il avait dû faire du bruit, parce qu'elle se redressa, abandonnant sa relaxation et lui offrant un sourire qui disparut au fur et à mesure qu'il se rapprochait.

— Qu'est-ce qui ne va pas ?

— Nous élevons des chevaux, bon sang. Nous dirigeons un programme agricole soutenu par la communauté, et nous sommes des gestionnaires de l'environnement. Je ne suis pas contre le progrès, mais je m'attends à ce qu'on me demande avant de laisser caracoler dans tout Silver Stone quelqu'un qui pourrait simplement le mettre en morceaux.

Son expression passa de l'inquiétude à la confusion.

— Caleb. Je n'ai aucune idée de ce dont tu parles.

— Cet homme qui se promène sur mes terres. Les regardant pour déterminer où il pourrait creuser des trous dans le sol et l'assécher. Tu penses que je ne suis pas capable de gagner assez d'argent pour prendre soin de ma famille ? Tu penses que je ne suis pas capable de gagner assez d'argent pour prendre soin de *toi* ?

Il se détourna d'elle, passant la main dans ses cheveux, faisant volte-face avant qu'elle ne puisse dire quoi que ce soit.

— O.K., peut-être que c'est une bonne idée de voir s'il y a du pétrole sur les terres, mais tu ne m'as rien *demandé*. Ce n'est pas comme ça que nous faisons les choses par ici, et si toi et moi décidons d'être ensemble, alors tu ne dois pas faire des choses derrière mon dos.

Tamara n'était plus bouche bée. Elle le regardait, la tête penchée sur le côté. Absolument silencieuse alors qu'elle l'écoutait attentivement.

Ce qui valait mieux, parce qu'il commençait juste à prendre son élan.

— Cette relation ne sera *pas* comme celle que j'avais avec Wendy où nous nous ignorions puis faisions ce qui nous passait par la tête. Toi et moi, nous allons *parler*, et nous prendrons les décisions ensemble. Nous déciderons ensemble ce qui est bien pour les filles, et la manière d'élever nos futurs enfants, ceux que toi et moi allons avoir. Nous allons discuter, et nous disputer et en parler jusqu'à ce que nous prenions les meilleures décisions, et nous ferons tout ça *ensemble*. Est-ce que tu m'entends ?

Il aurait fallu être sourde pour ne pas l'entendre, il rugissait presque.

Tamara restait silencieuse, mais les coins de sa bouche s'étaient incurvés. Plus il criait sur elle, plus son sourire s'élargissait, et maintenant il ne savait pas s'il voulait l'embrasser ou la soulever pour la secouer.

— Qu'est-ce qui est si drôle, bon sang ?

Elle s'avança, posa une main au-dessus de son poing serré puis se mit sur la pointe des pieds.

Et elle l'embrassa.

Tamara n'était pas sûre de sa réaction, mais il était impossible qu'elle puisse continuer sans être dans ses bras.

Caleb semblait être d'accord parce qu'il tendit les bras et l'attrapa, l'agrippant alors qu'ils s'embrassaient, et s'embrassaient, et s'embrassaient. Des baisers légers et doux devenant passionnés et pleins de désir avant de ralentir à nouveau, jusqu'à ce qu'il la repose sur le sol et qu'ils reculent légèrement, leurs fronts pressés l'un contre l'autre alors qu'il la fixait dans les yeux.

Les détails de la raison pour laquelle ils se disputaient n'avaient pas d'importance, elle était tellement heureuse qu'ils se *disputent*, parce que cela signifiait qu'il avait changé.

Quand Wendy était partie, il s'était fermé. Ou peut-être que, même avant cela, il avait appris à s'éloigner de toute situation qui risquait de le blesser ou présenterait directement un défi émotionnel pour lui.

Maintenant, toute sa passion et sa flamme s'étaient libérées, et elle pouvait gérer ça. Il ne se retenait plus, alors ils pouvaient enfin, *enfin* avancer.

— Tu veux bien me redire, depuis le début, ce qui t'a mis en rogne ? S'il te plaît ? demanda-t-elle aussi gentiment qu'elle put.

Il la serra, leurs corps l'un contre l'autre. Parlant plus doucement, comme s'il était gêné par son explosion précédente.

— Il y a un homme sur mes terres qui dit que Karen Coleman l'a envoyé faire une évaluation pour du pétrole.

Un éclair de colère traversa Tamara.

— Eh bien, c'est agaçant. Parce que je ne le lui ai pas demandé. Je lui ai demandé si elle *connaissait* quelqu'un, je ne lui ai pas donné la permission de lancer la machine, expliqua-t-elle en posant sa paume sur la joue de Caleb, caressant son oreille de ses doigts. Je voulais venir te voir avec une idée, pas un ultimatum.

Il eut l'air horrifié.

— Je t'ai crié dessus sans raison ?

Elle l'embrassa rapidement, reculant avec un sourire sincère.

— Oh, je suis si contente que tu aies crié !

Il marqua une pause puis secoua la tête.

— Non. Maintenant, une fois de plus, je ne sais plus ce qui se passe.

Peut-être pas encore, mais ça viendrait. Et Tamara était au-delà du point de non-retour. Elle était fatiguée d'attendre, et maintenant qu'il était sorti de la coquille dans laquelle il s'était réfugié, elle se disait surtout qu'ils pourraient improviser le reste au fur et à mesure. Elle le voulait.

Non, elle voulait tout. Lui, les filles, d'autres enfants.

— Tu sais que j'aime me mêler des affaires des autres ?

— Tu as arrêté de faire ça.

— Ouais, mais ce sont des salades, dit-elle en grimaçant. Ce qui est bien, c'est que puisque je suis tellement indiscrète, ça signifie que je peux faire ça.

Tamara posa les mains autour de son cou, le piégeant.

— Tu as l'intention de m'étrangler ?

— Peut-être. Pas aujourd'hui, mais peut-être demain. Ou le jour d'après. Parce que, tu sais ce dont tu as besoin, Caleb Stone ? Tu as besoin de moi. Tu as besoin de moi dans ta vie, te causant des soucis et te rendant dingue, et puisque je suis une personne follement gentille et généreuse, je vais totalement me sacrifier et dire oui.

Les lèvres de Caleb se tordirent.

— Je ne me souviens pas de t'avoir posé de question récemment.

— En dehors de me demander si j'étais sourde ?

Il rougit carrément.

— Oublie ça. Oui, je t'ai entendu, et maintenant je te parle d'autre chose. Faut suivre, le taquina-t-elle.

Il prit son menton dans sa main.

— Je vais essayer.

— Nous sommes tous les deux des progressistes. En fait, tu vas pouvoir te vanter un peu à l'avenir, Caleb Stone, parce que tu sais quoi ?

C'était le truc le plus dingue qu'elle ait fait, mais c'était approprié. Elle posa un genou à terre devant lui, tenant sa main dans les siennes.

Il haussa un sourcil, un sourire suffisant et doux courbant ses lèvres alors que sa colère se dissipait et que sa curiosité grimpait.

— Le progressisme c'est bien beau, mais tu as une idée de la première pensée qui vient à l'esprit d'un homme quand une femme se met à genoux ?

Elle fit mine de lui mettre un coup de poing dans le ventre avant d'enrouler les doigts autour de la boucle de sa ceinture.

— Plus tard. Là, je suis romantique. Tais-toi.

— Aah. Je vais prendre des notes.

Seigneur, elle adorait son humour pince-sans-rire. Et ses manières exigeantes et autoritaires. Elle adorait tout chez lui, et il était temps qu'il le sache.

— Caleb, tu es la deuxième personne la plus têtue et imbécile que j'aie jamais rencontrée, dit-elle en faisant la grimace. Mais, la plus têtue et imbécile, je la vois à chaque fois que je regarde dans un miroir.

— Je ne vais pas te contredire.

Elle obtiendrait tout ce qu'elle voulait au final, même si la route pour y arriver était un peu tortueuse.

— Je t'aime. Je sais que tu m'aimes aussi, même si tu n'es pas prêt à le dire. Je suis prête à patienter jusqu'à ce que tu t'en rendes compte, mais en attendant, tu as raison. Nous serons ensemble, toi et moi. Nous serons une famille, parce que j'aime tes petites filles de tout mon être. Ce qui est vraiment pratique, parce que je suis diablement amoureuse de leur père également.

Il souriait maintenant, le visage empli de soleil. Toute sa frustration et sa colère avaient disparu.

— Très pratique.

Elle laissa toute l'émotion en elle briller du mieux qu'elle put.

— Veux-tu m'épouser, Caleb Stone ?

Il soupira, longuement et sincèrement. Puis, avec une intonation de bonheur complet, il répondit :

— Ouais.

Tamara se mit à rire.

— Je t'aime. Direct et à l'essentiel.

— Tu veux que ça soit plus chic ? *Oh que* oui, dit-il en la remettant sur pied pour lui embrasser le bout du nez. C'est mieux ?

— Parfait.

Il passa les doigts sous son menton et lui leva la tête pour pouvoir effleurer ses lèvres des siennes. Une brève caresse douce. Montant lentement en passion jusqu'à ce qu'elle se rende compte qu'il tripotait le bouton de son jean.

Elle retint ses poignets dans ses mains.

— Vraiment ?

— Je viens de me fiancer. Je pense qu'il faut fêter ça.

Il était difficile de discuter sa logique, mais il y avait un autre sujet.

— Tu as un préservatif ?

Cela le coupa dans son élan un instant, mais ensuite, à sa grande surprise, son visage se transforma avec ce qu'on pouvait appeler qu'un sourire impertinent.

— Tu sais, mon petit sermon de tout à l'heure sur le fait de parler ?

Sermon. D'accord, elle accepterait ça, mais elle ricana.

— Ouais ?

— Nouveau sujet de discussion, dit-il en inspirant profondément. J'ai en quelque sorte mentionné des enfants... et je ne sais même pas si tu en veux, en dehors des filles.

La vache, cet homme passait du mutisme à la discussion de sujets sérieux en quelques mots.

— Tu me demandes si je veux avoir des enfants avec toi ? Parce que la réponse est oui.

Il combla de nouveau la distance entre eux. Caleb posa ses mains sur les hanches de Tamara.

— Ça te dérange si on commence maintenant plutôt que plus tard ?

Ce n'était pas du tout comme ça qu'elle s'était attendue à ce que son après-midi de repos se passe.

— Pourquoi pas ? J'ai deux heures à tuer.

Caleb se mit à rire, la souleva et réunit leurs lèvres. Tamara enroula les jambes autour de ses hanches et s'accrocha à lui alors qu'il l'entraînait avec lui jusqu'à la paroi rocheuse.

Le soleil hivernal était à peine assez fort pour réchauffer la peau qu'il exposait, mais les rochers noirs renvoyaient une chaleur résiduelle. Le vent chinook les caressait comme des doigts doux et chauds, et l'odeur marquée de l'herbe et de la neige emplissait les sens de Tamara alors que Caleb lui retirait une de ses bottes et l'aidait à enlever une seule jambe de son jean. Il se libéra et l'amena sur lui, rapidement, mais parfaitement.

Il la toucha intimement, la taquinant et la caressant pendant qu'il l'embrassait, la gardant à la lumière du soleil et la protégeant de la surface dure sous leurs genoux jusqu'à ce qu'elle se tortille de désir.

Puis il la fit descendre lentement sur lui, les unissant. Brutaux, pleins de désir et sans rien de chic, juste eux et la terre. Silver Stone les regardait comme une sentinelle alors qu'ils faisaient l'amour, avec juste le rugissement des chutes dans leurs oreilles.

Ou était-ce le martèlement de son cœur ?

Elle se balança sur lui pendant qu'il l'embrassait, sa langue la taquinait et ses dents mordillaient sa lèvre inférieure. Il déposait des baisers partout sur son visage alors que sa main entourait l'arrière de sa tête et la serrait fort.

La serrait comme s'il n'allait jamais la lâcher.

Le vent qui soufflait les caressait, sa chaleur semblable à celle du contact d'un amant doux, et alors qu'elle jouissait, Tamara regarda dans les yeux l'homme qu'elle aimait.

Ça n'avait pas d'importance qu'il ne l'ait pas encore dit, pas avec des mots. Il l'avait dit encore et encore avec son corps, par ses actions. Et quand il souffla son prénom, Tamara l'embrassa férocement.

Le rugissement lointain des chutes était comme une bénédiction pour leur nouveau départ.

25
____

Caleb la guida vers les chevaux, légèrement stupéfait que tout se soit si bien passé.

Elle lui avait fait sa demande ? Bon sang, il ne la laisserait pas faire marche arrière, en tout cas. Elle était à lui, et il n'y avait pas d'autre choix que d'avancer désormais.

Il la hissa sur le dos de Stormy, puis monta sur sa propre jument, et ils chevauchèrent côte à côte le long du chemin pour retourner à la maison. Elle ne semblait pas vouloir parler et un moment de silence ne le dérangeait pas.

Il réfléchissait intensément à ce qu'il devrait dire dans quelques minutes.

Il envoya un rapide texto à Luke, lui demandant d'être présent quand les filles descendraient du bus. Le monde avait pivoté en un instant, et les changements n'étaient pas encore terminés.

Caleb planifiait, prévoyait et réfléchissait alors qu'ils prenaient soin de leurs chevaux, travaillant silencieusement. Se lançant souvent des coups d'œil, échangeant des regards significatifs. Tamara affichait un sourire aussi large que le sien.

Caleb aurait pu dire que Tamara était la meilleure chose qui lui était jamais arrivée, sauf que ç'aurait été un mensonge. Il avait deux petites filles qu'il aimait au-delà de toute raison, et une famille qui faisait partie de lui jusqu'au bout de ses bottes.

Elle ne dépassait pas tout cela, mais elle était ce qui complétait tout le reste. Elle était l'amour qui enveloppait fermement son monde, la ficelle qui consolidait les morceaux brisés de son cœur.

Il lui semblait que s'il pouvait le penser, il devait pouvoir le dire.

Il attendit qu'elle termine de faire un brin de toilette, puis glissa la main dans la sienne, marchant ainsi pour retourner à la maison.

— Tu es prêt ? demanda-t-elle alors qu'ils arrivaient sous le porche.

Il lui ouvrit la porte, la regardant de la tête aux pieds alors qu'il laissait tout son amour apparaître du mieux qu'il pouvait.

— Et toi ?

Emma et Sasha étaient assises devant l'îlot. Luke se tenait près du plan de travail, la main dans la boîte à cookies, la culpabilité tordant son sourire alors que Caleb regardait la poignée qu'il tenait déjà.

— Je ne savais pas quand vous reviendriez, expliqua-t-il, et tout le monde a faim.

Tout le monde ?

Tamara se pencha à côté de lui pour regarder dans la salle de séjour. Et effectivement, les deux autres frères étaient également là, Walker se détendant dans le fauteuil, Dustin les pieds posés sur la table basse.

Caleb hésita un instant avant de se dire : *Et puis zut.* Il semblait qu'il allait avoir un public, mais il avait reporté ça bien assez longtemps.

Ça ne dérangerait pas Tamara.

— Tout le monde dans la salle de séjour, ordonna-t-il.

Sa famille se mit en branle, des questions se lisant sur tous leurs visages. Le regard de Dustin était fixé sur la main de Caleb, qui avait saisi les doigts de Tamara et refusait de les lâcher.

Emma et Sasha se perchèrent sur le bord de la table basse, les regardant avec confusion.

Il secoua un doigt vers le public et lui dit sévèrement :

— Asseyez-vous une minute et écoutez.

Puis il se tourna vers Tamara et prit ses deux mains dans les siennes. Il la regarda dans les yeux et ignora qu'ils avaient cinq autres témoins qui les regardaient bêtement.

— Je sais que tu as dit que tu n'attendais pas de moi que je te le dise pour l'instant, mais j'y travaille depuis un moment, alors je ne vois pas pourquoi je devrais attendre plus longtemps. Je n'ai rien d'autre à te donner que mon cœur. Il a été un peu cabossé et contusionné, mais je pense qu'il fonctionne encore correctement. Je suis prêt à te faire confiance pour t'en occuper.

Tamara pencha la tête, ses yeux brillant de larmes.

Il se dépêcha de continuer avant qu'elle ne puisse parler.

— Je suis tombé amoureux de toi dès le premier instant, quand tu t'es avancée devant moi, si effrontée et si courageuse, et si pleine de raison. Puis tu es venue ici et tu es entrée dans notre famille, dit-il en agitant la main vers la salle de séjour, gardant tout le temps le regard fixé sur le sien. Et tu es restée la même. Prévenante, attentionnée. Tout ce dont nous avions besoin, mais il ne s'agit pas d'eux. Il s'agit de *nous*. Je suis tombé amoureux de toi, Tamara Coleman, et même si j'espère que tout le monde ressent la même chose à l'idée que tu rejoignes notre famille, je ne veux plus attendre pour te dire quelque chose d'important. Je t'aime.

Les yeux de Tamara étincelaient, sa prise sur ses doigts se resserrait. Était-il possible qu'il l'ait en fait laissée sans voix ?

— Papa ? dit Sasha doucement.

Il détourna les yeux de la femme qu'il aimait pour répondre à sa fille.

— Oui, ma puce ?

— Est-ce que toi et Tamara vous allez vous marier ?

Tamara répondit avant qu'il ne le puisse.

— Je lui ai demandé s'il voulait bien, parce que j'aimerais être sa femme. Et j'aimerais être votre maman, à toi et à Emma, alors tout ça marcherait bien si nous nous mariions.

Emma parla. Doucement mais clairement, au-dessus des autres voix basses dans la pièce.

— Tu... tu veux être notre maman ?

La gorge de Caleb se serrait. Tamara étreignit encore une fois sa main avant de la lâcher et de se baisser pour s'agenouiller au niveau de ses petites filles.

— Avec tout ce que j'ai. J'adorerais être votre maman.

Emma se jeta sur Tamara. Sasha la suivit une seconde plus tard, et Caleb les attrapa avant qu'elles ne touchent le sol. Tous les quatre entassés comme une portée de chiots.

Comme une famille.

Un bruit transperça les rires et les pleurs. Des applaudissements venaient de Luke et de Walker, qui affichaient tous les deux de larges sourires non dissimulés. Dustin s'essuya les yeux et essaya de ne pas le montrer avant de se joindre à eux.

Caleb passa les bras autour de sa précieuse famille et la serra fort. Il n'allait jamais lâcher prise.

~

CELA AVAIT PRIS un moment pour calmer tout le monde, mais après que les poignées de mains, les étreintes, les bisous et les questions furent terminées, ils avaient enfin ramené tout le monde à table et préparé quelque chose à manger.

Tamara ne cessait de se surprendre à être au bord des larmes, des larmes de joie, et elle prit un instant pour s'éclipser et envoyer un e-mail à ses sœurs.

J'ai décidé de rester définitivement à Heart Falls. J'ai demandé à Caleb de m'épouser ; il a dit oui. Il semble que j'aie un nouveau foyer et deux petites filles sans devoir passer par l'accouchement. Karen, rappelle-moi de t'embrasser quand je te verrai la prochaine fois. Lisa, quand viens-tu me rendre visite ?

Elles répondirent toutes les deux presque instantanément.

Je suis si heureuse pour toi, même si je ne suis pas sûre de ce que j'ai fait. Appelle-moi quand tu le pourras – Karen.

J'y travaille, pour la visite. Et c'est toi qui lui as demandé de t'épouser ? Je ne fais que vérifier, parce que j'ai cinquante dollars en jeu. Je t'aime, bisous aux filles, au grand cow-boy grincheux, même si je parie qu'il n'est plus aussi grincheux. <3 <3 Lisa

Un rire lui échappa. Bien sûr que Lisa avait parié sur quelque chose, mais Tamara n'avait pas besoin de connaître les détails.

Ce dont elle avait besoin, c'était de profiter des câlins qu'elle recevait à la fois de Sasha et d'Emma, assises sur le canapé pour pouvoir se lover près d'elle. Cela laissait Caleb assis en diagonale par rapport à elle, mais le sourire de contentement sur son visage faisait bien comprendre qu'il était heureux de les regarder d'un peu plus loin.

Sasha, bien sûr, décida d'essayer de retarder l'heure du coucher en gardant ses questions pour ce moment-là. Allongée dans le lit, elle les égrena en rafale.

— Est-ce qu'Emma et moi pourrons être des semeuses de

pétales ? Est-ce que vous allez vous marier ici à Silver Stone ? Est-ce que vous allez... ?

— Nous n'avons pas encore tout décidé, l'informa Tamara. Mais vous serez présentes au mariage, absolument. Vous faites partie de la famille, non ?

Sasha sembla suffisamment heureuse de cette réponse. Elle se rallongea sur son oreiller et examina Tamara avec ce regard ressemblant à celui de Caleb.

— Tu vas rester.

Ce n'était pas une question. Ni une exigence. Satisfaite et contente, comme si elle avait décidé que la période d'essai était terminée, et que Tamara avait réussi.

Tamara était très contente.

Sasha lança un baiser vers Caleb, qui se tenait dans l'embrasure de la porte, puis se retourna. Toutes ses protestations et ses plaintes avaient disparu... en tout cas pour l'instant.

Emma en avait un peu plus à dire sur le sujet. Elle insista pour que Caleb et Tamara l'accompagnent tous les deux au lit et la bordent. Toute son audace pour parler à voix haute s'était évaporée, mais il était évident qu'elle avait quelque chose à l'esprit.

— Qu'y a-t-il, mon bouchon ? demanda Caleb doucement. Tu veux me le dire ?

Elle se pencha tout près et lui chuchota quelque chose à l'oreille. Les yeux de Caleb s'assombrirent alors qu'il lançait un coup d'œil à Tamara, qui s'était installée sur la chaise à côté du minuscule lit.

— Emma veut savoir si elle peut t'appeler Mamounette.

Il lui fut presque impossible de déglutir à cause du nœud géant qui s'était formé dans sa gorge.

— J'aimerais beaucoup.

Emma ne semblait pas avoir terminé. Elle tapota la main de Caleb, puis parla plus fort.

— Ça fait de toi mon Papounet.

Tamara se mordit la langue. Peut-être qu'elles avaient lu *La Famille Berenstain* trop souvent ces temps-ci.

Mais Caleb se contenta de rire.

— Ça me paraît bien.

Il lui donna un bisou puis recula sur le lit pour que Tamara puisse venir et terminer de remonter les draps. Emma plaça son singe en peluche sous son bras et déposa un bisou sur son front avant de se coucher et de tendre les lèvres vers Tamara.

Tamara l'embrassa, piégée sur place lorsque des petits bras s'enroulèrent autour de son cou et la serrèrent férocement.

— Je t'aime, dit Emma clairement.

— Je t'aime aussi, réussit à dire Tamara avant que sa capacité à parler ne disparaisse.

Elle quitta le lit puis la chambre, laissant Caleb terminer la tâche avant qu'elle ne perde complètement contenance.

Il la retrouva dans le couloir et l'attira dans ses bras, la tenant contre lui alors qu'il la laissait retrouver son équilibre. Puis il la ramena dans la salle de séjour, l'attirant sur le sol devant la cheminée. La serrant contre lui.

Ils restèrent silencieux un long moment, mais ils n'avaient pas besoin de mots. Le cerveau de Tamara était plein, et son âme satisfaite.

Finalement, ils s'éloignèrent l'un de l'autre, allèrent chercher à boire, et s'assirent pour déterminer ce qui se passerait ensuite.

Ils passèrent deux heures à parler, des rires et des baisers mélangés à tous les mots. Tamara pensa qu'elle assurait encore la conversation les trois quarts du temps, mais ça ne la dérangeait pas.

Caleb n'avait pas besoin d'être un moulin à paroles pour faire passer son message.

Et quand ils se levèrent pour se préparer à aller se coucher, Caleb fut à ses côtés, la suivant dans la chambre principale.

Elle haussa un sourcil.

Il essaya d'avoir l'air bourru, mais le résultat était une mine un peu penaude.

— Je n'attends pas. Nous rendrons ça officiel, mais jusque-là, tu es déjà à moi. Ça inclut de coucher dans le même lit, et peu m'importe qui est au courant.

— Bonne réponse, le taquina Tamara, même si elle avait remarqué qu'il s'était assuré de verrouiller la porte.

Il la mena au lit, la déshabilla avant de lui retirer ses lunettes et de les poser sur la table de nuit malgré ses protestations, et lui-même en fit autant.

Il éteignit toutes les lumières, et ils firent l'amour dans le noir, leurs mains se caressant, leurs lèvres se touchant, tous leurs autres sens associés. Le cœur de Tamara débordait de bonheur, et elle n'avait pas besoin de voir pour savoir qu'il souriait alors qu'il les emmenait au paradis.

Elle n'avait pas besoin de voir pour savoir qu'il souriait alors qu'il l'embrassait puis la prenait tendrement dans ses bras pour toute la nuit. Elle souriait aussi. D'une oreille à l'autre, pour être honnête.

Tellement reconnaissante d'avoir trouvé le chemin pour entrer dans le cœur de son rancher.

Walker se pencha en arrière sur son siège et regarda le soleil se coucher derrière les montagnes, l'or et le jaune se reflétant sur le Big Sky Lake pour former une mosaïque de bleus et de lumières chatoyantes.

Donc. Son grand frère Caleb avait le cran de réessayer.

Étant donné que *Walker* était censé être le courageux de la famille, c'était... une leçon d'humilité. Peut-être qu'il devait être plus courageux et réessayer aussi. Il avait une occasion en or qui l'attendait, et il était là, la laissant s'éloigner.

Ce dont il rêvait, c'était d'un foyer et d'un bonheur comme ceux que Caleb et Tamara construisaient, mais la seule femme que Walker ait jamais désirée n'était plus là.

S'il revenait bien à Silver Stone à plein temps, il ne fournirait pas plus d'aide que n'importe quel autre ouvrier. Peut-être que là-bas, il pourrait faire quelque chose d'important. Gagner beaucoup d'argent, et faire la différence. Être là pour sa famille d'une manière qui changerait sa vie au lieu d'être un fardeau pour elle.

Walker rumina cette idée toute la nuit avant de finalement

céder. Il lança sa guitare à l'arrière de sa camionnette ainsi que son sac et alla dire au revoir à sa famille.

Une autre chance.

Une autre tentative.

Il devait la saisir.

Découvrez la famille Stone. Ils luttent pour préserver le ranch de Silver Stone depuis qu'un accident a fauché leurs parents lorsqu'ils étaient encore jeunes.

Caleb, Luke, Walker, Ginny et Dustin. Ils sont quatre frères et une sœur, propriétaires et gérants de leurs terres aux abords de la petite ville canadienne de Heart Falls, dans le sud de l'Alberta. Il y a de nombreuses leçons à apprendre en chemin vers le bonheur éternel.

Le Ranch de Silver Stone

tome 1: Au cœur du ranch

tome 2: Retour au ranch

tome 3: La Fiancée du ranch

tome 4: Le Ranch de l'amour

tome 5: Promesse au ranch

Vivian fait actuellement traduire ses nombreuses séries. Merci de consulter son site web pour toutes les dernières informations.

www.vivianarend.com/fr

À PROPOS DE L'AUTEUR

Avec plus de 3 millions de livres vendus, Vivian Arend est une auteure de best-sellers figurant aux classements du New York Times et de USA Today. Elle a écrit plus de 70 romances contemporaines et paranormales.

Ses livres sont des romans intégraux qui peuvent se lire indépendamment de toute série et ne se terminent pas sur un suspense. Ce sont des histoires pleines d'humour et d'émotions, avec des moments sensuels et des fins heureuses. Vivian estime avoir le plus beau métier au monde. Elle habite en Colombie Britannique, au Canada, avec son mari depuis plusieurs années (l'inspiration de chacun de ses héros et un compagnon volontaire pour toutes sortes d'aventures).

NOTES

Chapitre 4

1. Surnom souvent attribué à la personne qui cuisine, qui vient du nom « cook » (cuisinier).
2. NdT : Spécialité à base de lentilles en Inde et au Népal.

Chapitre 8

1. D'après une comptine enfantine qui est l'équivalent d'« Am Stram Gram ».
2. NdT : *Buns and Roses* signifie « Petits Pains et Roses ».

Chapitre 9

1. NdT : Allusion au conte *La Princesse au petit pois* de Hans Christian Andersen.
2. NdT : Rough Cut signifie « coupe grossière » et fait référence au monde des pierres précieuses.

Chapitre 11

1. NdT : Meany signifie « méchant ».

Chapitre 15

1. NdT : Dessert à base d'oranges et de noix de coco, bon marché et facile à réaliser.
2. NdT : Clin d'œil au marchand de sable (*sandman* en anglais).

Chapitre 18

1. Fête religieuse qui a lieu dans de nombreux pays anglophones le 26 décembre, jour férié au niveau fédéral au Canada.